你本该是那万人之上至高无上的帝王，如今一朝失意，却并非末路。

贺君恩

HeJun
En

白芥子

著

长江出版社
CHANGJIANGPRESS

图书在版编目（CIP）数据

贺君恩 / 白芥子著 . — 武汉：长江出版社，
2023.1
ISBN 978-7-5492-8328-6

Ⅰ．①贺…Ⅱ．①白…Ⅲ．①长篇小说—中国—当代
Ⅳ．① I247.5

中国版本图书馆 CIP 数据核字（2022）第 080211 号

贺君恩　　白芥子　著

HE JUN EN

出　　版	长江出版社	
	（武汉市解放大道 1863 号）	
选题策划	阿　朱　靳　丽	
市场发行	长江出版社发行部	
网　　址	http://www.cjpress.com.cn	
责任编辑	陈　辉	
封面设计	白砚川	
印　　刷	长沙鸿发印务实业有限公司	
版　　次	2023 年 1 月第 1 版	
印　　次	2023 年 1 月第 1 次印刷	
开　　本	710mm×1000mm　1/16	
印　　张	19	
字　　数	254 千字	
书　　号	ISBN 978-7-5492-8328-6	
定　　价	54.80 元	

目 录

目 录

第一章

大理寺狱

卯时刚过，城北大理寺狱的厚重铁门"吱呀"一声被推开，两三个低等狱卒打着哈欠伸着懒腰走出来，开始清扫门前的积雪。

昨日下了一整宿的雪，已是数九寒冬，狱卒们漫不经心地挥着笤帚，时不时地停下来搓手跺脚，骂骂咧咧地发牢骚。

远远地，有车声渐行渐近，装饰华贵的马车由两匹膘肥体壮、皮毛油亮的高大骏马拉着，停在了大理寺狱门前。车辕上跳下两个壮硕矫健的年轻男人，俱是一身大内侍卫的装扮，目不斜视，气势凛然。

那几个狱卒你推我搡、探头探脑，车门推开一条缝，有太监模样的人从车里下来，扬了扬眉，用尖细的声音喝道："皇太子殿下驾到，还不速速接驾！"

狱卒哆哆嗦嗦地跪倒下去，闻讯而来的官吏跟着跪了一地。

被太监扶下车的俊美少年身形纤长、面如冠玉，一身火红色的皇太子常服，衣服的下摆和袖口处用金丝线勾勒出如意祥云纹，外罩一件银狐毛大氅，华贵骄矜中又添上几许风流。

只见他凤眼微挑、眉目如画，左眼下一粒泪痣，顾盼间眼波流转。

然这番情态无人敢看，更无人敢议论，太监王九清了清嗓子，问跪在地上的人："许翰林可在这里？"

为首的狱丞战战兢兢回道："在……在的，许翰林一直就关押在大理寺狱里。"

祝云璟淡淡开口："带孤过去。"

大理寺狱里关押的都是朝廷重犯，被牵连进景州知府反诗案的翰林编修许士显，就押在这里等候处置，至今已经有月余。

大牢内阴森幽暗，终年不见天日，扑鼻而来的都是霉灰味，不时还有囚犯的哭号和咒骂声传来。

祝云璟微蹙起眉，领路的狱丞小心观察着他的神色，赔笑道："这地方污秽，实在是污了殿下您的眼耳……"

祝云璟不耐烦地打断他："废话少说，人呢？"

许士显就关押在走廊尽头最昏暗的牢房里，祝云璟缓步走进去，见到披头散发、衣着单薄、了无生气地靠坐在角落里的青年，当即沉了脸。

王九吊着嗓子替他质问跟进来的官吏："这是怎么回事？这么冷的天，怎么连个火盆都没有？是想冻死人不成？"

狱丞赶紧请罪："殿下宽仁，是臣等疏忽了，还请殿下恕罪！"

不多时，两个热气腾腾的炭火盆就被送了进来，狱卒还给祝云璟抬来一把垫了厚实皮毛褥子的座椅。

祝云璟的眼风扫向王九，王九赶紧赶着一众想要拍马屁的人出去，牢房里只剩下祝云璟，以及依旧死气沉沉、无甚反应的许士显。

出门之后，狱丞觍着脸讨好起王九："王公公，太子殿下这是……"

王九眼皮子都懒得抬，只答："以后好生伺候着里头那位，别饿着冷着他就成，其他不该问的少问。"

牢房里，祝云璟懒洋洋地斜倚进座椅里，凤眸轻睐，打量着面前的一个男人。

许士显是去岁的探花，以弱冠之龄金榜题名，才学出众且貌若潘安，当初他打马游街时自长安街上过，引得无数京城闺秀贵女抛花赠香，出尽风头。

然而造化弄人，也不过一载而已，昔日俊秀倜傥、风光无限的探花郎，就已沦为阶下囚。

"许士显，从前孤看重你满腹经纶、书生意气，想招为己用，对你百般优待，你不领情，如今落得这般下场，可曾有过悔意？若是有孤的庇护，你也不至于在这污脏的地方等死。"祝云璟的音调上扬，语气中带着点高高在上的奚落。

许士显缓缓抬眸，满眼漠然，面色冷峻如旧，冷淡回道："多谢殿下厚爱，臣担待不起。"

祝云璟"啧"了一声，心中不免窝火，他是万人之上的皇太子，这许士显不过是个七品翰林编修，如今更是遭了难，性命堪忧，却依旧对他不假辞色，他想象中的痛哭流涕、跪地求饶并未出现。

"你当真不怕死？"祝云璟问。

"君要臣死，臣不得不死。"此刻的许士显头发散乱、衣衫不整，却风骨不减，依旧是那个让无数闺秀魂牵梦萦的探花郎。

祝云璟是真正的天潢贵胄，既是元后所出的嫡子，又是皇长子，一出生就被立为太子，要风得风，要雨得雨，没有什么东西是他祝云璟求不到的，唯独在许士显这里，几次三番栽了跟头，没落到一点好处。

祝云璟冷声提醒着面前之人："许士显，你当真以为你一点都不欠孤的？要不是有孤帮你在父皇面前说好话，你以为你能这么顺顺当当地进翰林院，留在京中过舒服日子？你凭什么？"

许士显不为所动："这是殿下的好意，却并非臣之本愿，臣考科举，本就不是为了高官厚禄，臣之所想不过是为民办实事，为黎民为社稷尽绵薄之力，而非贪图享乐舒适，苟安于京中繁华之地。"

祝云璟一掌拍在座椅扶手上，又气又恼，他就没见过这么冥顽不灵、不识好歹的人，敢情他一腔好意，反倒做了恶人！

其实关于这事，京中早有传言，大衍朝如今正是多事之秋，战事频起，天灾人祸不断，到处都要用人，所以连着几届科举，除去那些背景深厚的高门进士，其余大多数人都被外放去了各地做实事。去岁这一科也只有许士显这个探花郎留在了京中，那之后便有风言风语传出，是他得了皇太子殿下青眼，成了他的党羽，才特地被留下来。

流言最初就是从翰林院里传出来的，许士显因着年纪轻轻就高中，本就遭人妒忌，又因为性格过于刚正、不思转圜而与同僚不睦，进了翰林院没多久就受了排挤。

翰林院那帮子自命清高的酸腐书生也根本不怕得罪皇太子，他们编派起那些传言来是有鼻子有眼的，很快就传得满城风雨、人尽皆知。

当然那些事情也不全然是假的，至少祝云璟就是真的对许士显很满意，人也确实是他留下来的。

当初的金銮殿殿试，前去凑热闹的祝云璟便觉这位探花郎是可用之才，起了招揽之心，偏这人不识抬举，对此不屑一顾。祝云璟怎能不恼，京中那些流言便是他有意放出，为的就是逼许士显就范。

如今许士显犯下滔天大罪，已是前程尽毁、人人避之不及了，也只有祝云璟会在这大冷天，一大清早就纡尊降贵来这阴森森的大理寺狱里看人，结果这人还不领情！

祝云璟压着怒气质问："你说得好听，不想做天子近臣，想要去地方上做父母官，为民做实事。要是真有那么忠君爱民，你跟那景州知府就不会写反诗议论陛下的不是！你一个因为意图谋反下狱的人，说为黎民为社稷尽绵薄之力，不觉得可笑至极吗？"

许士显的神情终于变了，他急着争辩道："老师绝无不臣之心，他是被人栽赃陷害的！老师一生清廉、刚正不阿，断无可能非议君上，更不会意图谋反！还请殿下明察！"

祝云璟冷嘲道："啧，死到临头了还担心别人，你自己小命都要不保了，还惦记着其他人做什么？"

许士显跪起身，朝着祝云璟用力磕了磕头："殿下，您是当朝太子，怎能眼睁睁地看着忠良被陷害而无动于衷？老师他真的是被冤枉的！臣是不怕死，但老师他不能背负骂名而无辜枉死！臣请殿下查清真相，还老师一个清白，臣来生愿做牛做马，以报殿下！"

祝云璟笑着撇嘴："这种态度就对了，不过孤要你来生做牛做马做什么？想给孤做奴做婢的人太多了，不缺你一个。你的那位恩师，包括你，犯的可都是牵连满门的大罪。孤就算是皇太子，上面还有孤的父皇呢，也不是孤想做什么就能做的，你要孤冒着这么大的风险帮你，总得拿出点诚意来。"

祝云璟漫不经心地转动着拇指上的玉扳指，提醒着他："你可想清楚了，孤可不是在逼迫你，除了孤，没有人会再来管你的死活，只要你能为孤所用，孤可以答应你，无论孤能不能替你和景州知府翻案，总能帮你保他一家老小性命无虞就是了。"

许士显缓缓闭上眼睛，再次磕头："臣愿归附殿下，谢殿下隆恩。"

祝云璟从牢里出来时，嘴角带着快意的笑，王九只看一眼，便知道殿下这是心想事成了，也跟着高兴起来。

毕竟殿下不痛快，吃挂落的就是他们这些下人，只有殿下开心了，他们才能有好日子过。

大理寺狱的官吏殷勤地恭送皇太子座驾离开，上车之前，祝云璟扫了一眼跪在面前的狱丞，沉声提醒道："孤来这里的事情，不许出去乱说。"

官吏的脑袋立刻低下去："殿下放心，臣不敢。"

马车辘辘而去，一直到没了影子，跪了一地的官吏才爬起身，虽是大冬天的，他们却个个冷汗涔涔。

车里，祝云璟正闭目养神，嘴上吩咐着王九："一会儿找人捎个口信去国公府，让谢轩明那小子务必帮孤把这事给办妥了。"

"诺。"王九赶紧应下。

回到宫里已是巳时，昭阳帝正在御书房的暖阁里批阅奏章，祝云璟进去后规规矩矩地请了个安，昭阳帝把他叫到身边来，问道："今日怎么没见你来上朝？"

"昨夜忽降大雪，受寒了，身子有些不舒服。"祝云璟随便扯了个理由。

"可让太医看过了？"昭阳帝问道。

祝云璟回："没什么要紧，吃两服药就能好，父皇不必担心。"

昭阳帝放下心来，转而与他说起另一件事情："征远大军下月初就会班师回朝，到时候你替朕去德胜门外迎接。这么多年了，北边终于平定下来，全赖祖宗庇佑，待朕百年之后，也有颜面去见列祖列宗了。"

昭阳帝兀自感叹着，眼里有掩饰不住的喜悦和兴奋，祝云璟顺势恭维道："是父皇治世有方，天下莫不归顺。"

这话昭阳帝显然十分爱听，笑中带上了几分自得。

北方夷人势大，近几十年来屡犯大衍边境，烧杀抢掠、无恶不作，已成大衍心腹大患。

五年前，昭阳帝派五十万征远大军出征北夷，终是砍下了夷人汗王的首级，退敌千里，打得夷人服服帖帖，不得不称臣纳贡。

这是先帝花费一辈子心血都未曾做到的事情，却在昭阳帝手里得以完成，在后世史书上必定会是浓墨重彩的一笔，也难怪昭阳帝这般自得。

祝云璟想的却是些别的事情，这次征远大军全胜归来，想必贺家和他那二弟祝云珣要更加得意了。

昭阳帝交代完事情，趁着心情好又说起了别的："昨日朕去永寿宫给太后请安，她老人家提起你如今已有十七岁，到了该成婚的年纪。你母后走得早，这事是朕疏忽了，你是朕的太子，早日成家立业也是有功于社稷。"

祝云璟拱了拱手："但凭父皇做主。"

昭阳帝对他的乖顺很是满意，顺口提点他："前些日子朕听闻了京中一些传言，虽说不可信，但到底于你声誉有碍，日后你行事须得更谨慎庄重一些，别落了人口舌。"

他和许士显的那点子事会传进昭阳帝的耳朵里，祝云璟并不意外，总有人挖空了心思就是不想他好过，不论心里怎么想，他面上还是得摆出一副虚心受教的模样："儿臣省得。"

昭阳帝点点头："大婚之事还不急，太后那里也会帮你相看着，你若是有什么想法，尽可以去与太后说道。"

祝云璟笑了笑："儿臣无甚想法，父皇和皇祖母给儿臣挑的，定是最好的。"

那之后祝云璟帮着昭阳帝批阅了一部分奏章，又陪昭阳帝用了午膳，晌午过后他回寝宫小憩了一会儿，下午再去了重华殿念书。

重华殿是皇子们念书的地方，不过祝云璟十二岁就入了朝堂，跟随昭阳帝学习处理政事，亦有当代大儒任太子太傅授书讲学，重华殿这里他每三日才会来一次。与其他皇子一起听学，是昭阳帝的意思，就怕他会跟兄弟们生疏了。

祝云璟一进门，一众先来的兄弟纷纷起身请安。昭阳帝子嗣颇丰，光儿子就有八个，祝云璟与大部分小弟弟都不熟，敷衍地点点头，走到自己的位置上坐下。

一个下午的光景很快便消磨过去，日薄西山时终于下学，祝云璟起身，叫上五弟祝云瑄，一块去东宫用晚膳。

祝云瑄是祝云璟一母同胞的亲兄弟，年十四岁，祝云璟的母后就是在生祝云瑄时难产崩逝的。因此，平日里祝云璟对祝云瑄有诸多照拂，这么多兄弟里，他也就与祝云瑄走得近。

祝云瑄性格爽朗、大大咧咧，没了外人之后凑近祝云璟，笑问他："太子哥哥，父皇是不是说要给你指婚？"

祝云璟瞥了他一眼："你怎么知道？"

祝云瑄答："昨日我去给皇祖母请安，听她和父皇说的。听皇祖母的意思，她似乎有意把自家侄孙女许给你，父皇没说答应，也没说不答应。"

祝云璟轻嗤："赵家人，上不得台面。"

这赵家虽是太后母族，得以加官晋爵，但太后出身卑微，从前不过是宫女，能够有今日地位完全是母凭子贵，她家的女儿确实够不上做太子妃，乃至未来的皇后。

祝云璟心知父皇不会这般糊涂，所以没有第一时间答应太后，先拖着不过是留个转圜的余地而已，大不了就将人娶了做侧妃呗，对此祝云璟并不担忧。

祝云瑄深以为然："可不是吗，这可比二哥要娶的那个世家女差远了，自从征远军得胜、北夷称臣的消息传回京，二哥这段日子可是春风得意得很，今日父皇还给他派了差事，估计用不了多久，他也不会来重华殿了吧。"

这事在刚才来的时候，祝云璟已经听人说了，祝云珣这段时日确实风头无两，朝堂之上确实很是有那么一批人站了他的队，与自己这个皇太子对着干。

祝云璟与祝云珣一贯不睦，祝云珣只比他这个皇长子晚出生两日，他是皇后嫡子，祝云珣是贵妃之子，皇后是国公之女，贵妃家亦是满门忠烈的武将世家。

论家世出身，贵妃和皇后其实并不差多少，不过是当年先皇后看中他母后那好生养的面相，才立了他母后为正妃，贵妃则因此一直憋着口气。

后来贵妃没能先一步生下皇长子，又棋输了一着，虽然祝云璟母后早逝，不过昭阳帝大概怕贵妃母子生了夺嫡之心，直到两年前贵妃病逝也没有封其为后。原本说来，祝云璟应该是大获全胜的，但是这两年，他的好运气却似乎到头了。

先是贵妃病逝时，拼着最后一口气，求着昭阳帝给祝云珣指了个百年名门、簪缨世家的嫡出大小姐为妃，圣旨已下，只等祝云璟这个大哥先娶了太子妃，他们就完婚。

再是祝云璟自己的母家谢国公府，几次因为一些鸡毛蒜皮的事触犯圣上被敲打，府中纨绔成群，堪当大任者却一个都没有。

反观贵妃母家贺氏，其兄贺远之，当年奉圣命率五十万征远大军出征北夷，战死沙场为国捐躯，而后贺远之之子贺怀翎又临危受命，以十七岁之龄担起征远军主帅的重任，于战场之上屡建奇功，手刃北夷汗王，立下不世之功，朝堂上下无不为之侧目，昭阳帝更是连下三道圣旨嘉奖贺怀翎，极尽褒奖之词。

而今日，被隔绝在朝堂之外的祝云珣终于有了差事，祝云璟唯一的优势也将不复存在。

祝云璟的心思转了又转，最后嘴角微撇，只道："也没什么，仗打完了，征远军回朝了，功高盖主，卸磨杀驴，古今无外乎如此。"

"说得也是。"祝云瑄对那位即将回朝的贺大将军不免生出一丝同情，很快又将其抛之脑后，话题回到了祝云璟的身上，笑着挤对他，"太子哥哥，之前你不是挺看重那个探花郎的吗？"

祝云璟道："可你不看看他犯的是什么事？那景州知府可是犯了父皇最大的忌讳，死一万次都便宜他了。"

祝云瑄若有所思，分析道："可我觉得吧，那景州知府看着不像是那样的人啊，一把年纪了，还有儿有女的，他是活腻了才想着造反。我看，十有八九是他得罪了什么人，被人栽赃陷害的。"

祝云璟不以为然："那又如何？那诗总是他和许士显的往来书信中写的，就算牵强附会了些，可父皇说那是反诗，那就是反诗。"

一首普通的诗文被扣上"反诗"的帽子，看似荒谬，实则是揭露这事的御史，或者说他背后的人，摸准了昭阳帝的心思。昭阳帝因是宫女所生，虽被先皇后抱养，但终归不是正统嫡子，后来又被人诟病得位不正，在这方面确实草木皆兵了些。

那诗被人弹劾有非议君上之嫌，昭阳帝派人去查，又查出那景州知府私下妄议国事，言语间似有谋逆之意，这才坐实了他的罪名。

可他到底是不是真的有谋反的心思，又是不是真在私下里骂过朝廷，骂过昭阳帝？那些虚虚实实的证据说实在的，还真的没多大的说服力，但昭阳帝说他是，他便就是逆臣贼子。

就是可惜了许士显，年纪轻轻，却大好前程尽毁。

至于翻案？祝云璟不知道许士显是真的那般天真看不清局势，还是被逼上了绝路心存妄念。总之，他祝云璟不会试图去做这样的蠢事。

虽说君无戏言，可他还只是半君而已，再者说，他答应许士显的，从来就不是翻案。

半月后，大理寺传来消息，前翰林编修许士显在狱中畏罪自戕，昭阳帝震怒之下命人将其尸身扔去城外乱葬岗，昔日惊才绝艳的少年探花就此陨落。

两日后，刑部、大理寺、都察院将景州知府杜庭仲反诗案三堂会审的结果呈至御前，人证物证俱全，判处杜庭仲斩立决，牵连满门。老知府是景州本地人士，在京中人脉不丰，这一判决结果不过是一粒石子投入汪洋中，除了极少数人私下感叹几句，便再无水花。

京郊，凤凰山私庄。

凤凰山是京城西郊的一座名山，因开国皇后出身此间而得名，山中种满银杏树，每到深秋便金黄遍野，美不胜收，是京中达官贵人赏景玩乐的常去之处，因此从山麓至山顶遍布着京城勋贵的私家庄园，祝云璟的庄子便在其中。

这座庄子是当年祝云璟母后的陪嫁之一，祝云璟偶尔过来，故而庄子里装点得极为舒适奢华，以供他享乐。

此刻祝云璟刚走进门，庄子上的管家正在与他禀报那许公子的状况，说是那许公子自打进了这里，一直看着痴痴傻傻的，躲在房里不出门，也不让人伺候，膳食用得极少。

许士显被送进祝云璟这个私庄已有好几日，这一出偷天换日，是祝云璟的表兄谢轩明帮他办的。大理寺那边自是好生打点了一番，知情的人包括祝云璟本人在内，没超过五个，那谢轩明别的本事没有，办起这种阴私差事，手脚还是很麻利的。

祝云璟闻言冷嗤：“他倒是架子大。”

推开房门走进去，祝云璟挥了挥手，跟着的下人便自觉退下，带上了房门。

许士显坐在窗边，身着一身干净的素色衣裳，头发也梳得整齐，再无那日在狱中见到时的狼狈之相，那张毫无血色的脸看着却似乎更冷了。他坐在那里，却没有在看窗外的风景，目光空洞，眼中仿佛什么都没有。

祝云璟缓步走上前去，讥讽道："许翰林好大的脾气！听说你在孤这里，既不要人伺候，也不肯用膳！怎么，是觉得孤的人招待不周吗？"

许士显微微侧头看向祝云璟，片刻之后，他跪下身去，匍匐在地，声音沙哑："臣叩见太子殿下。"

祝云璟不耐烦地皱眉，许士显这种谦卑有余，却依旧疏离的态度实在是让他不喜，便问道："孤已经把你从大理寺狱里救出来了，你准备怎么回报孤？"

许士显趴在地上，沉默半晌，他问祝云璟："老师他在哪里？臣什么时候可以见到他？"

祝云璟冷笑："怎么？你觉得孤是在诓你？"

许士显答："臣不敢，但见不到老师，臣实在寝食难安。"

祝云璟又是一声冷哼："你与他倒是恩深义重。"

许士显不卑不亢，沉声回道："老师对臣恩重如山，既有师生之谊，更有父子之情，臣虽死不能报万一。"

祝云璟却只觉得他迂腐，若非被那景州知府牵连，他又怎会沦落到今日境地？这家伙非但没有半句怨言，还心心念念只想着救人报恩，祝云璟就没见过这般刻板愚顽之人。

不过许士显所想的注定只能落空了，那景州知府一家十几口昨日已经上了断头台，只有他还被蒙在鼓里而已。

祝云璟伫立在许士显面前，眯着眼睛居高临下地打量着他："人，孤已经救了出来，送去了安全的地方，暂时不方便带来见你。孤可提醒你，想要再见你老师，就得听命于孤，现在是你有求于孤，不是孤在求着你！"

许士显神色不动，微垂下眼："殿下何苦执着于臣，臣为人刻板木讷，除了念了几年书，可谓一无是处。殿下若想要左膀右臂，多的是人想为殿下效力，何必在臣一人身上浪费心思。"

祝云璟闻言嗤笑道："可孤就看中你这羽翼了，怎么办？"

许士显一声叹息："殿下不过是觉着，臣一再下了您的脸面，您便非要逼臣不可。"

祝云璟嗤笑道："你既然心知肚明，又何必这般？"

许士显抬眼看向祝云璟，目光澄澈，没有丝毫退缩："臣虽迂腐，亦向往青云直上，只可惜臣没有那个福分。"

许士显说完，又趴了回去。祝云璟目不转睛地注视着许士显的动作，心里不痛快，许士显那神情怕是慷慨赴死也不过如此。

房门被一脚踹开，祝云璟怒气冲冲而出，守在门口的王九惊了一跳，赶紧小跑着跟上去："殿下，您这是怎么了？"

"闭嘴！"祝云璟一脚踹翻长廊上的一尊落地花瓶，"哗啦"一声，花瓶碎了一地。

王九大惊，当即扶住他："殿下您当心！仔细受伤了！"

王九使了个眼色，身后几个下人麻利地上前来收拾满地狼藉，祝云璟犹不解恨，看谁都不顺眼："滚！通通给孤滚！"

王九赶紧领着人手忙脚乱地退下去，他没敢走远，就在长廊外候着，片刻后果然听到祝云璟没好气地喊他："王九！"

王九立马又滚回来，赔着笑脸："奴婢在，殿下您有什么吩咐？"

祝云璟斜眼睨向他，似有些欲言又止。

王九心下一突。

祝云璟恼怒道："那许士显为何视孤如洪水猛兽？"

王九心中暗暗叫苦，嘴上也不敢停："那是那许翰林不知好歹，不识抬举！"

祝云璟的眸光闪了闪，他沉默片刻后，仿佛泄气一般踱步到一旁坐下，怔怔望着外头院子里略显萧条的冬景。

王九爬起身，不远不近地立在祝云璟身后，不免暗自埋怨起那许士显。

祝云璟心里窝着火，如许士显所说，他想要什么样的帮衬之人都要得到，可那些人要么不堪大用，要么就生性粗鄙，他确实都无甚兴趣，难得物色到一个许士显，一身才学，怎么就这么难呢？

离征远大军回朝只余几日，祝云璟再没了空闲出宫，每日都得与礼部的官员商议迎接大军凯旋的种种事宜。

祝云璟对这事其实没太大耐心，但昭阳帝十分看重，他便不得不安分下来把差事办妥帖。

这日，礼部尚书来东宫呈上拟定的流程，祝云璟心不在焉地浏览了一遍，又看了一眼立在下头一脸忐忑的礼部尚书，将册子扔回去，诘问道："这流程是谁拟的？让贺怀翎率三万兵马入城？你们是打算敞开城门让他来逼宫？"

礼部尚书满头大汗地跪地请罪："臣并无此意，还请殿下明察！只是这大军凯旋，惯例如此……"

"最多放五千人进来，其余的就在城外扎营等候。"祝云璟压根不给对方争辩的机会。

礼部尚书只好应道："诺。"

祝云璟继续咄咄逼人："还有，进城之后直接领人来皇宫就是了，这还要在京城大街上绕几圈，特地安排百姓夹道欢迎？你们当他是皇帝出巡？"

礼部尚书已经快被祝云璟的惊人之言吓破胆了，再一想到他的前任就是因为几句话得罪了这位皇太子殿下，就被一脚踹进了鬼门关，更是出了一身的冷汗，赶紧小心翼翼地解释："臣绝无此意！只是北方大捷民心沸腾，即使不刻意安排，当日想必也会有无数百姓自发拥上街头，欢迎大军凯旋，不多绕些路，太多人聚集到那几条街上，怕会生出事端来……"

祝云璟一看面前的礼部尚书这副窝囊样就不痛快，这流程也不知道是谁弄出来的，讨好贺怀翎的意图未免太过明显了些。他看不顺眼礼部这群汲汲营营的酒囊饭袋已久，如今更是不想给好脸色，冷声道："绕路就免了，流程中那些逾制的地方全部改了，你知道孤在说什么。至于其他的……你们自己想办法，真生出了事端，那就是你们无能！"

礼部尚书苦了脸，这有点强人所难啊……

昭阳十八年腊月初二，京城，德胜门。

城门大开，皇太子祝云璟率兵部、礼部官员，还未到辰时便在此等候。寒风凛冽，好在连着下了半个月的雪在昨日终于停了，大军进城时也不至于太过狼狈。

"还要多久？"

祝云璟的声音自车中传出，候在外头的王九赶紧回答："奴婢刚才已经着人去问过了，最多再有一刻钟，大军就能到城门口。"

"嗯，"祝云璟的声音淡淡的，"吩咐下去，让所有人都打起精神来，下车下马候着，一会儿大军就到了，别出了岔子。"

王九应道："诺。"

即使迎接大军凯旋这事着实让人心潮澎湃，但在寒风之中等了一个多时辰，也委实不好受，这些养尊处优的官吏，怕是没几个能受得了这个罪。

就算祝云璟不待见贺怀翎这个征远军统帅，也不想见这帮子京官在征远将士面前丢人现眼。

巳时二刻，凯旋的征远大军出现在城门一里地外，远远就能看见军旗猎猎、马蹄橐橐，浩浩荡荡的兵马踏着呼啸的寒风而至。

为首的高大骏马上，一身乌金铠甲的男人肃杀威严，仿若破雪而出的一柄利剑，锋芒逼人，正是贺怀翎。

贺怀翎纵马行至皇太子仪卫队前，利落下马，单膝跪地行军礼，嗓音沉沉："臣贺怀翎，叩见皇太子殿下。"

祝云璟下车，居高临下地审视着面前的男人，他本该立刻上前将人扶起，再褒奖几句，以示天家恩宠。

可祝云璟偏不，他甚至没有第一时间喊人起来，就只是这么高高在上地打量着贺怀翎，试图从对方身上窥见些什么。

贺家不愧是有着倾国美貌的贵妃的母家，贺怀翎的长相亦是极好的，鼻梁挺直，眉眼硬朗，身量高大挺拔，跪在地上气势亦不减半分，周身气息冷冽，还带着常年在战场上浸染出来的杀伐之气，轻易就能叫人忘记他其实还只是个刚过弱冠之龄的少年将军。

片刻之后，祝云璟勾唇一笑："贺将军一路辛苦了，平身吧。"

贺怀翎起身，祝云璟才发现自己竟然要仰视他，这让祝云璟心中略有不快，没再多寒暄，转身上车，直接进城。

贺怀翎重新上马，挥了挥手，身后的兵马立即跟上。

身材魁梧、浓眉大眼国字脸的副将姜演纵马至贺怀翎身边，不忿道："皇太子这是什么意思？给将军您下马威吗？"

刚才那一幕，贺怀翎身后的亲兵都看在眼里，祝云璟的傲慢实在是叫这些刚刚打了胜仗回来、志得意满的"兵痞子"难以接受，而姜演是贺老将军留给贺怀翎的心腹，一贯的心直口快，更是丝毫不避讳。

贺怀翎眸色微沉，沉声提醒姜演："这里是京城，皇太子是储君，以后这样的话不许再说，小心祸从口出。"顿了一下，他又道，"传令下去，从今日起，所有人务必恪守军规、低调处事，有违背者，一律严惩。"

姜演一愣，似乎从贺怀翎这话里嗅出了一丝不同寻常的意味，他想明白后忍不住低声咒骂一句，很快便又闭了嘴，不再吭声，沉默地跟着贺怀翎进城。

从德胜门到皇宫的路上，沿途人声鼎沸、锣鼓喧天，一如之前礼部尚书预料的那般，无数百姓拥上街头，只为一睹征远大军，尤其是主帅贺怀翎的风采。

皇太子仪卫队在前，后面是跟随前来的二部官员，再之后才是征远军的队伍，浩浩荡荡、长不见底。

车马队打从繁华热闹的鼓楼大街上过时，更是人山人海，两边的酒肆茶楼里俱是人满为患，兴奋激动得面红耳赤的百姓们高喊着"征远军威武！大衍朝万岁"，更有热情大胆的姑娘们娇笑着，朝着街上的英勇之人抛下手中的鲜花和香囊。

大衍朝民风开放，抛花和掷香囊惯是姑娘们表达爱慕的方式，这群在战场上摸爬滚打的大老粗显然没见过这样的阵仗，一个个骑马走路的步调都乱了。

姜演恰巧被一只香气扑鼻、绣工精致的香囊砸中，闹了个大红脸，在城门口的那点不快早就抛去脑后，只顾着傻笑。

相比之下，被最多人青睐，几乎快要被不断从天而降的鲜花香囊埋了的贺怀翎则淡定得多。他神色不变，手里拉着缰绳一路前行，冷峻的面庞在晨光中显得更英气逼人。

马车之中，祝云璟听着外头的喧嚣不免有些心烦，却忽闻一声尖叫，接着便是一片慌乱的短兵相接声，还夹杂着王九气急败坏的"护驾"喊声。

祝云璟心下一凛，下意识地推开车窗，一枚飞镖倏地从窗口掠过，钉进了身旁的车板上。祝云璟堪堪躲过，立刻将车窗拉回，不敢再轻举妄动。

外头已经乱了套，谁都没想到，在这迎接大军凯旋的百姓当中，还藏了刺客。

先是一枚飞镖裹在鲜花中，被人从路边的茶楼上扔下，插在了皇太子座驾前的侍卫胸口上，接着便有数十个不知道打哪儿来的刺客从各个方向涌上来，目标明确地直奔祝云璟的马车，迅速与皇太子的护卫队缠斗在一块。

前方的动静也惊动了后面的人，跟来的官员都是手无缚鸡之力的文官，即使有心救驾也无力从心，再后方的征远军又在混乱中被人潮隔断。毕竟这里不是战场，到处都是平民百姓，刺客混在其中，他们想做什么却投鼠忌器，唯恐伤及无辜。

千钧一发之际，贺怀翎从马上一跃而起，竟是一路踏着横冲直撞的人群飞身到了祝云璟的马车顶上，有如从天而降的神兵，一剑挑开那已经跳到车辕上来的刺客，高大的身躯再次跃下，挡在车门前。

祝云璟似有感应，小心翼翼地拉开一道门缝，一片混乱中，他看得不甚真切，只见那人从容地剑挑刺客矫健如豹的背影，以及沾上了鲜血更显肃杀的侧脸。

最后一个刺客也被贺怀翎一剑拿下，骚乱终于被平了下去，贺怀翎将人扔给战战兢兢前来请罪的京卫军统领，回身问候了祝云璟一句。

祝云璟推开车门，贺怀翎恰好抬眼望过来，两人目光短暂相触后，贺怀翎垂眸，向祝云璟告退后便回了后方去。

祝云璟冷声吩咐那京卫军统领："别让人死了，问清楚哪里来的，留待陛下处置。"

京卫军统领赶紧应下："诺。"

迎接凯旋之师的盛会却演变成一场刺杀闹剧，还不知道有多少人得受牵连，众人皆觉晦气，于是后半程由京卫军开道，队伍一路加快速度，直接进宫。

祝云璟径自回了东宫，大街上发生的事情自会有人去与昭阳帝禀报，不需要他多嘴，况且这会儿昭阳帝还要接见有功的将士，并没有工夫搭理他。

晌午之时，祝云瑄跑来东宫蹭吃蹭喝，顺便慰问他受到了惊吓的太子哥哥。

祝云璟倒没真的吓到，就是心情颇为复杂而已，但祝云瑄显然已经听说了刺杀一事，缠着祝云璟问东问西，似是对贺怀翎十分感兴趣。

"听说是贺将军神功盖世、从天而降，以一敌百救了太子哥哥，才一个早上而已，就已经传得阖宫尽知了，他真有那么厉害吗？"祝云瑄还带来了在外听闻的传言。

祝云璟冷笑："是啊，他大出了风头，在众目睽睽之下救了孤。别说这宫里，恐怕这会儿已经满京城传遍了。"

听过战场上再多神勇不凡的传说，都比不上亲眼所见来得震撼，今日这一出过后，恐怕贺怀翎在京中的声望更要大涨了。

祝云瑄哈哈一笑，并没有体会到他太子哥哥快要吐血的心情，反而愈加好奇："那贺将军到底长什么样？真像传闻中那般青面獠牙、凶神恶煞吗？"

祝云璟十分不耐烦："晚上父皇设宴慰劳有功将士，你自己看不就知道了？"

贺怀翎虽是贵妃侄子，但外戚不能随便进宫，而在随父出征之前贺怀翎还不曾入朝堂。别说那个时候年岁还小的祝云瑄，便是祝云璟，在贺怀翎的声名大噪前，也并不知道贺家还有这样一个人物，今日亦是第一次得见。

贺怀翎年少成名后，关于他的种种传闻便有很多。

可这传闻也不知怎么传的，大概是贺怀翎只身冲入敌军阵营，一剑砍下北夷汗王的首级，又拖着对方的辫子，一路将那首级拎回来的丰功伟绩太过惊人，一传十十传百后，贺怀翎就成了煞神降世，战无不胜、无人能敌，要不怎么可能在那样的情况下，还能全身而退、毫发无伤？

当然这些不过是给人茶余饭后增添一些谈资，贺怀翎，或者说是贺家的功绩就摆在那里，是谁都抹杀不了的。

祝云瑄的眼珠子滴溜溜地转，他道："太子哥哥，其实今日之事也不是全无好处，贺将军风头如此之盛，如此得民心，早晚会被父皇给惦记上。你之前说得对啊，功高盖主、卸磨杀驴，是迟早的事情，我们还可以推波助澜呢。"

祝云璟伸手敲他的脑袋："你想这些事情做什么？孤自会对付他，你别操心，好生念你的书吧。"

傍晚时分，昭阳帝在隆恩殿设宴，慰劳凯旋的征远将士，王公大臣、文武百官皆列席陪同。

席间最风光之人莫过于贺怀翎，昭阳帝对他极尽褒奖赞美之词，只恨自己没生出个这么有出息的儿子来，早在下午的时候就下了圣旨，对征远军中的有功之臣论功行赏、加官晋爵，贺怀翎被封定远侯，赐侯府，赏黄金千两、良田百顷。

祝云瑄坐在祝云璟身边，喝着果酒托着腮，打量着对面正与祝云珣低声私语的贺怀翎，片刻之后，他轻笑出声，与祝云璟道："这个贺将军凶是凶了点，却也是英姿勃发，那些流言到底是怎么传出来的？"

祝云璟斜眼睨向祝云瑄："怎么？替他委屈了？"

祝云瑄不服："哪的话！我是担心有朝一日，我也会有这般流言，误了我将来娶个倾国倾城、美艳无双的妃子！"

祝云璟没有理他，瞥了一眼那贺怀翎，将杯中的酒倒进嘴里。

说笑几句后，祝云瑄凑近祝云璟，小声提醒他："我刚看了半日，那些殷勤着去给贺将军敬酒的老家伙，对着二哥也热络得很，他们这是都不把太子哥哥你放在眼里啊？"

若非知道自己这个小弟弟虽然心思刁钻，却一心向着自己，祝云璟当真要怀疑他是在挑拨离间了，反问道："在你眼里谁不是老家伙？"

祝云瑄眨了眨眼睛："太子哥哥风华正茂，自然不是。"

"少贫嘴。"祝云璟斜了他一眼。

祝云瑄又问："太子哥哥你真的一点都不担心吗？"

祝云璟看向御座之上已微醺的昭阳帝，勾起嘴角："不用担心，父皇只给他封了定远侯，却只字不提加官之事，一个没有实职的勋贵，在这京城里是最不值钱的，怕什么？"

祝云瑄摸了摸下巴，道："可他手里还有追随他一块回京的八万征远军呢！"

"急什么，兵权，他早晚得交出来。"祝云璟似有成算。

酒过三巡，不胜酒力的昭阳帝被内侍搀扶着先退席回寝宫，留下祝云璟继续主持宴席。

皇帝不在，下头的人便没了顾忌，这些战场上下来的兵痞子个个豪迈不羁，嫌弃拿杯子喝酒不过瘾，纷纷要求换上大碗。有人起了兴致，竟是直接抓着酒坛子就与同僚斗起酒来，大口大口往嘴里灌，旁的人大声叫好，一时间隆恩殿里沸反盈天、热闹无比。

陪宴的文官大多看不惯这些武将的粗鲁做派，但今日是为了给征远军接风洗尘，祝云璟都没说什么，他们自然不好过多议论，心中再不屑，面上还得端着笑脸，与人推杯换盏，再互相吹捧一番。

围着贺怀翎敬酒劝酒的人是最多的，贺怀翎依旧用的是小杯，旁人敬一杯便喝一杯，不似其他武将那般粗狂，举手投足间满是世家子弟的优雅从容，话亦不多，眉宇间自有一股傲气，却并不显得狂妄。

祝云璟突然道："孤去给贺将军敬酒。"

"啊？"祝云瑄以为自己听错了。

祝云璟笑了笑："贺将军救了孤，孤总得有点表示，要不又要被人说孤这个皇太子过于孤傲不识大体了。"

祝云瑄不解："那又如何？我以为太子哥哥你不在意这些的呢？"

"孤又不是圣人。"祝云璟起身，拎着酒杯走到贺怀翎的桌前，原本围在四周的官员纷纷避让，目光却没从他们身上挪开。

贺怀翎站起来，祝云璟举杯，笑得明朗："恭喜将军得封定远侯，今日遇刺之事，孤还未曾与将军道谢，若非有将军奋不顾身挡在孤的座驾前，只怕孤这会儿便不能在这儿恭贺将军和征远大军得胜归来了。这杯酒，是孤敬将军的，不知将军可愿赏脸？"

贺怀翎双手举杯，神色肃恭："职责所在，不敢言谢。"

他说完，先仰头将杯中酒一饮而尽，祝云璟笑看着他，慢慢将酒杯送到唇边。

一杯酒下肚，祝云璟又道："这段时日孤也听闻了不少将军神勇无敌的传闻，都说将军神功盖世，孤钦佩不已，他日有机会，不知可否与将军讨教一二？"

贺怀翎谨慎道："殿下厚爱，臣愧不敢当，传闻不可尽信，征远大捷，是全体将士的功劳，非臣一人之力。"

祝云璟又笑："将军太过谦虚了。"

两人你来我往地说着些客套场面话，气氛尚算融洽，可偏有不知死活的醉鬼凑了上来。

那姜演与人拼酒，喝得是面红耳赤、人事不知，早上贺怀翎才叮嘱过他要谨慎低调的那些话早就抛到了脑后，摇摇晃晃地凑到贺怀翎的身边，眯着眼睛打量起面前的祝云璟，醉糊涂了，竟是说起了大逆不道的浑话："这是哪里来的公子？怎么配和将军敬酒？"

周遭一片倒吸气声，正喝着酒、竖着耳朵听他们这边动静的祝云瑄直接喷了酒，呛得半天停不下来，祝云珣微蹙起眉。

祝云璟冷冷地盯着面前丑态百出的姜演，白净的脸上没有表露出过多的情绪，但熟知他的人都明白，这是他发怒的前兆。

浑然不觉自己已经一脚踏进鬼门关的姜演喷着酒气，在他伸出手碰到祝云璟时，贺怀翎当即抬手，一掌劈在他的后颈上，干脆利落，醉鬼轰然倒地，彻底失去意识。

贺怀翎跪地请罪："姜演醉酒失言冒犯殿下，愿受一百军棍责罚，以儆效尤，臣御下不严，甘领同罚。"

祝云珣亦站起身，提醒祝云璟道："今日父皇设宴慰劳征远军，在座的将士都是有功之臣，想来这姜将军也是无心冒犯，太子不如饶他这一回吧？"

除了一些窸窸窣窣的私语，大殿里已经彻底安静下来，再没人敢再闹腾，众人的目光都落到了祝云璟和贺怀翎的身上。

祝云璟实在窝火，他都还没想好要怎么处置这个不知死活的东西，贺怀翎就先帮他下了决断，可他却不能当真这么做。

今日大军凯旋，他若是叫人当众责打了有功将领，尤其是贺怀翎，事情传出去，他又不知会被如何非议。

更何况这事实在不光彩，他还不想听人一再提起这喝醉了的莽夫是如何冒犯他的。

这些道理祝云璟并非不懂，也无须祝云珣来提醒，祝云珣能安得了什么好心，不过是借机笼络人心罢了。

祝云璟忍耐着怒气，沉声下令："用水把人泼醒了，扔出宫去。"

贺怀翎立刻谢恩："谢殿下宽宏。"

祝云璟没了心情再待下去，甩手走人，饮宴就此散了。

祝云珣似有话私下与贺怀翎说，亲自将其送到宫门口，贺怀翎拱了拱手："殿下就此留步吧，改日我再进宫来与您问安。"

"你我兄弟，不必这般客气，亦无须在意这些虚礼。"祝云珣笑得温和，五年不见，他这位表兄似乎与他越发疏离了，不过无碍，只要贺怀翎还姓贺，自然便是与他一条船上的。

贺怀翎神色淡淡："应该的。"

祝云珣叹气："表兄是否在怪我？"

贺怀翎不解："殿下何出此言？"

祝云珣解释道："去岁你寄信与我，托我照拂那许翰林，不承想没等到你回来，他却已经出事下了狱，还死在了狱中，是我辜负了你的信任。"

贺怀翎黑亮的瞳仁在夜色中更显幽沉，眼中似有悲戚滑过："与殿下无关，殿下不必自责。"

祝云珣想了想，还是问："其实我一直很好奇，你与那许翰林为何会有交集？"

贺怀翎淡淡道："少时有过些许情谊，人既已去，多说无益。"

祝云珣斟酌着道："因着你寄了那封信给我，我平日里确实对许翰林多有留意，许大人是清风朗月的矫矫君子，实在很难让人相信他会生出那样不臣的心思。"

"他不会，"贺怀翎蹙眉，"这事背后定有隐情。"

祝云珣点头："父皇下旨将他押入大理寺狱候审，以许翰林的品性，不会做出畏罪自戕之举，这事我一直觉着有些古怪，之前……京中流传着许多许翰林和太子之间的传闻，我自是不信许翰林是那般醉心权势之人。只是太子他向来行事无所顾忌，若是他在当中做过什么，也不无可能。"

贺怀翎越听神色越是严峻："太子？这事与他有关？可有证据？"

祝云珣压低了声音："并无，但之前曾有人看到，在许大人出事前不久，太子他私下里去过一趟大理寺狱，在里头待了有小半个时辰。而且父皇下旨将许大人的尸身扔去城外乱葬岗后，我特地派人过去，本想帮着收尸厚葬，却遍寻不着许大人的尸身。"

贺怀翎眸光更沉，祝云珣抬手拍了拍他的肩膀："这事我多少也有些责任，我会继续派人去查探，总会给你一个交代，生要见人死要见尸。"

沉默片刻，贺怀翎抱拳："多谢殿下。"

祝云珣微微一笑："我说过了，你我兄弟，不必计较这些。"

不几日，刺客的身份便已核查清楚，前因后果都有了，奏疏呈到了御前，祝云璟这里也收到了消息。

三年前，黄河多处堤坝决口，致沿岸数十万百姓流离失所，虽然朝廷立刻就拨下赈灾银两，但杯水车薪。

无数人在那一场天灾中丧生，更有人沦为流寇，四处逃窜，甚至揭竿而起，公然与朝廷官府为敌。

当时北方战事正酣，朝廷虽多次出兵围剿叛乱流寇，却无力将之彻底剿灭。

野火烧不尽，春风吹又生，那群刺客便是那些流寇的同伙，早前就潜入京中，趁着征远军凯旋，伺机行刺当朝太子。

听闻禀报时祝云璟正被下人伺候着在更衣，闻言他的眸光闪动了一下，没有多问。

王九仔细地帮祝云璟将腰带系好，再在腰间挂上一枚莹润通透的蟠龙玉佩，镜中的祝云璟长身玉立，端的是龙姿凤采，王九笑着拍马屁："殿下当真是人中龙凤，器宇不凡。"

祝云璟哂然："皮囊再好，又有何用。"

王九又道："殿下是贵气天成，好的可不只是皮囊。"

祝云璟声音冷淡："行了，别说这些没用的，给姑母的寿礼可备好了？"

王九答："殿下放心，已经放上车了。"

"走吧。"祝云璟抚了抚袖口，走了出去。

今日是淑和长公主五十整寿的日子，公主府设了宴，昭阳帝不能亲临，便让一众皇子都去给这个大姑母捧场。

淑和长公主是昭阳帝的长姐，先皇后唯一的嫡女，虽比昭阳帝大了有十余岁，但昭阳帝被先皇后抱养，与这位长公主同在先皇后膝下承欢过不短的一段日子，两人感情甚笃，昭阳帝一贯很敬重这位长姐。

祝云璟接上祝云瑄一块出宫，祝云瑄闷在宫中已久，今日好不容易能出来，分外兴奋，一路上叽叽喳喳个不停。

行至热闹街市，祝云瑄推开车窗望了望外面，叹道："可惜不能去街上玩，这么多人跟着，哪儿都走不开。"

祝云璟提醒他："知足吧，要是再遇上刺客，你小心小命不保。"

今日他们是微服出宫，跟着的护卫数量却比往常翻了番，自从那日出了事，这两日京城大街小巷都加强了守卫，若不是长公主做寿，他们也出不了宫。

祝云瑄不以为然："我就是一个普通皇子，刺客都看不上我。"

"谁说你只是普通皇子？"祝云璟不悦道，"你与孤一样是嫡子，比祝云珣他们都要尊贵，少看轻了你自己。"

祝云瑄应道："好好好，臣弟受教了。"

祝云璟瞟了一眼这没心没肺的小弟弟，前行中的马车忽然停下，王九在车外禀报："殿下，世子来了，与您和五殿下问安。"

祝云璟道："让他上车来。"

谢轩明进来车里，祝云璟免了他的虚礼。谢轩明笑道："正要去长公主府祝寿，没想到会在路上碰上殿下和五殿下，真是巧了。"

祝云璟没心思与他说那些有的没的，开门见山道："你回去之后与舅舅说一声，这些日子让家里人都低调些，别惹了父皇的眼。"

谢轩明闻言有些悻悻："哪能啊，父亲的差事都没了，如今整日窝在府里喝茶遛鸟，不能再低调了。"

一旁的祝云瑄轻哼："舅舅是因为当年整治河道不力被免了差事，如今出了刺客的事，旧事怕是又要重提，表兄不想着如何囫囵过去，还有心思在这儿抱怨呢？"

谢轩明一脸赧然："是……我回去就跟父亲说。"

当年，若非时任河道总督的谢崇明玩忽职守、失职不察，河道上也不至于出现那么多处决口，死伤那么多人，要是换个人，抄家砍头都不为过。昭阳帝最后是看在祝云璟母后和祝云璟的分上，才从轻处置了谢崇明，为此惹得朝廷上下一片非议，时不时就会有人将之翻出来说道几句。

祝云璟闭了闭眼睛，心中郁结，但既然祝云瑄已经帮他说了，他便不多费唇舌了，谢家人虽然不着调，趋利避害的本事还是有的，应当不至于真出什么事。

两刻钟后，皇太子的马车停在公主府门口，大管家喜气洋洋地将他们迎进去。

正厅里，一身缕金大红团花锦衣，打扮得很是雍容华贵的长公主坐在主位上，正与一屋子的贵妇夫人谈笑风生。

在座的都是长辈，见到祝云璟三人便都没有避讳，与两位皇子行了礼，又都坐下了。

祝云璟他们各自送上寿礼，祝云璟准备的是一柄玉如意，祝云瑄则送了自己抄的佛经，长公主笑着收下，拉着他们说了几句体己的话，最后道："都去后面的园子里玩吧，我们这些老婆子聊天你们也不高兴听，等开席了再叫你们。"

今日长公主的寿宴只邀请了京中各府的命妇和各家小辈，此时走进公主府后花园。

听着不远处传来的莺莺笑语，祝云璟忽然明白过来，敢情他们姑母这是借着寿宴之名行相亲宴之实。

淑和长公主早年守寡，膝下无儿无女，收养了几个宗室孤儿，过得也算快活，生平最热衷的便是与人说媒，还真撮合成了好些对美满姻缘。祝云瑄和谢轩明显然也想明白了原委，俱是跃跃欲试。

三人行至湖边，便见对岸的花厅里聚集了十数少女，个个娇俏可人、如花似玉，有胆大的，就聚在湖边，时而打量他们这边，时而羞怯低语，间或传出一串银铃笑声。

谢轩明和祝云瑄凑在一块嘀嘀咕咕，对着对岸的姑娘们评头论足。祝云璟甚是无奈，没有与他们掺和，拾级而上走进假山之上的亭子里，那里已经有不少人在喝茶聊天，都是京中各府的少爷公子们。

皇太子一出现，原本有些喧嚣的亭子里沉寂一瞬，众人纷纷起身问安，祝云璟摆了摆手示意他们坐下，斜了一眼凭栏而坐的祝云珣几人，笑道："这么拘谨做什么？孤还能吃了你们不成？怎没见你们对着孤的二弟他们，也这般放不开？"

祝云珣带了另外几个弟弟一块出来，太小的都留在长公主那边了，这里只有几个和他们年纪相仿的兄弟，都是谨小慎微的透明人，听了这话便有些不自在。

只祝云珣仍淡定喝着茶，悠悠道："他们从前没跟太子哥哥您一块玩过，难免有些束手束脚，还望太子哥哥不要计较。"

"孤没那么小气。"祝云璟走到与祝云珣相对的位置坐下，不再搭理他，独自品茶。

其余人面面相觑，见祝云璟似乎当真不在意他们，渐渐又放开了手脚，各自玩闹，气氛重新热络起来。

祝云璟打量着与祝云珣坐在一块的贺怀翎，他没想到今日会在这里碰到这人，但转念一想，贺怀翎也是世家子弟，出现在这样的场合似乎也并不奇怪。

脱了铠甲的贺怀翎比那日初见时少了些煞气，多了份潇洒佩傥。祝云璟爱欣赏美人，无论男女，只可惜贺怀翎他姓贺，就算皮囊美，那也是淬了毒的。

贺怀翎似有些心不在焉，祝云璟垂眸掩去眼中笑意，他知道贺怀翎这几日定然不好过。

京中关于他的种种传言甚嚣尘上，有说他是紫微星降世，有说他命格奇贵，还有不知什么人编造出的一段贺怀翎出生时漫天彩霞金光万道的离奇身世，传得是有鼻子有眼，想必不久就会传进昭阳帝的耳朵里。

这样的捧杀，可不是人人都受得起的。

有下人躬着身子进亭子，到贺怀翎面前递了个香囊给他，说是对岸花厅的赵娘子让人送过来的。

在场的少爷公子们闻言一阵怪叫，吹口哨的吹口哨，起哄的起哄，连祝云珣都笑着扬起眉道：“没想到赵家表妹会看上了表兄，还特地叫人送了香囊过来，表兄不如笑纳了吧。”

湖对岸，赵秀芝举着团扇半遮面，被众星捧月地笑看着对面假山亭子里的佩傥身影，含羞带怯又自信满满。她是太后最宠爱的侄孙女，虽说在赵太后入宫前赵家不过是市井杀猪的，但那又如何，如今这些世家贵女心中再不屑，面上不还得捧着她？她连皇太子妃都不想当，只看中了一个贺怀翎，还怕不能手到擒来？

一刻钟后，赵秀芝身边的丫鬟满头大汗地将那香囊送回，战战兢兢道：“定……定远侯说，谢娘子厚爱，他承受不起，香囊奉还，物归原主。”

赵秀芝脸上的笑凝住，她起身拂袖而去。

假山之上，祝云璟放下茶碗，轻蔑一笑：“定远侯连素有美貌之名的赵家表妹都看不上，倒不知道侯爷想找个怎样的侯夫人？”

太后有意把赵秀芝许给祝云璟一事，只在永寿宫里与昭阳帝提过，并未传开，否则今日最丢脸的就该是他祝云璟了。

不过经此一出，祝云璟却是打定了主意不收这个赵家女了，连侧妃都不考虑了。

贺怀翎淡淡地回道："婚姻之事，父母之命，媒妁之言，即便心有所属，讲究的也是你情我愿、两情相悦，否则便是给彼此徒添尴尬和麻烦，若行逼迫之事，更是陷人于不义。"

祝云璟闻言冷了神色，谁逼迫谁？就算赵秀芝受宠，她能逼迫得了贺怀翎吗？贺怀翎这话显然另有深意。不单是祝云璟，旁的人似乎也从这话里听出了深意，表情都变得有些古怪。

"定远侯所言甚是，"祝云璟咬住牙根，"还望定远侯牢记今日之言，将来也定不要忘了。"

第二章

自食其果

晌午过后，吃完寿宴的祝云璟带着祝云瑄回宫，谢轩明送了他们一程，分道之前，祝云璟再次把谢轩明叫到车上，叮嘱了他两件事："去帮孤查一查定远侯和许士显之间可有往来，另外，既然赵家表妹倾慕定远侯，不如帮帮她，今日香囊之事务必让更多人知道。"

谢轩明点头应下："殿下放心，包在我身上。"

祝云瑄好奇地问祝云璟："太子哥哥，你觉得定远侯与那许翰林认识？许翰林不是去年才登科的吗？"

祝云璟轻嗤："不无可能，贺怀翎不像是那种故意找碴儿只为下孤脸面之人，除非许士显与他有私交，他心有怨气，迁怒于孤。"

京中的流言一日一个样，这些日子话题的中心却始终围绕着贺怀翎，这几日又新增了定远侯与承恩伯嫡女之间的风流韵事，什么一见倾心、香囊定情、花前月下的，越传越真，到后面竟是传成了他俩其实早有婚约，两人指腹为婚、佳偶天成。

不论贺怀翎作何感想，这些流言传得沸沸扬扬，赵秀芝却很高兴，祝云璟也很高兴。

这日，祝云璟进御书房请安，昭阳帝正在看奏章，神色似有不豫，见到祝云璟过来，把他叫到跟前，将那封奏疏递给他看。

有下臣上奏请求，为贺怀翎建武神祠，说是百姓集体请愿。祝云璟仔细看完，抬眸看向昭阳帝："父皇是在烦愁什么？"

昭阳帝叹气："定远侯是有功之臣，怎么褒奖都不为过，只是这江山……到底还是姓祝的。"

祝云璟沉默，心知那些传言已经传进了父皇的耳朵里，旁的便不需要他再多说了。

昭阳帝并不是昏君，他甚至很清楚那些流言的背后是有人在推波助澜，毕竟贺怀翎年纪轻轻就立下这么大的军功，就此扬名立万，不可能不招人妒恨。

可即便明知道传出的那些流言是无稽之谈，但愚民无知，轻易就能被煽动，这偏偏又是昭阳帝最忌讳的，他无法做到心无芥蒂。

片刻之后，昭阳帝摇了摇头，说起了别的："朕听闻，定远侯与赵家那丫头之间互有情谊，那日还去你姑母府上贺寿，你也在场，这可是真的？"

祝云璟笑道："儿臣不敢撒谎，赵表妹确实送了个香囊给定远侯，定远侯没收，又让人送回去了，是不是真有情谊儿臣就不知道了，不过事情既然传得尽人皆知的，想必不是空穴来风。"

昭阳帝皱眉："原本你皇祖母还有意让你娶赵家那丫头，现在外头都在传她与定远侯早有婚约，一心倾慕着定远侯，无论真假，再传下去都于她闺誉有损。"

祝云璟顺着话头道："父皇，赵表妹心悦定远侯，那日在姑母府上，各家子弟都看在眼里，京里都传遍了，即便皇祖母真要把她许给儿臣，也不合适。"

"罢了，"昭阳帝疲惫道，"她确实不适合做皇太子妃，朕会帮你再多看看，你皇祖母那里朕会去说，如若那丫头当真与定远侯情投意合，朕倒是可以给他们指婚。"

轻松将包袱甩出去的祝云璟很是得意，拱了拱手："但凭父皇做主。"

新年过后，朝廷颁下圣旨，八万归京征远军分编进京南、京北大营，由两营总兵统领，而贺怀翎，则被任命为从二品的刑部侍郎。

皇帝不可能当真一直不给贺怀翎派官职，可谁都没想到，贺怀翎一个威风凛凛的武将大将军，竟然被指派做了文臣！朝廷上下一片哗然，昭阳帝还特地在朝会上解释，说贺怀翎在随军出征前，也是饱读诗书满腹经纶之士，做文官亦无不可。

殿中官员皆是不解，什么亦无不可，才怪！那时贺怀翎才几岁，什么饱读诗书满腹经纶，谁信啊！

不管旁的人怎么想，贺怀翎却是从容不迫地领旨谢恩，没有半句怨言。

贺怀翎的那些旧部则分别被指派进了京中几大营，姜演就被调去京北大营，做了个从三品的参将。

至于那封请修武神祠的奏疏，被留中不发，再无后文了。

定远侯府的正厅里，贺怀翎的几个心腹手下聚集一堂，脸色都不好看，主位之上的贺怀翎心不在焉地喝着茶，听着他们抱怨。

姜演一拳打在茶几上，义愤填膺道："皇帝竟然把将军弄去做文官，这也太欺负人了！"

姜演这话已经有些大逆不道了，其余人却纷纷附和，三言两语地诉说着对昭阳帝下的这道圣旨的不满，贺怀翎沉声打断他们："圣旨已下，都别再议论了，你们各自回去，好生做好自己的差事就行了。"

姜演依旧愤愤不平："可是将军您……"

"无碍，刑部也不错，去历练一番也无妨。"贺怀翎的语气仍没有什么起伏。

有人不服道："可您本该去京北大营做总兵，贺老将军就是京北大营出身……"

贺怀翎打断他："在哪儿任职是陛下说了算，总兵之位更没有父传子的道理。何况京北大营早已易主，现任总兵并无过错，陛下断不会无故撤了他的职，还是说你们觉得我去给他做副将比较好？"

"当然不是！"那属下大声否定。

从前京北大营的总兵是贺怀翎之父贺远之，贺远之战死沙场，他们总以为这总兵之位是贺怀翎的囊中之物，但显然，昭阳帝并不是这么想的。

贺怀翎摇头："我们归京之前，朝廷就已经派了新的总兵去接手留在边关的兵马，那时你们就应该料到会有今日。"

当初的五十万征远军到如今只剩下半数不到，得胜之后又留下五万人镇守边关，其余地方上的征兵各自解甲归田，贺怀翎带着最后八万人归京，从踏上归途第一日起，他就已经做好了心理准备。

京中那些关于自己的传言愈演愈烈，这些都在贺怀翎的意料之内，应该庆幸昭阳帝不是那卸磨杀驴、是非不分的昏君，只是要收回他手中兵权而已，他也并不贪恋权势。

昔日他随父出征时不过十六岁，于战场之上临危受命，担起五十万征远军的重任，如今能够完成父亲嘱托，得胜凯旋，已无遗憾。

更何况，刚过弱冠就任从二品侍郎，也不是人人都能有此际遇，从某种程度上说，昭阳帝已足够慷慨。

贺怀翎不愿再多说，只叮嘱众人："这事以后都别再提了，现下已经回了京，不是在边关，你们的一言一行都要慎之又慎。都回去吧，以后……也尽量少来我府上。"

贺怀翎正式赴任之前，昭阳帝将他召进了宫。许是昭阳帝也意识到自己这事做得不地道，对着贺怀翎多有愧疚，与之推心置腹地追忆一番昔年与他父亲君臣相得的往事，说到动情处，还红着眼眶掉了几滴眼泪。

贺怀翎安静地听着昭阳帝长吁短叹，偶尔附和一句，并不多言，最后昭阳帝叹气道："朕知道你心中一定有怨气，当年危急之时，朕将你父亲推上战场，他却有去无回，是你一力担起征远军的重任，亲手手刃敌首。如今大军得胜归来，朕却将你调去做文臣，难免屈才。可朕也是逼不得已，你还年轻就立下这样的不世之功，朝廷上下不知多少人眼红盯着，朕将你调去刑部，也是想让你避避风头，得以韬光养晦，留待他日，你可知朕的用心？"

贺怀翎垂首："臣知道，陛下用心良苦，臣不敢怨。"

昭阳帝满意地点头："你年岁也不小了，不如趁着现在早点成家立业，也可让你父亲含笑九泉。朕听闻你与承恩伯的女儿两情相悦，且早有婚约，可是真的？若你真有意，朕可以亲自给你们指婚。"

贺怀翎解释道："陛下误会了，臣与赵娘子在此之前从不认识，更无婚约，只是那日在长公主府上，赵娘子送了个香囊与臣，臣受之有愧，便将之还了回去。赵家娘子秀外慧中、兰质蕙心，臣配不上她，亦不想耽误了她。"

昭阳帝不赞同道："你是朕亲封的定远侯，怎么就配不上她了？还是你心中另有所属？"

贺怀翎又道："并无，只是臣母亲早逝，父亲战死沙场，家中弟妹尚幼，臣刚刚回京，侯府初建，府中诸事都需要臣亲力亲为，分身乏术，故暂无成亲打算。"

"娶个正妻帮你操持家事不是更好吗？"贺府的情况昭阳帝是知道的，贺远之为国捐躯后，如今他家中只剩贺怀翎和一家子老弱妇孺，他原以为贺怀翎会想着早日开枝散叶。

贺怀翎却说："臣只怕赵娘子这时嫁与臣，需事事替臣劳心劳力，会委屈了对方。"

贺怀翎这么说，昭阳帝便不好再说什么了，不论贺怀翎这话有几分是真的，他不想娶那赵家女儿却是事实，昭阳帝本是想借着指婚将亏欠了的恩宠补给贺怀翎，但贺怀翎不愿，若是逼着他接受这门婚事，日后二人成了怨侣，反倒不美了。

思及此，昭阳帝便改了主意："既如此，朕亦不会强人所难，这事便不再提了。"

贺怀翎再次拱手谢恩："臣谢陛下体谅。"

贺怀翎从御书房告退出来，刚走出门就碰上祝云璟，贺怀翎恭敬见礼，祝云璟看着他，弯了弯嘴角："父皇可是要给定远侯指婚了？孤是不是应该与定远侯道一声喜？"

贺怀翎神色不变："陛下体谅臣之难处，指婚之事已经作罢。"

祝云璟挑眉："是吗？那看来赵家表妹注定要单相思了。"

贺怀翎不再多说，拱了拱手，告辞离开，擦肩而过时，祝云璟带笑的声音荡进他的耳朵里："侯爷与那许翰林有旧？"

贺怀翎顿住脚步，戒备地看向祝云璟，祝云璟再次莞尔，冲他眨眨眼睛，抬脚进了御书房里。

贺怀翎第一天去刑部报到，是刑部左侍郎率部衙上下官吏一起迎接的他，老尚书年岁已高，只挂了个虚职，已甚少出现在衙门里，刑部的大小事情都要靠两位侍郎做主。这些文官对着贺怀翎都很客气，贺怀翎与他们虽不热络，但也不曾故意找碴儿，一日相处下来，总算相安无事。

时日一长，众人对贺怀翎的兴趣便淡了许多，该干吗就干吗，不再将注意力放在他身上。

贺怀翎并不怎么管事，借口自己年纪尚轻又初到刑部，诸事不通，衙中大小事宜全凭左侍郎做主，而他每日则花费大把的时间翻阅研读那些陈年案卷。并没有人注意到，景州知府反诗案的卷宗也在其中，且贺怀翎大部分的精力都用在其上。

这日晌午，祝云璟自御书房出来，在回东宫的路上远远瞅见贺怀翎过来，轻眯了眯眼睛，问跟在身旁的王九："定远侯怎么进宫来了？"

王九想了想，回答道："许是来给二殿下请安的吧。"

诸皇子尚未成婚，全都居住在宫中，皇子寝宫就在东宫后面，外臣要进来问安，确实得经过东宫。

祝云璟嘴角微撇，而贺怀翎已行至跟前，停下脚步，态度恭敬地与他见礼。

祝云璟高坐在步辇之上，斜睨他一眼："定远侯今日怎有空特地进宫来了？"

"回殿下话，臣进宫来是为给二殿下请安。"贺怀翎淡然回道。

祝云璟似笑非笑道："给二殿下请安，不给孤请安吗？定远侯这是看不起孤这个皇太子？"

贺怀翎道："臣不敢。"

祝云璟故意说："若不是今日恰巧碰上，定远侯只怕没想过踏进孤的东宫吧？"

"臣是怕叨唠了殿下。"贺怀翎依旧不卑不亢。

祝云璟却不打算这么放他走："孤不怕就行了，走吧，随孤去东宫，孤请定远侯喝茶。"

一刻钟后，东宫的暖阁之内，祝云璟和贺怀翎于榻上相对而坐，宫人奉上茶点，祝云璟笑着抬手示意："侯爷赏脸尝尝孤这东宫的茶点如何？"

贺怀翎谢了恩，动作优雅地捧起茶碗抿了一口，再夹起一块点心送进嘴里，仔细咽下后再次用茶水漱了漱口，点点头，回答一直笑看着自己的祝云璟："东宫的茶与点心，自是最好的。"

不单是茶点，这东宫里的每一样东西都是极好的，处处精致奢华，那香龛里点着的珍贵的龙涎香，整个皇宫里也只有皇帝、太后和太子能够使用。刚才进来时，贺怀翎只随意扫了一眼，便看得出昭阳帝当真宠极了祝云璟这位皇太子，好东西几乎都被搬进了这东宫里。

祝云璟轻笑："侯爷不必这般拘谨客气，想必你与祝云珣不会这样说话吧？"

贺怀翎恭敬回道："二殿下与殿下不同，殿下是储君，礼数不可废。"

祝云璟"啧"了一声："说到底还是亲疏有别，不过若是孤那二弟也能如侯爷这般牢记这点，就好了。"

这话似乎意有所指，贺怀翎没有接，祝云璟弯了弯嘴角，换了个话题："孤听闻，侯爷生母是景州人士，侯爷少时据说也在景州外祖家住过一段时日，侯爷对景州风土可有了解？诗书里都说景州的风景好，可是真的？"

贺怀翎抬眼看向面前眸中带笑却笑得不怀好意的祝云璟，心生警惕，略一思索便明白过来，祝云璟这是在试探自己与许士显的关系。那日在御书房外头，祝云璟问出那样的话，想必早已经将他和许士显之间的交集打听清楚了。

贺怀翎神色不变，回答他："景州山美水美，春日里是风光最好的时候，再多的辞藻渲染、诗文咏叹都不为过。"

"是吗？"祝云璟一手撑着下巴，拖长了声音，"那人呢？"

贺怀翎与许士显之间的事情并不难查，祝云璟派人去景州随便打听打听就能知道。

许士显是孤儿，七八岁起就一直寄居在那已经掉了脑袋的景州知府杜庭仲家中，当时杜庭仲还只是景州下头一个县的县官，而贺怀翎的外祖家便在那县城里，因是当地的名门望族，府邸与县衙毗邻，两处仅一墙之隔。

贺怀翎从八岁至十四岁这整整六年的时间，都住在景州外祖家中，便是在那时认识的许士显。

许士显十三四岁时，就已经长成远近闻名的少年郎，后被景州当地的一个权贵恶少欺辱。那恶少家势大，连杜庭仲这个县令都不放在眼里，最后是贺怀翎出面才将许士显给救下来，这事在当地传得沸沸扬扬，都说他二人那时便已是挚友。

就是不知道，那日许士显说的高山流水、莫逆之交，是否指的就是贺怀翎。

贺怀翎只装听不懂祝云璟这话中深意，故意道："江南的姑娘与京城贵女确实不大一样，但各有各的美，大家闺秀和小家碧玉，单看殿下更欣赏哪一类。"

"你说孤？"祝云璟扬了扬眉，"孤的太子妃当然得品貌双全、风华绝世，一般人孤还真看不上。"

祝云璟将许士显软禁在庄子上已有三个多月，下头的人时不时会来与祝云璟禀报许士显的近况，祝云璟并不急，他有的是耐心，先着急的那个人必定是许士显。

贺怀翎道："唯愿殿下如愿。"

贺怀翎语气淡淡，祝云璟有些怀疑他又在讥讽自己，心中不快，不再打哑谜："侯爷似乎还没回答过，当日孤在长公主府上时所问。"

贺怀翎微蹙起眉："斯人已去，还请殿下莫要再扰其清净，臣与许翰林是高山流水遇知音。"

祝云璟轻嗤一声："许翰林可是畏罪自戕的逆臣，侯爷与他有旧，不怕传到父皇耳朵里，牵连了侯爷？"

贺怀翎直直看向祝云璟："这五年，臣一直在边关。"

四目对上，两边俱带着隐藏其中的警惕和戒备，片刻后，祝云璟哂然，先退了一步："也是，想必父皇也不会无故猜疑有功之臣。"

短暂的僵持后，祝云璟转而说起了别的："不提这些了，不若侯爷再与孤说说战场之事吧？就说说那日你是如何单枪匹马闯入敌军阵营，取那夷人汗王首级的。"

贺怀翎淡然解释："传闻总有夸大其实之处，当时那北夷汗王身中数箭，已是强弩之末，敌军兵心涣散，溃不成军，臣不过是捡了个便宜而已。"

"侯爷何必谦虚，那么多将士，只有你敢深入虎穴，还能直取对方首级再全身而退，这份胆识可不是人人都能有的。"祝云璟并未说违心之话，抛开别的，他对贺怀翎的骁勇是真心佩服，对战场亦心有向往，可惜他的身份注定了不能亲上战场。

贺怀翎只道："臣说的是实话。"

祝云璟笑了笑："在那之前的睢川峡谷一战，也是侯爷你第一个发现夷人的诱敌之计，及时带着大军撤离，才使数十万大军免遭埋伏坑杀，不正说明侯爷足智多谋？侯爷再要谦虚就显得假了。"

贺怀翎无奈道："殿下是想听臣自吹自擂？"

祝云璟托着腮，手指轻敲了敲下巴，看向贺怀翎："孤是想听你将战场种种详细说与孤听，就是不知侯爷是否愿意？"

贺怀翎看着少年眼中闪动的光亮，心中颇为意外，他只以为皇太子是顽劣骄纵之辈，不承想他还当真有些储君风范，至少对战事是当真用心关注了的，而不是只钻营在那些权谋斗争之上，便说："殿下有心知晓，臣知无不言。"

于是，之后那一整个下午，贺怀翎都在与祝云璟讲排兵之法、用兵之策，祝云璟听得很认真，不懂的地方亦会细细询问。说到兴起处，祝云璟甚至叫人拿来行军图纸，让贺怀翎现场演示给自己看。

贺怀翎摸了摸那写有各种标记且已经有些泛黄的牛皮纸，再开口时语气里又多了些许耐心和诚挚。

一直到日薄西山，祝云璟还想留人用膳，贺怀翎推辞道："多谢殿下美意，只是臣还要去与二殿下问安，再晚些该落宫钥了。"

祝云璟斜倚在榻上，笑着歪了歪脑袋："行吧，孤的面子还是不够大，比不得孤那二弟，那改日孤再与侯爷讨教。"

贺怀翎垂眸："臣告退。"

再次行过礼，贺怀翎起身退出去，祝云璟望着窗外贺怀翎远去的背影，笑容逐渐消失在嘴角，王九帮忙将冷了的茶换了一杯，祝云璟挥挥手："都撤了吧。"

王九应下，顺嘴感叹一句："殿下与定远侯如此聊得来，倒真是叫奴婢意外。"

祝云璟不以为意，他是挺欣赏这位定远侯，可惜贺怀翎姓贺，否则倒是可以想点办法纳为己用，如今却是便宜了那祝云珣。

他吩咐道："你给孤留意着老二那边，下次定远侯要是再进宫来，也给孤拦下，把人请来东宫。"

祝云珣心眼不大，若是这般多来几次，祝云璟就不信他不会对贺怀翎心生怀疑，即便挑拨不成，给祝云珣添点堵也是好的。

贺怀翎走进祝云珣寝宫时，祝云珣正在逗弄鸟架子上的金丝雀，他笑着免了贺怀翎的虚礼，问道："听闻你被太子叫去东宫了？他跟你有什么好聊的？"

贺怀翎声音淡淡的："太子殿下对战场上的事情颇为好奇，让我说与他听。"

祝云珣嘴角微撇，颇不以为然："我那位太子大哥就与这金丝雀一样，娇贵得不得了，他问这些能有什么用？难道他还想亲上战场不成？"

贺怀翎似乎并不赞同他的话，回道："太子殿下是储君，理应知晓这些事。"

祝云珣神色微黯，很快又笑开了，转而说起别的事情："今日叫你来，是有件好事要告诉你，你那位旧友许大人，当真还活着，我的人已经探得他就在太子在凤凰山的私庄里。"

贺怀翎沉下目光："殿下所言确实？"

祝云珣很有把握道："自然是真的，我还能诓你不成？我也是很花了一番功夫才帮你打听出来的，太子窝藏朝廷钦犯，哪能那么容易就让人知晓。"

贺怀翎微蹙起眉，问祝云珣："殿下没想过将此事禀告给陛下吗？"

祝云珣摆摆手："那哪能呢，真要是告诉了父皇，许大人就没有活路了。我既然答应了你帮你找人，就不能又将之推出去送死。何况这事到了父皇那里，也不一定会把太子怎么样，顶天了也就嘴上教训他几句。"

贺怀翎拱手："谢二殿下。"

祝云珣笑了笑："你别总是跟我这么客气，我也没做什么，真要想把人救出来，还得你自个想办法。"

定远侯府。

贺怀翎刚回府，管家便送来一张请帖，是淑和长公主邀请各家小辈三日后去她的庄子上踏青。回京之后这几个月，贺怀翎收到过无数这样的邀约，他一贯能推则推。

心知长公主这又是想搞相亲会，贺怀翎本打算借口公事繁忙推脱掉，心念一转，却又问起管家："长公主的庄子，可是在凤凰山？"

管家答道："是在凤凰山。"

贺怀翎眸色微沉，吩咐道："既是长公主一番美意，那就去吧，你让人准备着便是。"

管家应下，退了出去，不多时，又送了封密信进来。

贺怀翎让人去景州查的事情已经有了些眉目，景州知府杜庭仲被杀之后，私下里还有不少人替他抱不平，但大多人微言轻，无甚作用。贺怀翎有心去查，从这些人嘴里问到了一些掩盖在案宗之下的内幕。

揭发杜庭仲妄议国事、言辞悖逆的，是他手下的一个同知，以及他加入的当地诗社的一帮诗友。众口铄金之下，杜庭仲难以自辩，加上查案的钦差擅自揣摩圣意，这便坐实了他的罪名。而事实上，这桩案子背后牵扯出来的江南官场斗争，却远不止如此。

杜庭仲过于清廉刚正，一直备受同僚排挤，与江南巡抚方成鹏更是不睦，二人之间龃龉颇多，其中还牵扯到了当地的私盐交易。

景州一带私盐买卖猖獗，当地大盐商与官府沆瀣一气，背后利益网错综复杂，杜庭仲或许是唯一站在网外的，但也最终没能逃脱被这张网吞噬的命运。

"盐政。"贺怀翎低声念出这两个字，眸色越发幽沉。

东宫。

王九小心翼翼地捧着个木质的盒子呈到祝云璟面前，打开盒盖，里头躺着三枚乌黑的药丸。祝云璟挑眉，王九谄媚一笑："殿下，这就是您要的东西。"

祝云璟修长的手指隔着帕子拾起一枚，细看了看，与旁的药看着无甚区别，这却是那能叫人生死不能的禁药。

此药是本朝开国时就有的，但药性极为霸道，一旦服下，基本无药可解，再配以特殊手段，起效后就须终生听命于下药之人。也因为此，怕奸邪之人用之为非作歹，朝廷一早就下了严令，民间禁止私下买卖此药，统一归官府调配。当然，皇太子想要弄几粒药回来，自不是难事。

祝云璟将手里的药搁回去，问王九："这药怎么用的？"

王九答："泡在水中服下便可，无色无味，不会叫人察觉。"

祝云璟哼笑："孤给他机会为孤所用，是他祖坟冒青烟，他合该对孤感恩戴德。"

王九顺势拍马屁："殿下说得是。"

两日之前，许士显终于坐不住，叫人传话过来说要求见祝云璟一面。祝云璟知道这人终于急了，可祝云璟不急，他可不想过去之后，再看到许士显那副模样。

王九见祝云璟心情颇好，小声问他："殿下……您是不是也该考虑考虑那事了？"

祝云璟斜睨向他："何事？"

王九讪笑道："奴婢也是瞎操心，觉着您这房里似是冷清了些……"

"收收你那些小心思，"祝云璟冷下声音，"别以为孤不知道你在打什么主意，外头那些人给了你多少好处，你要帮着她们惦记孤的床榻？"

"奴婢不敢！"王九满头大汗地跪地请罪，"奴婢只是想着，殿下您也有十七了，前几日太后还着人叫奴婢过去问过，说二殿下宫里都收了好几个人了，您这里却一个近身伺候的都没有……"

"行了！"祝云璟不耐烦地打断他，"孤心里有数，你去给孤找几本图册子来，孤看看再说。"

王九擦了擦额上的冷汗，应声退下。

祝云璟心下不快，这难言之隐他实在没处去说，当年太后就指了两个十七八岁的大宫女过来，他事前不知道，那二人也是胆大的，竟敢趁着他睡熟了，就往他床上钻，他被吓醒，当即叫人将之扔出去。之后每每想起那两人，还有那扑鼻而来的脂粉香，他就反胃，再不愿让人近身。

祝云璟要的东西，王九不到半日就给他弄来了，双手捧到他面前。祝云璟随意翻了翻，入目就是那些不堪画面，他将图册扔回王九身上："什么东西，有辱斯文！"

王九无奈道："殿下，这事本就是如此。"

祝云璟踹他一脚："你有经验？你不是六岁就阉了？"

王九皱起一张脸："奴婢没吃过猪肉也见过猪跑啊……"

"你在哪里见过猪跑？"祝云璟怀疑道，"你不是一直跟在孤身边伺候的？"

王九挤眉弄眼压低声音："有件事情奴婢一直没与您说过，三年前，您随陛下去外游猎，奴婢那些日子身子不适，没有跟随您伺候，还被发配去了别宫，有日奴婢无意中看到，在别宫避暑的贺贵妃与齐王苟合……"

祝云璟狠狠瞪向王九："当时怎么没听你说？"

王九脸上讪讪的，解释道："奴婢当时病糊涂了，只想着这事不能说，不能让任何人知道奴婢看到了，不然就要掉脑袋的，后来病好了，就……就忘了。"

祝云璟又踹他一脚，颇有些恨铁不成钢。

三年前确实有那么一段时间，王九病得厉害，按照宫里的规矩，生了重病的宫人都要发配去别宫，若是能挺过去便还能回来，真要挺不过去，死在别宫总好过死在宫里。王九就是这当中幸运的那个，在鬼门关走了一遭又回到祝云璟面前，依旧是大太监。不过也是祝云璟宽厚，派人给他送了不少好药过去，他才能挺过来，就是没想到这个东西病好了，却把这么重要的事情给忘了。

或许他也不是真的忘了，就是下意识地不敢记得而已。这种宫闱秘事，说出去他就只有一个死字，现在是贵妃早已薨逝，死无对证，他才敢在祝云璟面前提。

"齐王？"祝云璟轻眯起眼，若有所思。

齐王是昭阳帝的兄弟，京城里出了名的荒唐闲王，不过二十年前他可一点都不闲。齐王是先帝的宠妃所出，先帝没有嫡子，齐王便是太子之位最有力的竞争者，后来昭阳帝上位，一直被人诟病得位不正，就是因为有传言先帝本是属意齐王的，是昭阳帝改了遗诏。当然，实情究竟如何，恐怕只有昭阳帝自己知道，不过这二十年来，齐王还能留在京里过太平日子，也算是昭阳帝宽仁了。

若是昭阳帝得知自己最心爱的贺贵妃早与人私通款曲、暗度陈仓，会作何感想？祝云璟嘴角微撇，可惜他没有证据，贵妃又已经死了，再要挖这些陈年旧事也不好挖了。

"先不管那些，"祝云璟叮嘱着王九，"孤已经与父皇说了，后日出宫去庄子上小住几日，那边的事情你记着给孤安排妥当了。"

王九赶紧应下："诺，殿下尽管放心，定出不了岔子。"

阳春三月，凤凰山上花木扶疏、翠绿遍野。

祝云璟自车上下来，被庄上管家迎进庄子里，顺口问道："那人最近如何了？"

管家笑着回答："不再镇日里发呆，也肯用膳了，今个晌午的时候，还出来到湖边走了走。殿下您放宽心，再过些日子，会更好些。"

"他都递话请孤过来了，何必要再过些日子。"祝云璟不以为然，他今日来了这里，就打算好好会会许士显。

而此刻的许士显，却正在房中坐立难安、悲愤交加。

这几个月他被软禁在此，因担忧着老师一家的安危不敢轻举妄动，祝云璟只来过那么一次，之后便再不搭理他。他原是松了口气，可时日一长，到底忐忑不定，总想着要亲眼见到老师才能安心，这才不得不主动开口求见祝云璟。

但就在今日，他在晌午之时因为听闻祝云璟会过来，心烦意乱之下终于踏出房门，原想着去湖边透口气，却无意中听到庄子上的两个小厮议论，说他老师景州知府杜庭仲一家十几口，早在三个月前就已经上了断头台！

许士显不愿相信祝云璟会这般骗他，可细想起来，像祝云璟这样高高在上的皇太子，说是君无戏言，本就最是反复无常、心思叵测。

祝云璟推门进来，心绪不宁的许士显立刻站起身，平日里的风度仪态都顾不得了，焦急地问他："老师他到底在哪里？"

祝云璟扬了扬眉："你特地托话求孤过来就是问这个？孤早说过了，你老师和他家人现在很安全，怎么？你是不信孤吗？"

许士显头一次认真打量起面前这个少年太子，祝云璟笑得邪肆，神情里的傲慢和不屑一顾丝毫不加掩饰，他这样的人，是不会在意旁人死活的，自己怎么就如此轻信了他？

许士显越想心中越沉，老师恐怕真的已经凶多吉少了。

祝云璟行至榻边，王九送茶进来，摆上矮几，一杯搁在祝云璟这边，一杯搁到另一头。王九退下的时候冲着祝云璟使了个眼色，祝云璟嘴角微勾，这一幕恰好落在一旁的许士显眼里。

悲愤到极致的许士显并未失了理智，反倒逐渐冷静下来，无论如何他都得想办法离开这里，不去外面把真相弄清楚，他始终不甘心。

片刻过后，许士显低下头，放缓声音："是臣失言了，请殿下勿怪。"

祝云璟心中得意，这许士显也不过如此，关他三两个月，到底还得向自己低头。

如此一来，他便更不急了。注意到房间另一头的书桌上有摊开的画纸，祝云璟信步走过去，随意翻了翻，俱是许士显所作书画。

许士显主动解释道："臣平日里作画练字，是为静心，笔墨不精，登不得大雅之堂，让殿下见笑了。"

祝云璟哼笑："怎么会，许翰林可是探花郎，不用妄自菲薄。"

其实看得出来这些书法画作大多下笔不稳，想是许士显心烦意乱时所作，祝云璟看着反而觉得有趣，当真细细欣赏起来。

许士显将目光移向矮几上的那两杯茶，又看了眼背对着自己，正在翻阅那些画作的祝云璟，心中突突直跳，不再犹豫，一步上前，迅速将茶杯调了个个。

生平第一次做这种事情，许士显手心都是冷汗，他却不得不这么做，虽不知这茶里到底动了什么手脚，单看刚才那公公的眼神，必然不会是什么好东西，很大可能吃下之后便会叫人神志不清，他只能赌一把，靠这个争取点时间。

许士显站直身时，祝云璟堪堪转回身来，并未察觉到许士显的异样，他走回榻边坐下，冲着许士显抬了抬下颌："还杵在那里干吗？坐下来陪孤喝茶。"

许士显强掩着心中忐忑走上前，看着祝云璟将茶杯送至嘴边，他亦捧起自己那杯，失手一翻，茶杯摔落在地，茶水溅上他的衣裳下摆。

祝云璟皱眉，许士显立刻跪地请罪："臣失仪了，还请殿下勿怪。"

祝云璟心中略有不快，到底没说什么，只让王九进来收拾换过一杯茶来，总归那药他一共备了三粒，打掉了一杯还有第二杯，无论许士显是不是故意的，他都跑不掉。

许士显请求道："臣这狼狈模样实在不敢污了殿下的眼，还请殿下准臣进里间去换身衣裳，再来陪殿下喝茶。"

祝云璟漫不经心地点头："嗯。"

贺怀翎午后才到的淑和长公主在凤凰山的私庄，长公主时常在这里开宴席，京中各府的小辈们都是常客。今日来的人比那日寿宴还要多些，那日宴请的只是皇亲国戚，而今日，京中勋贵世家的年轻一辈几乎都到了，只皇太子还未来，说是晚些时候再过来给长公主请安。

女客在园中假山上的凉亭里赏花观景，男宾则沿着山下的溪水两岸而坐，玩一出曲水流觞。

托在宽大荷叶里的酒杯顺着水流从上游缓缓而下，众人兴致正高，喝酒吟诗，抑或偷眼打量山上的美人，好不快活。

贺怀翎八岁就去了江南，回京之后没两年，又跟随父亲上战场，在京中认识的人不多，今日祝云珣有差事没来，贺怀翎更没什么人好聊的，只和少数几个认识的打了声招呼，在溪水下游随意找了个位置坐下，打算坐一会儿就找借口离开。

婢女送上果盘和美酒，酒是很小的一壶，与旁的人一样。

今日来这里的都是文雅的世家子弟，自然不像那些要用大碗喝酒的老兵痞，贺怀翎勾唇一笑，感慨万千。

这酒说是长公主的庄子上自酿的，入口却觉辛辣，贺怀翎颇有些意外。他在外行军打仗好几年，只在北方的夷人那里喝过这样醇厚的酒，这长公主庄子上酿出的酒，怎会是这般？再见其他人喝着酒俱是面不改色，还能高谈阔论，他不由得拧起眉，目光微沉。

不过也无妨，再烈的酒他都喝过，这点酒影响不了他分毫。

凉亭里，一直注意着贺怀翎动静的赵秀芝，几乎要揉烂手中的绢帕，不是说这酒只要一口，八尺壮汉也会醉倒吗，为何贺怀翎一杯酒都下去了，却一点反应都没有？！

她好不容易才买通这庄子上的一个管事，只等贺怀翎醉倒就会有人将之扶走，她连房间都已经叫人备下，就为成其好事，怎么会这样！

贺怀翎放下酒杯，看看时候不早，起身离开。

长公主的庄子与皇太子的私庄仅一墙之隔，从这边侧门出去就是隔壁庄子的外墙。那墙足有两人高，但对贺怀翎这样的武将来说，要攀越并非难事，只见他足尖点地，纵身一跃，转瞬人已到了墙头之上。

许士显进入屏风之后的里间，径直走到窗边推开窗，这里的窗户正对着湖，湖对岸是一片茂密竹林，可他已经没有第二条路可选了。

爬上窗户，许士显深吸一口气，没有任何犹豫，跳进了面前这深不见底的湖水里。

王九将新茶送进来，把地上的碎瓷片收拾干净后，又退出去，仔细带上房门。祝云璟慢悠悠地喝着茶，心下好笑。

他一点都不急，不知不觉间一整杯茶水下了肚，又给自己倒过一杯，里间似有什么声音传来，隔得太远了听不真切，他便没当回事。

又过了半盏茶的时间，许士显依旧没出来，祝云璟斜倚进榻里，体内却已然不正常起来。

皇太子的私庄很大，贺怀翎进来之后只能摸索着四处查探，还得小心避开巡逻的守卫。可无论如何，他既然来了，就不打算放弃，只要能找到人，他就一定有办法把人带出去。

进到临水的那座院子时，贺怀翎已经察觉到自己身体的不对劲，一阵阵眩晕接连袭来。

这些年他一直在外行军打仗，虽说有些旧伤，但底子一向很好，这个时候突然这般，唯一的可能，便是之前那壶酒被人下了药。

贺怀翎深呼吸，想强迫自己冷静下来，但无济于事，那酒里也不知下的什么药，药性竟这般霸道，很快他连视线都变得模糊起来。

他靠向身后微凉的墙壁，用仅存的理智思索着下一步要怎么做，几步之外的转角后面忽然传来人声："殿下一时半会儿不会出来，本公公一个人守着就行，你们都别在这里候着了，先退下去吧。"

脚步声越来越近，贺怀翎心下一沉，再顾不得许多，推开身旁的一扇窗户，迅速翻身进去。

一进到屋子里贺怀翎便发现了里头还有个人，就在一旁的榻上，他想要躲避已经来不及，与对方望过来的目光撞个正着，那人正是祝云璟。

须臾之间，贺怀翎已经不甚清醒的脑子里闪过无数个念头，但很快他便发现祝云璟的不对劲。眼下这模样，好像是服用了受制于人的禁药。虽然此药特殊，但贺怀翎也有所耳闻。

贺怀翎稍稍松了口气，本想趁着此刻祝云璟神志全无，等屋外的人过去之后就赶紧离开，可天不遂人愿，祝云璟竟起身扑向他拳打脚踢。

贺怀翎愣住，没有心思再去想祝云璟为何为变成这样，又是谁这么大胆竟然敢给皇太子下药。他这会儿同样很不好受，此药需以人血相解，但从此饮血之人就要受制于他，此时也顾不了许多了。贺怀翎扣住祝云璟的肩膀，咬破手指，挤了几滴血喂给祝云璟，见他咽下才松开。

两人拉扯了好一阵，消耗太多体力，不知何时便累了，昏昏沉沉地倒在了榻上。

因祝云璟只许他传唤才肯让人进来，故而哪怕外头听见了动静，也是不敢问不敢开门。眼下夜色渐深，许久听不到屋子里的动静，王九小心翼翼地敲了敲门，压着声音询问里头的人："殿下？"

木榻之上，祝云璟的眼睫轻轻颤了颤，缓缓地睁开了眼睛，他依旧有些昏昏沉沉的脑子顿了半响，才挣扎着爬起身。

贺怀翎亦被惊醒，黑沉沉的双眼对上祝云璟饱含嗜血怒气的目光，下意识地蹙起眉。

祝云璟跌跌撞撞地从榻上下来，猛地抽出墙上挂的一柄长剑，剑尖直指向贺怀翎的喉颈。

"贺怀翎，"祝云璟的脑子里一片空白，只余滔天愤怒，"你犯上至此，合该千刀万剐，死有余辜！"

贺怀翎闭起眼睛，没有任何挣扎和反抗，竟是一副甘心受死之态。

"殿下？您可需要热水和膳食？"王九的声音自屋外传来，祝云璟的手微微一颤，往前送的剑尖堪堪停下。

没有听到里头的回应，王九再次敲了敲门："殿下？"

"你给孤闭嘴！不许进来！"祝云璟忽然一声暴喝，王九吓得腿一软，险些跪到地上去，再不敢吭声。

意想中的疼痛久久未至，贺怀翎缓缓睁开眼睛，看着面前双目通红、愤恨至极的祝云璟，抬手捏住了那指着自己的剑刃，哑声道："殿下，今日之事是臣之错，臣无可辩驳，您若要杀臣，臣甘愿受死，只是在臣死之前，还请殿下放了许翰林。"

祝云璟怒极反笑："原来你是为了许士显来的，死到临头还惦念着他，好，好！孤今日就让你们一起下地狱！"

祝云璟手中的剑直往前送，贺怀翎侧身避过，再次用手捏住了剑刃，祝云璟冷笑："怎么？刚才不还说甘愿受死吗？现在这又是什么意思？"

"只要您把许翰林放了，臣这条命任由您处置，否则，一旦今日臣死在这里，许翰林又未出去，太子殿下窝藏朝廷钦犯一事，立刻便会传得尽人皆知，亦会有人上奏弹劾殿下。"贺怀翎沉声威胁，刚才他是愧疚之心占了上风，才没做反抗，被外头的人一打断，却想起了他今日来这里的目的。犯上的人是他，这事没什么好说的，祝云璟要杀要剐他都认了，但许士显，他依旧要救。

祝云璟的双瞳狠狠一缩，眼中滑过一抹狠戾，他一字一顿，咬牙切齿道："你敢要挟孤？"

贺怀翎一步不退："许翰林是臣的友人，他被殿下软禁在此，臣必须救他，还请殿下恕罪。"

祝云璟冷笑："你对他可真够情深义重的，为了他连命都可以不要！你找孤要他？只怕他这会儿早已经跑了吧，不然你以为今日之事为何会变成这样？！"

祝云璟已逐渐冷静下来，也迅速想明白了事情的前因后果。至于许士显，恐怕早就跑了。

贺怀翎目光微沉："许翰林当真已不在这里？"

祝云璟暴怒："贺怀翎，现在是孤要取你狗命，你有什么资格在这儿问东问西！"

两人的对峙陷入僵局，贺怀翎的视线不经意转移。

祝云璟却没有错漏过这个眼神的变化，刚刚平息了些的怒气再次腾起，将他的理智焚烧殆尽。

长剑猛地向前送去，锋利的剑刃划破皮肉，被祝云璟再用力抽出时，上面已是一片鲜红。

这一次贺怀翎没有再躲，祝云璟手中的剑穿透了他的左肩，他一声未吭，任由祝云璟发泄。

祝云璟甩掉已经染了血的剑，从牙缝里挤出一个字："滚！"

贺怀翎从外衣上撕下一条布，迅速在伤口上缠了两圈，穿上外衫后小声说了一句"谢殿下宽宏"，没有再刺激祝云璟，沿原路离开了。

从窗口翻身出去前，他最后回头看了一眼面沉如水、周身寒气四溢的祝云璟，身影消失在漆黑夜色中。

祝云璟说的应当不是假的，许士显或许真的已经逃出去了，既然如此，祝云璟又愿意留他一命，他便没有再留下来的必要。

祝云璟一脚踹翻了面前的椅子，他恨不能将那犯上狂徒碎尸万段，但又不能当真这么做。

贺怀翎敢来这里找人，必然不会是单枪匹马，今日他若是死在了自己庄子上，怕是即刻会有人告到父皇那里去，不单偷天换日窝藏许士显的事情会曝光，妄杀功臣更会让自己被千夫所指。

就算自己说误以为贺怀翎是私闯庄子的刺客，也压根不会有人信，难不成要让他去跟父皇说一遍今日之事？又或是将此事告诉天下人？

今日之事，他注定只能忍气吞声，暂且咽下这口恶气。

王九缩着脖子走进屋子里，一眼就看到了呆坐在榻边的祝云璟。

见他头发披散着，眼角发红恍若失了神，脚边还有把染了血的剑，王九心中一凛，低声喊了一句"殿下"，匍匐下去，身体瑟瑟发抖。

屋子里争斗痕迹明显，但另一个人却不见了踪影，王九并不傻，眼前这情形，怎么看祝云璟都像是中了药的那个，但……怎么会？

半晌之后，祝云璟将目光移向跪在地上的王九，哑声问道："为何孤喝的那杯茶里会下了药？"

王九着急辩解道："奴婢按着您的吩咐，把下了药的那杯茶摆在许大人那边，并未放错，决计没有放错啊！"

祝云璟轻眯眼睛，回想起之前许士显忽然转变的态度，冷笑一声。他还当许士显当真有那么不通世故呢，分明这人也是有心计的，那茶定是许士显趁他不注意时给换了："你之前为何没告诉孤，那药吃下之后还会让人神志不清？"

王九的身子抖得更厉害了些，好半天他才吞吞吐吐地哽咽道："是……

是奴婢的错。"

祝云璟将手边早就冷了的茶杯狠狠砸向王九，王九不敢躲，不停地磕头请罪："奴婢死罪，殿下息怒……"

祝云璟几欲呕血，手指用力掐进掌心，好不容易才忍住将这狗东西掐死的冲动，咬牙问道："那禁药……是否一定会起效？"

王九只觉五雷轰顶，额上已经磕出血："奴婢知错了，殿下您杀了奴婢吧，都是奴婢的错！"

祝云璟震声道："回答孤的问题！"

王九含糊道："是……是……"

"是什么？！"祝云璟双目几乎要瞪出来。

王九吓得更加结巴："是会起效……只要用对方法，基本一———一次就能起效……"

另一只杯子也砸了过来，王九号啕痛哭："殿下您杀了奴婢吧！都是奴婢的错！是奴婢混账！奴婢死不足惜啊！"

杀了一个王九有什么用？杀了他，今日之事就能当没发生过吗？祝云璟气到极致反而渐渐平静下来，深呼吸后吩咐王九："你去找林太医问问，有什么办法能把药解了，只问法子，旁的一个字都不许多提。"

"使不得啊！这使不得啊！"王九惊吓极了，苦劝道，"这药极其霸道，强行解毒会有性命危险。从前有人不信邪，用了别的法子解毒，最后肠穿肚烂，死相极其可怖，殿下您千万三思啊！"

祝云璟一脚踹过去："你不会让林太医想其他办法吗？尽说这些没用的做什么？！这也不行那也不行，孤要你有何用？！"

若非他还需要人伺候，又不想让更多人知道今日之事，第一个杀的就是面前这个胆大包天的狗东西！

王九还想再劝，但见祝云璟这暴怒之态，只得唯唯诺诺地应下，祝云璟冷声提醒他："孤现在不杀你，留你一条狗命，若是今日之事传出去……"

"奴婢不敢！"王九赶紧表忠心，"殿下若是不放心，割了奴婢的舌头便是！"

祝云璟烦躁地打断他："滚下去吧，给孤打热水来，孤要沐浴。"

打发走王九后，祝云璟无力地躺倒在身后的榻上，他闭上眼睛，心中恨意滔天。这笔账，这笔账他迟早要算！

许士显跑了，庄子上的管家带人去湖对面的竹林里搜找过，遍寻不着人影。那竹林后方就是悬崖，没有旁的路，也不知他是掉下去了，还是当真逃出生天了。祝云璟没心情再过问许士显的事情，转天清早就回了宫。

那之后，连着好几日祝云璟都没有出现在朝堂之上，说是身子抱恙，连东宫也闭门谢客了。昭阳帝派了几个太医去看，都让祝云璟叫人给打发了出来。

这日早朝过后，祝云珣叫住正欲离开的贺怀翎，笑问他："今日衙门里若是事情不多，表兄不如去我那里喝杯茶？"

贺怀翎犹豫之后答应下来，与祝云珣一块去他的寝宫。

路过东宫门口时，贺怀翎眼神复杂地望了一眼那紧闭的宫门，身旁的祝云珣轻嘁："太子病倒之前，出宫去了一趟凤凰山的私庄，转天回来就这样了，也不知是生的什么病，还不愿给太医看。"

贺怀翎低咳一声，垂眸掩去眼中烦闷之色，接话道："或许是这几日阴雨绵绵，乍暖还寒，着凉了吧。"

祝云珣似乎从他的语气里听出了些不同寻常的味道，奇怪地看他一眼，又见贺怀翎脸上是一贯的冷淡，便没有多想，说道："谁知道呢。"

回寝宫之后，祝云珣叫人给贺怀翎奉来茶，与他摆开棋局，一边喝茶下棋一边闲聊。贺怀翎似有些心不在焉，好几次都将棋子摆错了位置，祝云珣无奈地问他："表兄这般心神不定，可是有心事？"

贺怀翎微微摇头："无事。"

祝云珣放下一子："听说前几日，大姑母在凤凰山的庄子上设宴，表兄也去了，就没趁机去太子的私庄那边查探一番吗？"

"去了，"贺怀翎并未隐瞒，但也没有细说，"没找着人，或许已经不在那里了吧。"

祝云珣闻言微蹙起眉："按说太子将人扣在那里，轻易不会放过他，许大人是手无缚鸡之力的文臣，总不能是他自个逃出来的吧？"

"不知道，若再未找到他，过段日子我会想办法再去一趟太子的庄子上。"贺怀翎本也不信许士显当真能从皇太子的庄子上逃出去，但那日祝云璟那副模样，必然是着了道，如此荒唐之事都已发生，似乎没什么事情是不可能的。

这几日，贺怀翎一直派人在四处查找许士显的踪迹，再过半月，等肩上的伤养好一些，若还是未找到人，他会再去那庄子里查探一番。

祝云珣笑了笑："表兄对许大人倒真是恩深义重，叫人感怀。"

贺怀翎淡淡道："无所谓恩情，他是我朋友，如今身陷险境，我理应救他。"

祝云珣赞同地点头："是当如此。"

出宫时又一次路过东宫，贺怀翎停下脚步犹豫了片刻，走上前去请求通传。

暖阁之内，祝云璟正精神不济地倚在软榻上闭目养神。王九缩着身子进来，小声与他禀报定远侯求见。祝云璟倏地睁开眼，瞪向王九："孤说了谁都不见，你是听不懂人话是吗？！叫他给孤有多远滚多远！"

王九苦着脸小声解释："是殿下您上回说，只要定远侯进了宫来见二殿下，就定要将他请过来，奴婢这才特来禀报。"

他哪里知道祝云璟反应会这般大，其他人来求见时，太子殿下也只说不见，也没直接叫人滚的啊……

祝云璟恼火不已，他之前说过这种话吗？也许吧，不过此一时彼一时，他现在根本不想听到定远侯这三个字！

许是吃了禁药，这几日他确实病了，病得还不轻。那天夜里他就开始发高热，断断续续的不见好，伤处更是一阵疼似一阵地发热发胀。他又不敢叫太医来看，只能生生忍着。

王九去问了他比较信得过的林太医好几回，依旧没有任何办法。王九不敢直说是太子殿下要这解禁药的方子，林太医自然不会多想，反而义正词严地让王九不要去钻营那些旁门左道，害人害己。王九是有苦说不出，每回回来都得挨祝云璟一顿责罚，还真不如杀了他来得痛快。

"让他滚！"祝云璟咬牙切齿，只恨那日自己瞻前顾后，没有亲手手刃了那个畜生。

王九迟疑地应下，起身就要退下去，刚走到殿门口，祝云璟却又叫住他，目光闪烁几下，改了主意："让他进来！"

王九只好应了："诺。"

贺怀翎随着王九进去，规规矩矩地见礼，末了才抬眸看一眼依旧倚在榻里的祝云璟。见他面无血色、神情憔悴，似真的病了，贺怀翎不由得皱眉。

祝云璟将王九挥退，忍着不耐，沉声问道："定远侯来做什么？"

贺怀翎一时有些语塞，他也不知道自己特地进来请安是想要干什么，但那日的事情，始终耿耿于怀。虽是阴错阳差，而且有很大可能还是祝云璟害人不成反害己，但到底是他做了犯上之事，因而心中不安，愧疚万分。

他斟酌着开口："殿下……身子不适，为何不传太医？"

祝云璟吊起一侧眉梢，嗤笑道："侯爷这是在关心孤？孤没听错吧？侯爷什么时候有了这份闲情逸致？"

贺怀翎的眉头蹙得更紧，他以为祝云璟会愤于提及那日之事，没想到殿下半点不避讳，还能用之讥讽自己。

见贺怀翎这般反应，祝云璟的声音更冷三分，字字句句都带着怨念："贺怀翎，孤迟早要杀了你。"

贺怀翎心下一声叹息，说："臣说过，要杀要剐，悉听尊便，只是许士显当真已不在殿下庄子上了吗？"

既然他已经得罪了祝云璟，不妨得罪个彻底，没有必要再拐弯抹角。

"许士显许士显，你到现在还找孤要许士显！"祝云璟气极，抄起手边的一方砚台，就朝着贺怀翎砸过去，贺怀翎没有避让，砚台砸在他胸口又掉落在地上，摔得四分五裂。

门外的王九听着里头的动静，缩了缩脖子，暗叹这定远侯也不知是做了什么大逆不道的事情，怎么偏偏就把太子殿下得罪狠了，火气全撒在他身上了。

暖阁之内，祝云璟恨道："孤告诉你，许士显他跑了！他若是还在，孤一定先杀了他！你现在就给孤滚！别再踏进东宫大门一步！"

贺怀翎眸色深深地看着榻上之人，祝云璟眼角发红，眼里的愤怒已经快要化成水溢出来。僵持片刻后，贺怀翎垂眸，拱了拱手："臣告退。"

贺怀翎没有犹豫地起身离开，身后再次响起瓷器摔碎的声响。

祝云璟满头大汗地倒回榻里，疼得直抽气。该死的……他要杀了贺怀翎，一定要杀了他！

从宫里出来后贺怀翎去了衙门办差，一直到日落才回府。刚进家门，管家匆匆来报，说下午的时候有人送了两样东西过来，说着压低了声音："是用一块黑布包着的，我只瞅了一眼，不敢擅作主张，还请侯爷定夺。"

管家将东西呈上，贺怀翎掀开黑布一角，里面赫然是一封呈给皇帝的奏疏，下头还压着一本账册。

贺怀翎将那奏疏打开，目光当即沉下，这封奏疏竟是那已经被砍头了的景州知府杜庭仲所书，弹劾江南巡抚方成鹏、盐运使廖炳丰等十数官员与景州盐商勾结、沆瀣一气，贩运私盐。

按杜庭仲奏疏中所言，那本账册是出自景州当地最大的盐商之手，里面记载的全是贩运私盐和贿赂官员的证据，后其家中管事因与主家不睦，生了嫌隙，才将账本偷出，交到了杜庭仲手中。

贺怀翎翻了翻账本，里头飘出一张没有落款的信纸来，贺怀翎拾起，看清楚信纸上的字迹，他瞳孔微缩，眼中掠过了一抹惊喜之色。

写信之人言简意赅地述说了事情的前因后果，说这是杜庭仲的第二封奏疏，前一封早在出事之前就已经派人送上了京，却石沉大海，等来的只有皇帝将他拿下狱的圣旨。好在杜庭仲之前就预感不对，将第二封奏疏和账册交给了一个密友先一步带走。

如今杜庭仲全家已死，写信之人只求这封奏疏和账册能被呈到御前，使真相大白、蒙冤之人沉冤得雪。

信的最后，只有四个字——"安好勿念"。贺怀翎看着那熟悉的笔迹，长出一口气，片刻之后，他将信纸送到烛火之上，火苗迅速蹿起，将信纸吞噬。

这段时日他一直派人在江南搜集证据，如今就有人将之送到手上，真是再好不过。

贺怀翎问管家："下午送东西来的是什么人？"

管家答道："一个七八岁的乞儿，是个机灵的，没有找门房，就蹲在门口守着，看到我出来，才故意撞上来将东西塞给我，后来我再想找他，人已经跑了。"

贺怀翎点点头，心道，如此也好。

第三章

阴差阳错

晌午过后，一辆十分不起眼的灰布马车停在了僻静街巷的医馆门口，一身仆役装扮的王九从车辕上爬下来，小声提醒车内之人："殿……郎君，到了。"

　　半晌，里头才传出祝云璟懒洋洋的应声："嗯。"

　　王九拉开车门，小心翼翼地扶着祝云璟下车，祝云璟穿了一身普通富人穿的绸衫，黑纱帷帽遮了脸，身形消瘦，看着仿佛就只是个不打眼的富贵人家的病秧子。

　　祝云璟抬头看了一眼医馆门前的牌匾，皱眉道："这地方靠谱吗？"

　　王九回答他："自然是比不上太医院的，不过里头的大夫都是名家，京中的富贵人家都会来请这里的大夫看病。"

　　一刻钟后，医馆坐堂的大夫指尖搭在祝云璟的手腕之上，细细听着，若有所思。

　　祝云璟默不作声，表情隐在黑纱之后，看不真切。王九咽了咽口水，问那大夫："怎……怎样？"

　　大夫道："是中了禁药的脉象。"

　　王九只觉五雷轰顶，当即腿一软，好悬没跪到地上去，哭丧着脸说不出话来。即使祝云璟没吭声，王九也能感觉到他周身四溢的寒气。

静了片刻，祝云璟哑声问："确定吗？"

大夫只答："出不了错。"

祝云璟咬着牙说："可有办法解？"

那大夫瞪了他一眼："你这小郎君是怎么回事？不要命了？"

老大夫实在没好气，但见这一主一仆藏头藏脑、鬼鬼祟祟的，便知其中定有不得见光之处。禁药虽说不能私下买卖，但总有人有钱有势不受这些拘束，可到了现在才想着来解毒，晚了！

祝云璟几乎要咬碎一口银牙，即使早有心理准备，但总还是藏着侥幸，如今脉相得到证实，又再次亲耳听到人说没办法解毒，他怎能不恼？

那老大夫行医数十年，这般情况也并非没见过，心知是怎么回事，并不在意祝云璟的心情，只问道："这一个月，你身子可有不适？"

祝云璟不答，王九吞吞吐吐地替他说道："一直发热，前头十余天还高热不退，吃不下东西，肚子也总是疼，时时一身虚汗，个把时辰就要换趟衣衫，半夜总是惊醒，腹痛难忍。"

大夫闻言皱眉："这般严重，怎么不早点来看医抓药？"

王九有苦说不出，宫里有一堆太医呢，可也得祝云璟愿意找人看啊！

自那日回宫之后，祝云璟称病窝在东宫休养了好几日，因为不肯传太医，后头昭阳帝都亲自来东宫过问了，祝云璟才不得不强撑着身体，重新出现在人前。

这些日子，他每日出门前，都得靠王九给他涂脂抹粉，才能勉强遮掩脸上的病气。但因着休息不好，身子越发虚弱，有两次都差点晕倒在朝堂之上，如此不得已，他才终于肯出宫来找民间大夫看诊。

王九无奈解释："之……之前不知道，以为不严重……"

"荒唐！非得等命没了才觉得严重吗？这禁药药性凶猛，稍不注意就得出大事。你们还真敢乱来，当真是不怕死！"大夫气得吹胡子瞪眼直摇头，他最见不得的，就是有人这般胡乱糟蹋自个身体，嘴上念念有词地教训着祝云璟两个，提笔迅速开了张方子出来，然后叫身旁的小厮先去熬锅药，让祝云璟喝下再走。

王九小心翼翼地看了默不出声的祝云璟一眼，问大夫："这是什么药？"

"总不会是害他的药！"大夫掷地有声，"回去之后每日早晚煎服，多加休息，切忌劳累，更不能受寒凉，身子发热出虚汗是正常的，只要不是高热不退，问题都不大。腹痛且忍着，不过是痛，等过了这些时日会稍微好点。吃不下东西也得尽量多吃，膳食以清淡为好，中了这药就是这样，只能忍耐。"

王九愁道："只能忍着吗？"

大夫答："按时喝药，总不会比现在更差，保持心情舒畅，让下药的人再喂些血给他，就能缓解。"

王九不敢接话，心道，您可千万别再往下说了。

在医馆里歇了一个时辰，祝云璟终于服下了第一碗药。他喝着药，却像是嚼贺怀翎的血肉，好在腹痛终于减轻了些，让他多少好过了点。

王九细细将大夫的叮嘱记下，再三道谢后留下了丰厚诊金，拿上药扶着祝云璟出了医馆的门，上车离开。

途经繁华的街市，车外的王九小声问祝云璟："殿下，前头就是名满京城的致香斋，做点心是一绝。您这段时日都没什么胃口，方才又喝了苦药，不若奴婢去买些点心给您甜甜嘴？"

点心铺子里飘出的甜香味道，隔了半条街都能闻到。因着喝过了药，这会儿祝云璟确实有了些精神，答应下来："你靠边停了车，孤和你一起去。"

进到点心铺里转了一圈，祝云璟的心情好了少许，在掌柜的推荐下打包了好几样点心，叫王九提上。

他们从点心铺子里出来，街对面有一群孩童正在玩闹，天真笑语不断。祝云璟的目光落在他们身上，微微一顿，不知在想些什么。

王九舔了舔干燥的唇，小声安慰祝云璟："其实殿下您就算中了那禁药也不妨事，那下药之人想来也不敢对您……"

只是他话还没说完，便感觉到祝云璟周身温度骤然降下，当即闭了嘴，恨不得抽自己几耳光子，当真是哪壶不开提哪壶。

王九扶着心情似乎又低落了不少的祝云璟上车，没有注意到那群孩童不知何时已跑到路中央玩爆竹。噼里啪啦的爆竹炸响，有个顽皮的小子随手一扔，点燃了的爆竹扔在马蹄边上。

那马猝不及防地受了惊，一声嘶吼，竟是撒腿就向前狂奔而去。

祝云璟的一只脚已经踏上车辕，尚未站稳，疯马疾驰而出时，他亦毫无准备，直直向后跌去。王九更是惊了一跳，伸手去扶，自是没扶住。

眼见着祝云璟就要从车上跌下来，千钧一发之际，有人影从后跃上来，一手揽住了祝云璟，再一个回身，带着祝云璟一起稳稳落地。

祝云璟惊魂未定，黑纱在混乱中被风吹起，一双慌乱惊恐的眸子正对上面前贺怀翎镇定沉稳的双目。

祝云璟顿时就愣住了，脑子里一片空白，全然忘了反应，直到贺怀翎松开他，退后一步拉开距离，垂首恭敬地说了一句："殿下当心。"

再之后，贺怀翎三两步追上那正发疯乱窜的马，跃身而上将马控制住，然后把马拉了回来，将自己的坐骑换给祝云璟，帮他套上车，提醒他："殿下用臣的马吧。"

王九已经吓得跪倒在地上，今日他们是微服出宫，连个侍卫都没带，要是祝云璟方才出了什么事，他有一百条命都不够赔的。

神思回笼之后，祝云璟的肚子又开始疼了，许是刚才受了惊吓，这次竟是疼得格外厉害，叫他几乎站不住。

王九慌乱地从地上爬起来想要扶祝云璟，贺怀翎已经先一步将人扶住，见他这般模样，不由得拧眉："殿下可有不适？"

祝云璟被他搀扶着浑身不自在，面沉如水，低喝道："放手！"

须臾之后，却听扶着自己的人轻笑一声，声音低得让他几乎以为那是错觉。

贺怀翎松开人，退开身，又是一脸恭敬："殿下面色苍白，似有不适，不该随意出宫的，且连个护卫都不带，未免太过胆大了些。"

贺怀翎的语气似提醒又似责备，他今日休沐，出门办点事，不想会在回程途中遇上只带了个内侍出来晃悠的皇太子，还顺手又救了这人一次。

祝云璟心中恼恨，恨不能一刀捅死面前这个幸灾乐祸的混账东西，若不是他，自己怎会变成今日这般！连看诊都只敢带着王九偷偷摸摸地出宫，来找民间大夫，这些全拜他贺怀翎所赐！

"多谢侯爷关怀，侯爷还是惦记自个吧。"祝云璟冷笑一声，不愿再多说。一来，好歹刚才对方救了自己，他总不能当街发难。再者，他这会儿实在不舒服得很，也没力气再跟贺怀翎在这儿掰扯。

祝云璟转身示意王九扶自己上车，哪知刚抬起脚又是一阵晕眩袭来，差点再次跌下车去，贺怀翎在他身后又虚扶了他一把，小声与他提议："殿下既不舒服，不如找个地方先坐会儿，休息好了再回宫，臣请殿下喝茶如何？"

一刻钟后，祝云璟和贺怀翎一起坐到街对面茶楼二楼的雅间里，桌子上是店家刚刚送上来的泡好的热茶。

祝云璟只尝了一口，就嫌弃地搁下杯子，淡而无味、叶质老硬，这样的茶楼竟然还有生意？

贺怀翎帮他把杯中茶水倒了，另换了杯茶给他："殿下试试这个吧，这间茶楼最出名的就是这种白茶，很多人慕名而来。"

祝云璟不信，尝了尝，确实比方才那杯好点，但也只是勉强能入口而已："不过如此。"

贺怀翎点头："确实比不上宫中的贡茶，殿下喝不习惯是应该的。"

祝云璟心中不悦，贺怀翎这语气，像是在讥讽他不知民间疾苦一般。若不是刚才被那疯马惊动，肚子疼得厉害，他压根儿不会接受贺怀翎的邀约，坐进这茶楼里来。他与贺怀翎根本是话不投机半句多，又不能一刀子捅死对方来个痛快。

说到肚子疼，也不知是不是那碗药起了作用，这会儿坐下来倒是好了一些，那种细细密密的隐痛他都已经习惯到麻木了。只要不是疼到站都站不住，他就能忍，且只能忍着。

祝云璟看了一眼端坐在对面、毫不知情的罪魁祸首，深觉自己这个皇太子可真够窝囊的。

王九见祝云璟脸色不好，以为他又不舒服了，取出了之前买来的点心，递给他："殿下您吃些点心填填肚子吧。"

祝云璟早起之后就几乎没用过膳食，什么都吃不下，倒是这宫外的点心入了他的青眼，味道虽然一般，至少吃着不腻味，就着这没什么滋味的茶，也能下咽。

"这点心还不错，一会儿回去的时候你再去多买点，回宫送给父皇和皇祖母也尝尝。"祝云璟顺口吩咐王九。

王九应下，贺怀翎也尝了一块，之后默默放下筷子，心道，皇太子竟喜欢吃咸酸口味的点心吗？

他看着祝云璟，少年苍白的脸上没有多少血色，安静地低着头吃东西的模样，看起来格外乖顺。贺怀翎却心知这只是表象，张牙舞爪、跋扈骄纵才是祝云璟本来的面貌。

"再看，孤就挖了你的眼睛。"祝云璟抬眸，唇间吐出的尽是刻薄的话语。

贺怀翎目光微沉，正欲说些什么，楼下的大街上忽然传来一阵喜乐声，王九去窗边望了望，听得下头围观的人议论，回来告诉祝云璟和贺怀翎："似乎是大理寺少卿刘大人嫁女，看着挺阔气的，嫁妆足有好几十抬呢。"

"刘大人？哪个刘大人？"祝云璟不耐烦地拧眉，被外头飘进来的声音吵得肚子似乎又开始疼了。

"大理寺少卿刘礼谦，景州知府反诗案的办案钦差，"贺怀翎沉声提醒他，"殿下不认识他吗？"

祝云璟随意道："哦，他啊，听过名字，孤为何要认识？不过一个四品官而已。"

贺怀翎的眸光闪动了一下，祝云璟的注意力被腹痛分去大半，并没有注意到他目光中的打探之意。

贺怀翎又给祝云璟倒了杯茶，放缓声音："不舒服就多喝点热茶。"

他这番动作换来的，却是祝云璟有气无力的一个瞪眼，但他不以为意，换了个话题："之前殿下不是对景州的风土好奇吗？前两日，臣外祖家来了人，给臣送了些景州特产来，其中还有一幅描绘景州山水的画作，虽不是大家之作，但也还有些意境，明日臣让人送去东宫给殿下吧。"

祝云璟冷冷地瞅着他，道："你对孤这么殷勤做什么？定远侯，你别是真的生出了什么不该有的心思吧？你想要让整个定远侯府跟着一起陪葬吗？"

贺怀翎蹙起眉，一旁伺候着的王九听了却是惊愕万分，下意识地看贺怀翎一眼，心中骇然，莫非殿下的下药之人是……

王九瞪着贺怀翎的双眼也要喷火了，不过贺怀翎压根不在意他，也不接祝云璟的话，只说道："臣有许多年没有回景州了，听外祖家来的人说，景州这几年比从前更繁华了些，全赖前任知府杜大人治下有方……"

祝云璟冷声打断他："杜庭仲可是上了断头台的逆臣，侯爷一直提起他是想做什么？不怕传出去授人话柄吗？"

"是臣失言了。"贺怀翎从善如流地认错，"那便是托了巡抚方大人的福，景州是江南省首府，方大人这些年巡抚江南，建树颇多，这景州亦是受益最多的。"

祝云璟不以为然："做得好是他职责所在，要是做不好，他就该早点退位让贤。侯爷在孤面前提这江南巡抚又是什么意思？难不成他也与你有旧，需要你在孤面前替他说好话？"

四目相对，贺怀翎看着祝云璟眼中毫不掩饰的嘲弄，摇头道："臣并无此意，殿下误会了。"

祝云璟却不放过他，依旧抓着之前的事不放："贺怀翎，你给孤听好了，那日的事情孤只当你犯了个小错，你还想要命的话，就少来硌硬孤。"

贺怀翎沉下声音："殿下以为臣是那样的人吗？"

祝云璟咬牙切齿："孤怎么知道？你大逆不道，枉为君子！"

贺怀翎正色道："那日之事，非臣之所愿，臣亦是着了道，失了神志。"

祝云璟冷声道："什么人能算计得了你定远侯？"

这事贺怀翎本不想宣扬，但祝云璟这个苦主非要追问，他只能如实回答："那日臣在淑和长公主的庄子上喝了酒，那酒里被人加了东西。事后臣派人去将这事禀告了长公主，长公主料理了她庄子上的一个管事和几个下人。"

祝云璟冷嗤一声："还有呢？总不能是那管事自作主张吧？"

"臣不知，不过后来长公主放出话，以后不再欢迎承恩伯府的人踏进她的庄子里。"贺怀翎将最近的传言说与他听。

这段日子祝云璟一直窝在东宫里养病，才没听到风声。其实这事在京中的勋贵世家里已经传得沸沸扬扬了，说那承恩伯府也不知怎么得罪了淑和长公主，而长公主竟是连太后的面子都不给，直接将整个伯府列入了往来黑名单。

不过这位大姑母的脾气，祝云璟是知道的，若是当日真在她庄子里闹出了什么丑事来，怕就不只是断绝往来这么便宜了。

"赵氏……"祝云璟恶狠狠地咬牙，这笔账他暂且没法跟贺怀翎算，还不能跟这个始作俑者算吗？

贺怀翎猜到祝云璟心中所想，有意劝上几句，祝云璟却没了兴致再与他在这儿消磨下去，站起身，示意王九："回宫。"

下楼时，他们与一帮世家子弟打扮的公子哥在楼梯上撞上。王九请对方让路，为首的一个纨绔却故意拦在祝云璟身前，言语轻佻："哟，这是哪里来的小娘子，打扮成这样，又戴着帽子遮了脸做什么？来给本少爷瞧瞧。"

他说着就要去掀祝云璟的帷帽，王九大惊，伸手去拦，被另几个嬉笑着的公子哥按住。王九又气又急，怒道："你们好大的胆子！"

"就是有这么大的胆子，你待如何？"为首的那人得意地道，他就是看祝云璟身姿不错，却藏头藏脑的，才起了调戏的心思。

这群人都是京中横行霸道惯了的贵族子弟，看面前这一主一仆的穿着打扮，便觉着最多不过是有点小钱的普通富人而已，他们有什么得罪不起的？

那不知死活的纨绔又伸出手，祝云璟没有动，另一只手忽然从他身后横出来，扣住那纨绔的手腕，下一刻，楼梯上便响起了对方杀猪一般的号叫："放，放——"

贺怀翎将祝云璟挡在身后，冷冷地扫了一圈面前这群犹不知大祸临头的东西，放开了几乎要被捏断手腕的那个。那些人被他盯得都下意识地后退一步，有胆大的咽了咽唾沫，喝道："你，你知道我们是什么人吗？！"

贺怀翎将目光转向捂着手腕，还骂骂咧咧地嚷着要弄死他们的那个人，冷声道："淮安侯世子。"

那人立刻暴跳如雷道："知道本世子是谁，你还敢这般！你活腻了是不是？！"

王九挣扎出来，气得眉毛都吊了起来："我看是你们活腻味了！"

贺怀翎身后的祝云璟忽然出声，语气冷冷冰冰的，没有半点起伏："割了他的舌头。"

贺怀翎皱眉提醒他："他好歹是侯府世子。"

祝云璟冷笑，他堂堂皇太子，几次三番被人以下犯上。有功之臣他动不得，一个酒囊饭袋的纨绔，他还治不了吗？！

他的声音越发冰冷："割了。"

这群人虽然嚣张惯了些，却并不蠢，除了那个气疯了还在不停叫嚣的世子，其余人脸色皆是变了，都从他们的对话里听出了不同寻常的意味，有两个甚至已经认出了贺怀翎，战战兢兢地开始求饶。

"你们都是什么人？在这里闹什么闹？"

突然插进来的声音打破了两边的僵持，茶楼老板怕他们闹事，竟是将街上巡逻的京卫军给请了进来，带队的领队刚问出声，那淮安侯世子就嚷了起来："我是淮安侯世子！这三个人当众冒犯我，差点折断了我的手！你们给我把他们抓起来！"

他的同伴想要捂他的嘴已经来不及了，那领队的目光转向贺怀翎，一眼认出了他，十分惊讶。贺怀翎摇了摇头，他身后的祝云璟再次出声："孤说，割了他的舌，没听到是吗？"

贺怀翎心下一叹，只得冲那领队道："淮安侯世子当街冲撞皇太子，对殿下不敬，殿下要处置他，你们便按殿下说的做吧。"

京卫军瞬间跪了一地，那些纨绔公子哥全都傻了，一个个跪在地上，抖得跟筛子一样，而那个淮安侯世子被人按下去时，还在哭爹喊娘，最后竟是吓晕过去。

祝云璟冷冷地瞥他一眼，大步离开。

王九给人丢下一句"赶紧割了，不然回头殿下还得找你们算账"，匆匆追了上去。

淮安侯世子出言不逊、顶撞皇太子，被割了舌头的事情，当日便在京中传了个遍。那淮安侯也不知怎么想的，第二日一大清早就进了宫，跪在东宫门前替自个儿子请罪。祝云璟却半点面子不给，硬是没让人进门。

王九看一眼那还跪在门外、摇摇欲坠的身影，有些担忧地劝祝云璟："殿下，这淮安侯据说身子骨一贯不行，他都跪了快一个时辰了，您就让他起来吧，要不传出去也不好听。"

祝云璟烦躁不已，道："是孤让他在这里跪着的吗？他一来孤就叫你们去把他打发走，他自己不肯走倒是赖上孤了？孤看他是故意要拉下孤的脸面！"

他话音刚落，肚子便传来一阵疼，惨白的一张脸上滑下冷汗，让他只得捂着肚子咝咝抽气。

"殿下，您别动气。"王九赶紧扶住他，压低声音提醒。

"闭嘴！"祝云璟更气了。

又半个时辰后，祝云瑄来给祝云璟请安，进门见祝云璟没精打采地歪在榻里，手里拿着一本书看得漫不经心。他走上前去，担忧地问道："太子哥哥你怎么了？病还没好吗？"

祝云璟摇头："你怎么来了？不要念书吗？"

祝云瑄道："我刚去给父皇请安，父皇也听说了淮安侯进宫来请罪的事情，让我过来看一眼，劝你见好就收，别闹过头了。淮安侯这三天两头就要请太医的病弱之躯，经不得折腾，太子哥哥你就别这么为难人家了。"

祝云璟哂笑："你看现在是孤在为难他，还是他在为难孤？"

祝云瑄朝窗外望了望，嘴角微撇："他不肯走？"

祝云璟挑眉："你能把他弄走？"

祝云瑄眼珠子转了一圈，把王九叫过来，吩咐他："去请侯爷回去，就说太子殿下身子不适不见外臣，他若是执意不肯起来，你叫几个力气大的太监上去，把他抬起来，态度恭敬点，别伤着侯爷了，把他抬出宫送回府去。"

王九连声应下，出了门去，那淮安侯果真不肯走，不多时便上来七八个太监搭了个人肉轿子，强行将之抬起来。可怜那淮安侯吓了一跳，想要骂人又生生憋回去，一张脸涨得通红。

若是在东宫门口喧哗闹事，他有理都变成没理了，于是就这么气急败坏又无可奈何地干瞪着眼，被太监们抬走了。

祝云瑄乐不可支，冲祝云璟讨赏："看到了吧，对付这种无赖就是要用比他更无赖的法子，他既不要脸，那就不用给他留脸面。"

祝云璟也乐了，伸手拍了拍祝云瑄的脑袋："还是你鬼点子多。"

祝云瑄得意地扬了扬眉："不过，那个淮安侯世子到底怎么得罪太子哥哥了？你把他舌头都割了，真不担心被父皇说啊？"

"不用担心，"祝云璟不以为然，"昨日父皇就知道了，淮安侯都特地进宫来了，父皇也只让你私下来提醒孤不要做太过，这意思还不够明显吗？"

祝云璟虽然跋扈，但分寸还是有的，他放过了姜演放过了贺怀翎，却大张旗鼓地割了那淮安侯世子的舌头，除了为了出这口恶气，盖因柿子要挑软的捏。谁叫那淮安侯夫人淑兰长公主是齐王的亲妹妹，昭阳帝也不待见他们呢？不敲打敲打他们，怕是当真忘了坐在龙椅上的皇帝究竟是谁了吧？

祝云瑄还是好奇："那他究竟怎么得罪你了啊？"

对上祝云瑄满眼的好奇，祝云璟低咳一声，尴尬道："就是说了几句浑话，你问那么多干吗？"

祝云瑄几乎立马就想明白了，憋着笑意没有说穿："昨日跟太子哥哥在一起的，听说还有定远侯，太子哥哥你特地出宫去会定远侯吗？"

"没有，正巧碰上了，一块喝杯茶而已。"这事昨日昭阳帝传他去问话时也问到过，被他三言两语糊弄过去了。

祝云璟其实真的很想在昭阳帝面前告贺怀翎一状，但话到了嘴边，到底还是说不出口。他亦不确定若是被他父皇知道自己吃了禁药，与贺怀翎算是绑在了一起，父皇在处置贺怀翎的同时，会不会把他这个皇太子一块给料理了。

因此，他不敢冒险。

正提到定远侯，王九进来禀报，说是定远侯派人给太子殿下送东西来了，祝云璟闻言有些意外："什么东西？呈上来。"

一样一样的东西被送了进来，还当真是贺怀翎昨日说的景州特产——一套十分精致的景州产的文房四宝，一幅描绘景州风土的山水画，景州的丝绸、茶叶、花饼、青梅酒……林林总总的，都不是特别值钱的东西，却看得出送礼之人的雅致。

祝云瑄看得目瞪口呆："太子哥哥，定远侯给你送这些东西，二哥他知道吗？"

"孤怎么知道老二他知不知道。"祝云璟皱眉，心里却想，贺怀翎他莫非真有病？

祝云瑄已经顺手展开了那幅画，啧啧叹道："这画还真不错，画上这些人和物像是活过来了一般，若景州当真与这画中一样，我都想去看看了。"

祝云璟的目光被吸引过去，那确实是一幅十分出色的画作，画中的山水和民居巧妙地融合在一起，细节处只用寥寥数笔却又别具匠心，既画出了景州青山碧水的空灵秀美，又充满了市井街巷的烟火气，让看客亦仿佛置身其中。

祝云瑄厚着脸皮凑过来，笑问祝云璟："太子哥哥，你要是不想要，不如把这画给我吧？"

祝云璟斜了他一眼："拿来。"

"真小气。"祝云瑄低声抱怨着，不情不愿地将画交出去，"太子哥哥，你不是看那远侯不顺眼吗，怎么又是与他喝茶，又是收他的礼？要不是定远侯他姓贺，我还真以为他成了太子哥哥你的人呢。"

"少胡说八道。"祝云璟没有理叨唠个不停的弟弟，细细欣赏一番手中画作，嘴角溢出一抹满意的笑，将画收了起来。

反正这些东西也不值几个钱，贺怀翎既然要送，他收着就是了。至于贺怀翎到底在想什么，又与他何干？

到最后，祝云瑄也只从祝云璟那里顺走了两坛青梅酒而已。

祝云瑄离开后，王九把药送进来，祝云璟一看到那黑漆漆的药汁就沉了脸色，王九硬着头皮提醒他："殿下，您该喝药了。"

祝云璟黑着脸接过药，他忍。但这药实在太苦了，一碗下肚，祝云璟整张脸都皱了起来，方才那一点好心情立时化为乌有。

王九小声安慰他："或许过了这阵子就好了。"

祝云璟黑着脸没有接话，过了这阵子又毒发了怎么办？后头真行动不受自己所控又要怎么办？

这些事情他之前是不愿去想，现在却成了确确实实摆在他面前的一道难题。

王九并不知道祝云璟在忧愁些什么，总归殿下肯吃药他就安心了，否则这阵子能不能熬过去，那都是大问题。

中午用膳时祝云璟依旧没有胃口，王九试着提议："定远侯送来的那青梅酒，说是开胃的，殿下您要不要尝一点？"

祝云璟有气无力地点点头，王九叫人将酒倒出来，一股挺特别的甜香味四溢出来。祝云璟捏起杯子轻轻抿了一口，酒味很淡，酸酸甜甜的，味道倒是不错，他突然有些后悔送了两坛给祝云瑄那个小子，自己这里就只剩这最后一坛子了。

他喝了一杯让王九再倒，王九提醒他："殿下，这酒是开胃用的，您就别贪杯了，您如今……不好多喝的。"

祝云璟瞪了他一眼，却也没有再坚持，拿起筷子，还当真有了些胃口。

王九默默擦了擦额上的汗，还是侯爷有本事，送几坛子酒就能哄住太子殿下。或许那大夫是对的，要是定远侯在这儿，殿下说不得能少受些罪。不过借王九十个胆子，他都不敢去告诉贺怀翎真相就是了。

定远侯府。

贺怀翎书房里一直挂着的那幅景州山水图已经送去了东宫。管家进来时，下意识地朝那空出来的墙壁看了一眼，颇有些不习惯。

贺怀翎放下手中的书，问他："送过去的东西，东宫收了吗？"

"都收了，侯爷为何会想到给东宫送礼？"老管家问。

"没什么，想送便送了。"贺怀翎声音淡淡的，目光落到开到窗边来的一株俏皮迎春花上。

管家没有再问，只说起刚才去送东西的人回来禀报的趣事，说是那淮安侯去东宫请罪，被太子殿下叫人给抬回府，全京城的人都看到了，儿子被割了舌头，自己又成了笑柄，那淮安侯这次怕是面子里子都丢干净了。

管家说完，忽闻一声轻笑，一时有些意外，就听贺怀翎低声呢喃："是他做得出来的事情……"

"只是这样一来，太子殿下更要被人议论过于骄横了。"管家叹道。

贺怀翎沉默，片刻后轻摇了摇头："你退下吧。"

管家应声告退："诺。"

卯时刚至，昭阳帝于宣德殿内升御座，朝臣鱼贯而入，分列两边，开始一日的朝会。

各部官员按部就班地上前奏事，说的都是很琐碎的事情，祝云璟站在皇帝左手最前列的位置，心不在焉地听着。这些日子他总是这样睡不醒，这会儿即使站在朝堂之上，依旧神色恹恹，脑子里昏昏沉沉的，上下眼皮子不停地打架，像是随时都能睡过去一般。

贺怀翎的位置在右侧靠中间的地方，他已经朝祝云璟那边望了好几次，即使只能看到一个模糊的侧脸。

方才祝云璟过来时，贺怀翎就注意到他脸色不太好，似乎近来有很长一段时间，他都是这样精神不济、神色憔悴，也不知到底怎么回事。

已是夏四月，天气渐热，旁的人都换上了薄衫，只祝云璟朝服之内似乎还穿着夹袄，却掩盖不了他身形的消瘦，仿佛风一吹就能倒。

祝云璟垂着眼睛，奏事官员的声音逐渐被隔绝在意识之外，直到御座上的昭阳帝忽然点到他："太子，这事你有何看法？"

祝云璟没有反应，大殿之内针落可闻，昭阳帝看向祝云璟，皱眉低咳一声，再次喊他："太子。"

站在祝云璟身后的阁臣轻推了一下他的手臂，小声提醒他："殿下，陛下喊您。"

祝云璟倏然惊醒，抬眼对上昭阳帝不悦的目光，睡意瞬间没了，低了头："儿臣在。"

昭阳帝沉声问道："方才说的江南巡抚上奏请免赋税一事，你有何看法呢？"

祝云璟根本没听到之前在议什么，昭阳帝见他神色尴尬，摇了摇头，叫人把奏本拿给他看。

祝云璟接过，平复下心绪快速浏览了一遍，是江南巡抚方成鹏上奏说今岁春旱，多地受灾严重，恐岁末收成不佳，请求减免赋税。

祝云璟舔了舔略显干燥的唇，斟酌着道："现在才夏初，若是灾情减缓还赶得及再种下去一批粮食，不过收成肯定会受影响就是了，方巡抚的顾虑也不无道理，酌情减免赋税倒是可以，而且春日这场旱灾波及的也不止江南一地，周边地方亦有不同程度的影响，可一并予以减免。"

见昭阳帝似乎并无异议，还颇为赞同，祝云璟便接着道："方巡抚这回上奏得很及时，值得嘉许，朝廷早一些下圣旨，也好叫受灾地的百姓早一点安下心，不至于耽搁了夏粮播种，百姓亦会对陛下和朝廷感恩。"

"太子所言甚是。"昭阳帝点头，"如此，朕即刻便下旨。"

祝云璟轻舒了一口气，他其实没考虑太多，方才还顺口帮那江南巡抚说了两句好话，不过是想到方成鹏似乎风评不错，他父皇对方成鹏之前赈灾时的表现也颇为肯定，明年这方成鹏回京述职后定能高升，他提前示好，或许还能得到一个助力。

人群之中，贺怀翎微蹙起眉，却是若有所思。

朝会散了后，贺怀翎随着三三两两的朝臣一起走出宣德殿，听有人议论起下个月的宫中选秀："听陛下身边的刘公公的意思，这次后宫应该不会添新人，倒是会定下太子妃的人选，就是不知道谁家会有这样的好福气。"

另一位大人附和道："老夫也听说了，这次是要把太子正妃和侧妃一块定下来，陛下似乎已经提前与看好的几家透了口风，叫人送了画像进宫，说是先让太子殿下过过眼。"

贺怀翎放慢脚步，就听身后又有人笑道："可不是吗，据说那王阁老的孙女、周尚书的闺女、安乐侯的侄女，都把画像送进宫了，就是不知道殿下会看上哪个，说不定就都收了，一正妃两侧妃，正好。"

一位姓林的文官叹了口气："可惜我等家中没有适龄的女儿，不然或许还能送去东宫做个良娣。"

旁边的同僚打趣他："林大人您就别说笑了，真有女儿，您会舍得送进东宫？"

那人说完便引来一片笑声，又有人压低声音八卦道："我还听人说，原本太后看好那承恩伯的闺女，毕竟是自家侄孙女，不过那小丫头不争气，先是对那定远侯芳心暗许，传得尽人皆知，现在又跟淮安侯世子闹出了丑事，啧啧。"

赵秀芝与那淮安侯世子的事情也就是前两日才闹出来的，两人在酒楼里喝醉了躺到一张床上，众目睽睽之下被人发现，这事已经在京中传遍了。

并没有人注意到正被他们议论的定远侯就走在前头，贺怀翎目光微沉，听着身后的阵阵笑声，加快了脚步。

祝云璟被昭阳帝留下来，跟着御驾去了御书房，昭阳帝见他面色苍白，皱眉问道："你怎么又病了？太医看过了吗？怎么在朝会上都会走神？"

祝云璟乖顺地认错："让父皇担心了，儿臣无事，只是昨晚没睡好，精神有些不济而已，回去歇息一会儿就无事了。"

"你心里有分寸就行，你是太子，要时时刻刻记着自个的身份，别给人落下了话柄。"昭阳帝语重心长道。

祝云璟应道："儿臣省得。"

昭阳帝没再教训他，叫人将东西抱了上来，是一堆卷轴画，昭阳帝抚了抚胡须，笑道："这些都是朕给你挑中的适合做太子妃的人选，个个都是好的，你自己拿回东宫去细细看看吧，先挑几个你喜欢的。"

祝云璟垂眸："谢父皇。"

王九抱着那堆画像，喜滋滋地跟在祝云璟身后出了御书房，连声道：

"恭喜殿下，贺喜殿下。"

祝云璟坐上步辇，淡淡道："喜从何来？"

王九高兴极了："殿下您就快要有太子妃了，咱们东宫快要有女主人了，当然值得道喜！"

祝云璟闭了闭眼睛，心中郁结，他现在的情况，要如何去宠幸他的太子妃？

见他这般反应，王九意识到说错了话，默默抽了自己一耳光子，转而说起了或许能让祝云璟高兴的事情："殿下，奴婢听人说，那承恩伯家的小娘子和淮安侯世子无媒苟合，被人捉奸在床，这事闹得是沸沸扬扬，这下子他们怕是不想嫁也得嫁，不想娶也得娶了。"

祝云璟冷笑，这事本就是他叫人去办的，淮安侯世子风流，赵秀芝多情，凑成一对，也算是天造地设不是？以后他们若是真成了恩爱夫妻，他还办算了件好事，促成了一桩好姻缘。

不过，祝云璟不能将昭阳帝的吩咐当成耳边风，回东宫后便叫人将那些画像都展开，在面前排成一排。祝云璟倚在软榻里，目光漫不经心地从那些画像上扫过，画中女子或婀娜多姿，或明眸皓齿，确实个个都不错，他却觉着索然无味。

王九见祝云璟忽然又发起呆，小声提醒他："殿下，您有看中的吗？"

祝云璟烦躁地挥了挥手："都收起来吧。"

王九试着再劝："可陛下说……"

祝云璟却直接道："你给孤随便挑两个回去禀报父皇好了。"

王九"扑通"一声跪下，哭丧着脸道："奴婢不敢！"这是选太子妃，未来的皇后，哪能他一个下人随便挑两个，借他一百个胆子他都不敢！

祝云璟心烦地摆摆手："那就别在这儿废话了，先拖着吧。"

王九只得叫人把画像暂且收起来，将其他人挥退后，王九跪到祝云璟脚边，一边给他捏腿，一边小声宽慰他："殿下您别急，现在先指了婚，您再拖一拖，把大婚的日子拖到明年就成了。到时候您中的药说不定也有法子解了，太子妃娘娘不会知道的。"

祝云璟冷冷瞪向他："你倒是机灵，那你来告诉孤，什么法子能解？孤要是哪日当众发病又要怎么办？"

王九一脸讪然："上回去宫外看大夫时，奴婢有悄悄问过，只要不被下药之人刻意控制，再用些药调理调理身子，小心一些，应当不会让人看出来……等把这阵子熬过去，再着人去民间找几个本事好的大夫，养在庄子上，让他们多钻研钻研解药的方子，等到能解毒的时候再过去……"

祝云璟沉着脸，却没有再训斥王九，虽然王九说的每一个字都让他十分不适，但这或许是眼下唯一的法子了。可恨他如今没有解药，还得千方百计地防着他人察觉，每每想到这一层，他就恨不能将贺怀翎抽筋剥皮、碎尸万段。

几日之后，贺怀翎派去景州的亲信手下终于归京，低调地到了他的府上。

有了明确的目标再要查证就便宜多了，除去那封奏疏和账本，如今贺怀翎还拿到了相关利益之人盖了手印的证词，人证物证俱全，只差一个机会呈到御前。

贺怀翎背着手站在窗前，出神地望着窗外的景致。春日已过，前几日还开得灿烂的迎春花都败了，只余空荡荡的枝头在微风中摆动着。

一旁来复命的手下见他久久不语，不解地问道："侯爷，您是在犹豫什么？"

片刻后，贺怀翎轻轻摇了摇头："没有，这趟出去辛苦你了，你先回去歇着吧。"

书房里没了旁人，贺怀翎依旧站在窗边没有动。

他的猜测没有错，江南官场近半数的官员都牵扯进了这张贩卖私盐的利益网中，不是他们胆大包天，是背后有人给他们撑腰，而这个人，正是东宫太子。

昭阳十九年，夏五月丙子，宣德殿。

原是平平无奇的一日早朝，大殿之内，众朝臣昏昏欲睡，奏无可奏，昭阳帝已经生了退朝的心思，正欲开口，都察院右佥都御史郑司文忽然出列，朗声道："臣有事启奏。"

昭阳帝颇为意外："何事？"

郑司文字字铿锵："臣要弹劾江南巡抚方成鹏、盐运使廖炳丰等人与奸商勾结、贩卖私盐、牟取暴利、诬陷忠良、欺君罔上！大理寺少卿刘礼谦、刑部郎中邓保收取贿赂、徇私包庇、渎职枉法！"

他语惊四座，众朝臣为之一震，连原本已经开始打瞌睡的祝云璟都瞬间清醒过来，下意识地拧起眉。

昭阳帝沉了脸色，大殿内响起交头接耳的窃窃私语声，旁的人不好说，但这江南巡抚方成鹏可是出了名的清官、好官，之前江南多地春旱，他四处奔走、亲下田埂，想尽办法缓解旱情，后又及时上奏朝廷请免赋税，说动富户给贫农送粮种、农具，抢种夏粮，得百姓所赠万人伞，昭阳帝还亲自下了圣旨予以褒奖。

可如今郑司文却说，这方成鹏其实是个欺世盗名、欺君罔上的逆臣？

唯一在朝堂上且被点名了的大理寺少卿刘礼谦已经出列，跪倒在地，嘴里喊着冤，听着却似乎没有多少底气。

"臣有证据！"郑司文斗志昂扬，将手中东西呈上，"这是前景州知府杜庭仲生前所书奏疏，杜庭仲因查得方成鹏等人贩卖私盐之事上奏朝廷，却反遭诬陷，被冠以谋反之名连坐满门，刘礼谦和邓保身为查案钦差，不思彻查真相，却收受贿赂、草率结案、诬陷忠良，还请陛下明察！"

满堂哗然，那刘礼谦的额上已经滑下冷汗，昭阳帝阴着脸接过那份奏疏，越看面色越难看，翻阅完账本和那些证词后，脸上已是乌云密布，盛怒之下将手中东西甩下去，账本正砸在祝云璟脚边。

祝云璟顺手拾起来，快速翻阅了一遍，也着实心惊。

这里头记录的东西太翔实了，由不得人不信，牵连人员之广，更是叫人瞠目结舌。

郑司文与杜庭仲是同科同榜，私交甚笃，之前就一直为他的事在奔走，谁都没想到，郑司文竟然当真能拿到这样确实的证据，且还在朝会之上当众发难。

这之后，任凭刘礼谦再如何喊冤，昭阳帝依旧叫人先将之拖下去收监候审，再下旨将方成鹏、廖炳丰等人押解进京。

满殿寂静，群臣噤若寒蝉，昭阳帝冷声问一众阁臣："杜庭仲的前一封奏疏，为何未呈到御前？"

首辅张阁老跪下请罪："陛下恕罪，此事臣等亦是第一次听说，臣也没有见过那封奏疏啊！"

昭阳帝大怒："荒谬！"

如此说来，竟是有人私下拦截奏疏，妄图欺上瞒下，祸乱朝纲！

"朕要彻查此案！"昭阳帝压着怒气，目光冷冷扫过一众朝臣，最后落在人群之中的贺怀翎身上，"定远侯！"

"臣在。"贺怀翎出列。

"此案由你主理，务必彻查清楚！"昭阳帝厉声吩咐。

"臣遵旨！"这样的安排并不出乎贺怀翎的意料，他是刑部侍郎，此前又一直在边关，与京中、江南的官员都无甚交集，由他来查，最合适不过。

早朝结束后，无人再敢逗留，俱是匆匆回了各自部衙去，贺怀翎被昭阳帝叫去交代事情，祝云璟则心事重重地回了东宫。

王九奉上祝云璟每日都要喝的药，祝云璟端起药碗，闭上眼睛咬咬牙，一股脑地将药汁灌下了肚，再狠狠地将碗给砸了。

王九叹气，这样到底什么时候是个头啊？

半个时辰后，谢轩明来了一趟东宫，是祝云璟特地叫他来的。

谢轩明进来先请安，见祝云璟神色恹恹，关切地问候了几句，祝云璟挥手打断他："早朝上的事，你和舅舅都听说了吧？"

"是。"谢轩明犹犹豫豫地点头。

祝云璟叮嘱他："此案牵连甚广，孤看着江南官场大半官员都得被拖下水，舅舅从前交好过的那些人，若有牵扯进来的，能撇清关系尽量撇清了。无论如何，不能引火上身。"

"知……知道，"谢轩明舔了舔嘴唇，眼神似有闪烁，"不会，殿下放心。"

祝云璟倚在软榻里，因着身子不适，说话时有些心不在焉，没有注意到谢轩明语气中的迟疑。

谢轩明小心翼翼地问道："殿下，那江南巡抚……这次是不是注定要栽了？"

祝云璟冷哂道："那金都御史有备而来，手中证据确凿，杜庭仲因为这事全家都丢了性命，若是证实父皇当真被人蒙蔽错杀了忠良，这圣怒自然得有人来承受。更何况，贩卖私盐本就是大罪，还牵连到整个江南官场，方成鹏死一万次都不够。"

皇帝当然不会承认是自己错了，哪怕之前是昭阳帝亲口说杜庭仲写的那诗是反诗，那也是他被下头的人给骗了，如今既然说了要彻查，就不可能高高拿起再轻轻放下。

更别说，被钦点负责查案的人是贺怀翎，即便是为了许士显，他也会铆足了全力，将案子查个水落石出。

想到贺怀翎，祝云璟心中忽然有些说不清道不明的惴惴不安，京中有人敢拦外臣呈给皇帝的奏疏，是什么人会有这么大的能耐和本事？

他下意识地看向谢轩明："舅舅与那江南巡抚没有往来吧？"

谢轩明立刻道："当然没有！"

祝云璟皱眉，谢轩明的反应似乎过于激动了些，对上祝云璟怀疑的目光，谢轩明讪笑，心虚地别开了眼睛："哪能啊，殿下您多心了……"

祝云璟又问："真没有？"

谢轩明忙保证道："真没有，父亲早没差事了，不沾官场上的事已久，又怎么会与一个南边的官员有往来？"

"没有就好。"祝云璟想想似乎也不大可能，那方成鹏从未做过京官，与谢国公不该会有交集，便没再细问，"总之，你记着提醒舅舅，不要掺和这事，尽量低调，免得被殃及。"

谢轩明朝他拱手："诺。"

谢轩明急急慌慌地回了国公府，平日里这会儿定在府中戏园子里听曲的谢国公，此刻正背着手在书房来来回回地走动。

谢轩明将祝云璟说的话转告给谢崇明："爹，殿下眼下还不知道，真的不告诉他吗？"

"告诉他也没用。"谢崇明沉着脸道，"陛下去江南拿人的圣旨都下了，事情已经没有转圜的余地了。"

"那怎么办啊？"谢轩明哭丧着脸，"要是查出我们做的事，再牵扯出当年……这次陛下定不会放过我们国公府了！"

"死人是不会开口的，"谢崇明恶狠狠地咬牙，"只要方成鹏死了，便是死无对证！"

御书房。

贺怀翎进来之后先跪了下来向皇帝请罪，昭阳帝不解地道："你这是做什么？"

"回陛下，今日之事，臣早已知晓，郑御史手中的东西都是臣给他的，在朝会上弹劾江南巡抚等人也是臣的主意。"贺怀翎将先前的筹划和盘托出。

昭阳帝蹙眉，看着镇定地跪在地上身形挺拔面容坚毅的贺怀翎，片刻后又缓缓舒展开眉头，叹气道："你手中既有证据，不直接呈与朕，却选择让御史在早朝之上当众弹劾，是担心朕会将事情压下去吗？"

贺怀翎垂首："臣不敢。"

昭阳帝摇头："你确是这么想的。朕错杀了忠良，所以你觉得朕会因为顾忌着自己的脸面，不愿承认是自己做错了。"

贺怀翎道："错的不是陛下，是那些欺上瞒下之徒。"

"终究也是朕之过失。"昭阳帝闭了闭眼睛，"罢了，只是为何你手里会有这些东西？"

"杜知府出事之前将奏疏和证据交给了他的一个密友，后来他那位密友找到臣，将之交到了臣手中。"贺怀翎半真半假地说着，即使事到如今，他也不能将许士显还活着的事情说出来，许翰林死了便是死了，否则计较起来那又是另一回事了。

昭阳帝闻言叹道："你也算有心了。"

贺怀翎没再接话，只要打消了昭阳帝的顾虑，接下来他查案便不需要再有顾忌。

从宫里出来后，贺怀翎没有去衙门，而是直接回了府，将之前替他去江南查案的心腹手下叫来，吩咐道："你速带人再去一趟景州，即刻启程，多带些高手，务必要护方成鹏和廖炳丰几人的周全，确保他们被平安押解到京中。"

手下警惕道："可是事情有变？"

贺怀翎沉下声音："小心一些总不会错，你这就去吧。"

"诺！"

夏五月辛巳，昭阳帝奉皇太后幸北海别宫。

北海的别宫是大衍朝开国时就建了的，亭台楼阁俱依水而筑，青山环绕碧水，其间峰峦隐映、松桧隆郁，秀丽天成。

据说当年开国皇帝为了讨好心爱的皇后，才大手笔地修建了这隐于山水之间的避暑别宫，后世的皇帝每到盛夏也都会来这里小住一两个月，已成定例。

祝云璟一直到辰时将过才起，这般懒散若是被昭阳帝知道了，定又会被教训。可他这段时日却总是这样，精神不济、困倦嗜睡，好在来了别宫之后，早朝都改成了三日一次，他也能喘口气。

王九伺候着祝云璟换上一身石青色绣着金丝暗纹的锦缎常服，日渐炎热之后，他再畏寒都不好穿得太多，幸好这会儿他身子稍稍稳定了些，轻易不会出现意外状况。

用完早膳吃了药，太后身边来人请祝云璟过去，却没说是什么事，祝云璟本也无聊，便径直去了。

他在路上遇到念书念到一半偷溜出来的祝云瑄，说是要跟着一块去，他不解："你不念书跑出来，跟孤凑什么热闹？"

祝云瑄嘻嘻地笑："太子哥哥你还不知道吧，皇祖母今日请了好多官家娘子过来，这会儿都在园子里赏花呢，全都是父皇给你挑的那些太子妃备选，皇祖母叫你过去，是让你去亲眼看看人。"

祝云璟确实不知道，但还是问："所以你又是去干吗的？"

"帮你一起挑未来皇嫂啊。"祝云瑄一脸的理所当然。

祝云璟对此事没有丝毫兴致，只想着能拖则拖。两人到了园中，果然远远地就能听到飘过来的娇声笑语，数十位少女分坐在皇太后两侧，与之一起赏花品茗、说笑逗趣。

祝云璟目不斜视，走上前去与太后请安，饶是如此，他也能察觉到那一道道落在自己身上或好奇、或打量的目光。祝云璟心中十分不快，这哪里是他选妃，倒像是他被人围着评头论足一般。

太后将他叫到跟前，见他脸色不太好，关切地问了几句，他心不在焉地应着。太后顺口提了一句方才谁谁作了首诗颇有些意境，祝云璟仍是半天没有接话，还是一旁的祝云瑄凑上来与太后逗趣，替他解了围。

祝云璟冷冷扫了一眼下头坐着的众女子，他的目光移过去，原本在偷眼打量他的少女们都娇羞笑着低了头，他皱了皱眉，心道，有什么好笑的？

只待了片刻，祝云璟便借口还要去给昭阳帝请安先走了，祝云瑄意犹未尽地跟着离开，笑问他："太子哥哥，刚刚那样的场合你怎么都能走神啊？那王阁老的孙女可是出了名的才女，写的那诗作，当世大文豪都说好，你竟然一点面子都不给。"

"哦。"祝云璟确实不想给这个面子。

祝云瑄叹气："你真的一个都没看上？那王阁老的孙女斯文貌美、周尚书的女儿活泼娇俏，我看都是很好的嘛。"

祝云璟斜他一眼："全都送给你好不好？"

祝云瑄连连摆手："那哪行啊，人家都是要做太子妃的。"

祝云璟挑了挑眉："你也不小了，可以娶妃了。"

"我才十五不到，不急不急。"祝云瑄老神在在地摇头。

……

打发走了祝云瑄，祝云璟百无聊赖，转道去了昭阳帝那里。

贺怀翎也在，像是在与皇帝禀报查案的进展，祝云璟进去时他便先停下，与祝云璟见礼。

祝云璟没搭理他，转头与昭阳帝请了安，昭阳帝笑问道："你可是刚从你皇祖母那里过来？你皇祖母今日宴请各家的女儿，你都见到了吧？可有喜欢的？"

祝云璟没想到昭阳帝会当着外臣的面就与自己说起这个事，尤其那个人还是贺怀翎。

贺怀翎眸色微沉，便听祝云璟说道："都挺好的，儿臣觉得各有千秋，父皇和皇祖母做主就行。"

昭阳帝不信："就没有特别看得上眼的吗？"

祝云璟笑了笑："父皇说笑了，那么多姑娘家在一块，儿臣哪好意思盯着瞧啊！其实儿臣都没看清楚她们长什么样。"

昭阳帝顿时乐了："你还会有不好意思的时候？"他说着又兀自感叹起来，"想当年朕也是这样，那时你母后她们一块进宫来，朕被叫去看，一眼就看中了你母后。当时她站在桃花树下回头冲着朕笑的样子，朕到现在都还记得。"

祝云璟没有接话，因为他压根就不信。阖宫上下都知道，父皇更偏宠贺贵妃，缘由无他，就是那贺贵妃生得貌美，说是倾国倾城也不为过。可惜她没生出个女儿来，唯一的儿子祝云珣又与她长得不像，贺家人里倒是贺怀翎与她眉眼之间还有几分相似。

只不过那样一张美若天仙的脸，长在贺怀翎这种武将身上，无异于暴殄天物，十足是浪费了。

昭阳帝收回心绪，叮嘱祝云璟道："你既没有特别满意的，那朕就替你做主了，等回头朕与太后商量定下人选，月底朕就会下圣旨，你自己心里有个数就行。"

"儿臣明白。"祝云璟应下，"只是现在指了婚……可否等到明年再完婚？"

昭阳帝不解："你不想尽快成婚吗？"

祝云璟答道："儿臣只是想着多些时间准备充裕些，免得亏待了太子妃。"

"行吧，你有这份心也是好的，那就等明年春天再完婚。"虽然昭阳帝急着想抱皇孙，但皇太子大婚关系着天家颜面，确实得徐徐图之。

祝云璟想的却是，要怎么顺利在大婚前解了自己身上那禁药的毒。

与昭阳帝说完了事，贺怀翎随着祝云璟一块告退出来。祝云璟不想理人，抬脚就走，贺怀翎不远不近地跟在其身后。

路过石榴园时，王九随口感叹了一句："石榴花都开了，看着真喜庆。"

祝云璟停下脚步望了一眼，大片大片的石榴花像红灯笼一样迎风招展着，看着确实很喜庆。

开国皇后喜欢石榴花，这别宫里最大的一个园子就是石榴园，里头还有皇帝亲手种下的石榴树。这一段流传了近两百年、帝后情深的佳话每每被提起，依旧叫人羡慕不已。

贺怀翎走上前来，顺手摘下枝头上开得最灿烂的一朵，递到祝云璟面前。

王九略一犹豫，默默带着一众宫人退到十步开外去。

祝云璟扬眉："侯爷这是何意？"

贺怀翎垂眸，轻笑一声，收回了手："只是觉得这花开得灿烂，就顺手折了下来。"

祝云璟不以为然："它原本好好的，侯爷偏要折下来，如此不消半日，它便凋零了。"

"花开堪折直须折。"贺怀翎低声念了一句，又抬眼看向祝云璟，"臣还未与殿下道喜，殿下就快要有太子妃了。"

祝云璟冷淡点头："贺怀翎，这与你无关。"

贺怀翎叹气："殿下何必要这般拒人于千里之外。"

"你待如何？"祝云璟冷声道，"那日之事只是一场意外，侯爷还是早些忘了的好。"

"臣知道，"贺怀翎眼中笑意退去，"是臣逾越了，还请殿下恕罪。"

祝云璟懒得再说，折腾了这么久他已经累了，浑身都不舒服，转身欲走，抬脚之时又像是忽然想起了什么，回过身问贺怀翎："孤听说，那郑御史当众弹劾江南巡抚等人，是你授意的？"

贺怀翎答："是，此事臣已禀明陛下。"

祝云璟的脸色冷了下去："你之前故意在孤面前提到那方成鹏是什么意思？你在试探孤？你怀疑孤？"

贺怀翎看着他，目光沉沉："杜庭仲的第一封奏疏被人拦了下来，那之后他便出事了。"

祝云璟眉心蹙起："所以呢？你觉得是孤做的？"

"臣不知。"贺怀翎移开了目光。

祝云璟冷笑："好，你很好，孤倒是小瞧你了。你要是真能将这事栽到孤身上，你就尽管做！孤倒要看看你到底打算怎么做！"

贺怀翎皱眉，正欲再说些什么，祝云璟的身子忽然晃了一下，下一刻，祝云璟便闭上眼睛栽倒下去。

身后响起王九的惊呼声，贺怀翎反应极快地伸出手，将昏倒的祝云璟接住。

祝云璟被贺怀翎一路背回寝宫，好在路上没遇到旁的人，王九脚步匆匆地跟在后头，急得抓耳挠腮，却半点办法没有。

将人放上榻，贺怀翎沉声问王九："太医来了吗？"

王九语塞，他压根就没让人去叫。

片刻之后，榻上的祝云璟悠悠转醒，皱眉看向贺怀翎，似是愣了一瞬，哑着嗓子问道："你怎么在这里？"

王九替之解释："殿下您忽然晕倒了，是侯爷将您送回来的。"

祝云璟的双眉蹙得更紧了些："孤无事，侯爷请回吧。"

贺怀翎望着他毫无血色的脸，劝他："好歹传太医过来看看吧。"

"不需要。"祝云璟声音冷硬，再次下逐客令，"侯爷可以回去了。"

贺怀翎恍若未闻："讳疾忌医要不得，殿下身子不适就应该传太医。"

祝云璟声调更高："王九送客！"

王九硬着头皮将贺怀翎给请出去，出门之后才小声告诉他："殿下昨日中暑了，现下还未完全好才会这般，昨日太医已经来看过，开了药，侯爷您不用担心。"

贺怀翎神色复杂地回头，看一眼窗户后面祝云璟的身影，沉默片刻，转身大步而去。

王九缩着脖子回里头，祝云璟冷眼横向他："定远侯是怎么把孤送回来的？"

王九吓得结巴起来："背……背回来的。"

祝云璟抄起手边的杯子就砸了过来，王九立刻跪下去："殿下恕罪！侯爷执意那么做，奴婢拦不住啊！不过您放心，这一路过来没有其他人看到。"

见祝云璟冷着脸默不作声，王九犹犹豫豫地问他："殿下真的不传太医吗？要不就让林太医来看看……"

祝云璟烦躁地挥了挥手："滚吧。"

王九滚了，祝云璟闭了闭眼睛，该死的……他早晚要杀了贺怀翎！

过了两日，那谢轩明忽然神色慌张地跑来求见祝云璟，一进门就满头大汗地跪下："殿下，求求您，救救谢家吧！"

祝云璟刚喝了药正浑身不舒服，在闭目养神，闻言皱着眉睁开眼睛："出什么事情了？"

谢轩明抹了一把脑门上的汗，支支吾吾道："那江南巡抚和盐运使在被押解进京的路上遇……遇刺的事情，是……是父亲派人去做的，哪知道失了手……"

祝云璟猛地坐起身，倏然瞪大眼睛："你们是不是疯了？！你之前不是跟孤说，你们跟那私盐案没关系吗？！"

这事早上就有人上报给了昭阳帝——竟有人胆敢行刺皇帝亲下圣旨，要求押解进京审问的朝廷命官，意图杀人灭口，若非定远侯早有准备，特地派人去接应，就当真被对方得逞了！昭阳帝因此震怒，命贺怀翎一并将事情彻查清楚。

谢轩明低着脑袋含糊道："是父亲不让我跟您说……他本以为只要先下手为强，杀了方成鹏他们，死无对证，就能将此事糊弄过去……"

祝云璟气极："那你们到底做了什么？！"

谢轩明咽了咽口水："父……父亲拿了方成鹏他们的好处，也参与了私盐买卖，杜庭仲的第一封奏疏在通政司就被拦了下来，到……到了父亲手里，父亲写信告知了方成鹏，才有了那杜庭仲的反诗案。"

"你们是吃了熊心豹子胆吗，这种事情也敢做？！"祝云璟一巴掌拍在桌子上，下一刻又捂着肚子痛苦地倒回榻里。

王九吓了一跳，赶紧上前去扶住他："殿下您别动怒，仔细自个的身子呀……"

祝云璟挥开王九的手，强忍着一脚踹死谢轩明的冲动，咬牙切齿道："你给孤听好了，事到如今，你和舅舅如若还想要活命，就立刻去父皇面前把事情全部交代清楚，否则神仙都救不了你们！"

"不能啊！"谢轩明急道，"殿下，这不能啊！告诉了陛下，我们就算不死，也得被抄家流放，这与让我们去死又有何区别！殿下，您救救我们吧！救救谢家吧！"

"那孤能怎么办？！"祝云璟怒喝道，"孤没救过你们吗？你们本来三年前就该死了！好不容易苟活到今日，却不思悔改，还敢做这种大逆不道的事情！你要孤再怎么救你们？！"

谢轩明被赶了出去，祝云璟急怒攻心，几欲呕血，肚子一阵疼过一阵。他浑身痉挛，出了一身的冷汗，整个人像从水里捞出来的一般。

王九吓得号啕不止，手忙脚乱地要去找太医，被祝云璟叫住，祝云璟咬着牙根吩咐道："不许去，把门关了，谁都不许……进来……"

说完最后一个字，祝云璟的手无力地垂下，眼睛也随之阖上。

三日之后，祝云璟没有等来谢崇明父子去皇帝那里请罪的消息，而方成鹏等人却已经被押解到京中。那方成鹏竟在众目睽睽之下，做出了一个十分出人意料的举动。

在刑部衙门前被押下车时，方成鹏当着一众官吏和围观百姓的面，高喊皇太子和谢国公才是私盐案背后最大的主使，他一心为皇太子，忠心耿耿，到头来却落得差点被杀人灭口的下场，天道不公！

即使贺怀翎反应迅速地叫人堵了他的嘴，但已经晚了，不消半日，事情就已传得尽人皆知。

刑部并大理寺、都察院连夜提审方成鹏，第二日天未亮，贺怀翎和另几位主审官就带着详尽的证词证供去了别宫与昭阳帝复命。事涉当朝太子，他们谁都不敢擅断，只能交由皇帝定夺。

祝云璟被昭阳帝叫过去时，还浑然不知发生了什么，这两日他一直闭门谢客，并不知道外头风云已变。

当他走进御书房，看到一众内阁大臣和三法司主官都在，又见谢崇明父子匍匐在地，而他父皇面沉如水，脸上乌云密布，他心下猛地一突，瞬间有了很不好的预感。

贺怀翎抬眸看祝云璟一眼，又迅速收回目光，垂下视线。

祝云璟小心翼翼地上前请安，昭阳帝将方成鹏等人的证词扔给他："你自己看！"

祝云璟拾起那几份证词，快速浏览一遍，瞳孔狠狠一缩，急道："这与儿臣无关！儿臣并不知情，也决计没有参与私盐案啊！"

昭阳帝怒道："你若没有，他们会都说是你？！"

祝云璟猛地转向谢崇明："是你们打着孤的旗号在江南招摇撞骗是不是？是你们告诉方成鹏等人，孤要他们贩卖私盐，攫取不义之财孝敬孤？"

谢轩明哆哆嗦嗦地趴在地上说不出话来，谢崇明垂着头，低声道："殿下……这是您之前就知道，也默认了的，方成鹏他们每年送进京的孝敬大半都进了东宫里头，您都清楚的啊！方成鹏那里的清单上都记载得一清二楚，东西就在您东宫里头，可以一一核对的。"

祝云璟愣住，他怎么都没想到，他的舅舅竟然会说出这样的话来。谢轩明平日里是时常会送一些好东西来孝敬，可祝云璟对那些东西到底价值几何，其实并没有太大的概念，看着喜欢的就收了，他是真的不知道，那些东西其实是江南的官员送的。

祝云璟红了眼睛："原来你们一早就算计好了，要拉着孤一起下水是吗？舅舅，孤这么信任你，你就是这么对孤的吗？为了开脱罪责，你便打算把事情的主使全推给孤是吗？"

谢崇明的头垂得更低了些："殿下，臣也是按您的吩咐做事。"

祝云璟气极反笑："孤的吩咐？孤什么时候吩咐过你做这些事情了？你拦截奏疏，诬陷忠良又试图杀人灭口，难不成也是孤的吩咐？"

谢崇明立即喊冤："那封奏疏确实是右通政交给臣的，但臣请示过您，是您说不能让陛下知道，也是您授意臣，让方成鹏诬陷杜庭仲；杀人灭口一事，也是那日早朝之后，您把轩明叫进宫叮嘱他做的啊！"

御书房里针落可闻，一众在场的官员俱是大气都不敢多出，只贺怀翎微蹙起眉。

祝云璟红着眼睛连说了三个"好"字，似是伤心极了。昭阳帝不耐烦地打断他们："太子，你自己说，到底怎么回事！"

"儿臣没做过，"祝云璟双目通红，"从头到尾，儿臣都不知道谢国公他们到底做了什么，儿臣与江南官员更无往来，还请父皇明察。"

谢崇明争辩道："前些日子，殿下您还在朝堂上帮方成鹏说好话讨赏，也是人所共知的事情啊！"

祝云璟咬牙切齿："孤那个时候怎么知道，你会与他勾结，还做下这等事情！"

昭阳帝沉下目光，一时有些犹豫不决，比起私盐案，他更忌讳太子背着他勾结外臣，借此笼络人心，但祝云璟说自己没做过。

可事情坏就坏在，即使祝云璟并不知情，谢崇明却是打着皇太子的旗号在外行事，连方成鹏都以为他是在帮皇太子做事。

一旁一直没出声的谢轩明忽然说道："太、太子殿下叫人诬陷那景州知府还有私心，前翰林编修许士显因被牵连其中一并下狱，太子殿下想将其纳为党羽，对其威逼利诱，许士显却都不肯从。这事之后，太子殿下拿捏着那景州知府的性命去威胁许士显，才终于让对方屈服。殿下还设计让许士显假死以瞒天过海，把人从大理寺狱里偷去了他在凤凰山上的庄子里！陛下若是不信，尽可派人去查，就算这会儿许士显已经不在那里了，但庄子上的下人一定都见过他！"

众人哗然，昭阳帝的眉头狠狠一拧，他冷眼看向祝云璟："他说的可是真的？"

祝云璟白了脸，眼里有一瞬间的慌乱。此刻也不需要再多说什么，他这番反应看在昭阳帝眼里，已经是实证。

祝云璟着急地解释："儿臣是把许士显救了出去，可儿臣做过的只有这个，别的事情真的与儿臣无关！父皇，您相信儿臣，儿臣说没做过就是真的没做过，儿臣绝不敢骗您！"

他是真的没想到，谢家父子为了拉他下水以开脱自身，会做到这个地步，只因为他说救不了他们，便要与他鱼死网破！

僵持片刻后，贺怀翎走上前一步，沉声提醒昭阳帝："陛下，此案疑点颇多，还请陛下容臣等查实后再做定夺。"

几位阁臣也纷纷出言劝起昭阳帝，昭阳帝闭了闭眼睛，冷声下令："将谢崇明父子收押待审，太子，你回去闭门思过，没有朕的旨意，不得再随意走动，召见外臣。"

第四章

当面对质

祝云璟的身子越发虚弱了，被禁足之后，他整日卧床不动，但因为忧思过重，不过几日的光景，人便又瘦了一大圈。

　　王九又去了一趟外头的医馆，大夫没见着人，只能根据王九描述的状况给祝云璟重新开了药。一碗一碗的药灌下肚，对祝云璟却没太大用处，只能勉强让他好受一点而已。

　　私盐案已经闹得朝廷上下人心惶惶，牵扯进去的人太多，如若真要全处置了，那江南官场几乎要连根拔起，且事情涉及当朝太子，皇帝态度暧昧，谁都猜不准昭阳帝到底是要严惩，还是又打算轻轻揭过，就此作罢。

　　就在群臣都抱着观望的态度冷眼旁观时，那金都御史郑司文又一次高调地跳出来，当庭上奏弹劾，这一次他针对的人，是皇太子祝云璟和国公谢崇明，为的却是三年前黄河决堤一事。

　　据郑司文所言，那一场天灾其实是人祸，是时任河道总督的谢崇明贪污了朝廷拨下的清理河道、修筑大坝的银两，在工程中偷工减料，才导致了那一场惨祸的发生。数十万百姓因此流离失所，而皇太子祝云璟明知事情真相，却替之遮掩、欺上瞒下、为君不仁！

　　满朝哗然，昭阳帝雷霆震怒，下令严查，有嗅觉敏锐的官员咂摸出即将变天的味道，立即附和着请求严惩谢崇明，顺带着隐晦地攻讦祝云璟的奏本有如雪花片一般，迅速堆满御书案，一时间跟风者众。

皇太子寝宫。

王九推开门进来，小声提醒窝在榻上似是睡着了一般的祝云璟："殿下，定远侯来了。"

祝云璟的睫毛微微颤了颤，他并没有动，甚至没有睁开眼睛。

贺怀翎走上前来，神色复杂地看向祝云璟，王九还想再喊，贺怀翎抬了抬手，制止住他，眼神示意他先下去。

王九略一犹豫，看了榻上的祝云璟一眼，忧心忡忡地退了出去。

贺怀翎踟蹰片刻，微弯下腰，伸出手，祝云璟却倏然睁开眼睛，四目相对，贺怀翎在他黑白分明的双眼里看到了毫不掩饰的戒备和厌恶，他的手微微一顿，收了回来，向后退开身。

祝云璟撑着身体坐起来，冷淡道："父皇不是不让孤见外臣吗？侯爷怎么来了？"

贺怀翎看着他，沉声解释："臣奉圣命调查三年前谢国公贪污河道银两，致黄河堤坝决口一事，有些事情要当面与殿下核实，还请殿下见谅。"

祝云璟轻嗤："父皇连这事都交给你查了？真没想到，他原来这么看重你。"

他虽被禁足，对外头的事情却并非一无所知，郑司文上奏之事，他也一早就收到了消息，但他没想到，等来的人竟是贺怀翎。

贺怀翎答道："臣奉命办差，是职责所在。"

祝云璟并无兴致听贺怀翎说这些冠冕堂皇之言，冷眼扫向他："在你问孤之前，能否先回答孤，这一次，是不是又是你让那郑御史上奏的？"

"不是，"贺怀翎皱眉道，"关于此事，之前臣亦一无所知。臣问过郑御史，他说之前此事就已有传闻，但无证据，只是些微末的风言风语而已，直到这回谢国公因私盐案下狱，墙倒众人推，事情才藏不住了。"

"原来如此，"祝云璟点点头，语气淡淡，"那他也算是自作自受了。"

纸是包不住火的，祝云璟其实早有预感，当年的事情会一并被捅出来，但对谢氏一家，他已经死了心，连提起来都只余淡漠。

沉默片刻后，贺怀翎低声问他："亏空一事，谢国公已经认罪，殿下您当时是否知情？又是否参与其中？"

祝云璟冷淡道："一开始不知道，决堤发生后，父皇命户部核查朝廷给河道拨银的去向，谢国公进宫来告诉了孤事情的真相，哭求孤保住他，孤当时恰好理户部事，按下了经手的户部官员，帮谢国公把事情压了下去，做平了账目。"

那时候祝云璟才入朝堂没两年，昭阳帝为了让他尽快熟悉政务，命他去六部九寺轮流学习，当时他恰好就在户部。说是学习，但有皇太子在，下头的人谁敢做他的主？上赶着给他卖命邀宠的倒是不少。因此，祝云璟想在那时做些什么瞒天过海，并不困难。

如今他只是后悔自己的心软，谢崇明哭着在他面前提起他的母后，他便妥协了。

贺怀翎道："谢国公说您要求他尽快将亏空给填上，他毫无办法，您便给他指了条明路，染指私盐，说是来钱最快的法子。"

祝云璟冷笑："你真信他说的？他怕是一早就与那方成鹏勾搭上了吧？他见钱眼开、贪得无厌，可孤又为何要去碰私盐？孤缺银子吗？"

贺怀翎又道："谢国公说，您要的是用这样的方式笼络江南官场的人心，让他们为您所用。"

"荒谬！"祝云璟闭了闭眼睛，强压下心中又要翻涌而起的怒气，哑着嗓子道，"孤没做过就是没做过，定远侯若是认定孤也参与了私盐案，甚至有意残害忠良，便不需要再问了，孤与侯爷亦无话可说。"

贺怀翎眸色深深地看着祝云璟，见他面色苍白、形容消瘦，唯眼角微微泛着红。这皇太子殿下总是如此，既高傲又倔强，从来都不懂得低头服软。

片刻之后，贺怀翎上前一步，在祝云璟面前单膝跪下。

祝云璟的眼中有片刻的迷茫，他愣了一下，沉下声音："定远侯这是做什么？"

贺怀翎低声道："殿下可知，外头有多少人在等着看您倒台吗？"

"那又如何？"祝云璟咬牙道，"你不也是其中之一吗？孤若是当真被废了，这太子之位就会轮到祝云珣，你贺家就要跟着鸡犬升天了，孤是不是应该提前恭喜侯爷你？"

其实不用贺怀翎说，祝云璟也知道，他这个皇太子在朝中的人缘并不好，武将因着贺家的关系更偏向祝云珣，文臣又看不上与他同气连枝的谢家那些世家勋贵的做派，且他本人也一直被人诟病狂妄自大、过于跋扈，畏惧他皇太子身份的人，远比真正尊崇他的人多得多。所以如今，墙倒众人推的又何止谢崇明一个。

"无论殿下信不信，臣并无此意。"贺怀翎满眼诚挚，望着祝云璟，"臣从未想过要帮着二殿下对付您。"

"可你已经做了，"祝云璟轻蔑道，"从你让郑御史上奏那天起，你就已经做了。从一开始你就知道，事发之后孤一定会被牵连，你还是做了，祝云珣现在一定很得意吧？"

贺怀翎顿了顿："殿下，杜知府和许翰林他们是无辜的，臣不能做违背良心的事情。"

"说到底，你还是为了许士显！"祝云璟陡然拔高声音，用力推了贺怀翎一把，"做都做了，又何必再假惺惺地在孤面前装好人？你这副做派更是叫孤作呕！"

贺怀翎的眼瞳微缩，眸色更沉，沉默须臾，他说道："前几日那些弹劾奏本还只是针对谢国公，这两日已隐隐转了风向，矛头全都指向了殿下您，不单是私盐案和亏空案这两件事，连您之前在朝堂上踹死前任礼部尚书、动用私刑割去淮安侯世子舌头的事，都一并被翻了出来，殿下您最好有个心理准备。"

祝云璟的声调更高了："孤不该割那淮安侯世子的舌头吗？他一个侯

府世子也敢以下犯上冒犯孤，他凭什么？你又凭什么？孤留你一条狗命，不是让你在这里对着孤指东说西的！"

祝云璟显然已经气狠了，双眼中竟似泛起了一层薄薄的水雾。贺怀翎看着他，一股说不清道不明的酸涩情绪在心中蔓延开来："臣无此意，殿下息怒。"

这话显然无法安抚此刻的祝云璟，他怒道："要孤息怒，你就给孤闭嘴！还有礼部尚书那个老匹夫，你以为他是个什么好东西？你只听人说是孤一脚踹得他一命呜呼，你又知道孤为什么要踹他？贺贵妃薨逝，他看父皇悲痛，为了讨好父皇，拟定的丧仪规格几乎等同皇后！不单如此，他还与父皇提议，将贺贵妃的牌位摆进凤仪宫，和孤的母后一起接受供奉！凤仪宫那是什么地方？孤母后的寝宫，她贺贵妃配进去吗？"

凤仪宫是祝云璟的母后生前所居寝宫，昭阳帝为了追念发妻，在皇后崩逝时下旨保持凤仪宫原貌，不再住人，只供奉皇后牌位。那位礼部尚书却起了歪心思，打起了凤仪宫的主意，本意是为了讨好当时因宠妃去世而悲痛万分的昭阳帝，却不想触及了祝云璟的底线，被他一脚踹进了鬼门关，还当真不算冤枉。

只是这起因已鲜少有人提起，这桩旧事每每被翻出来，俱是用来指责祝云璟跋扈骄纵、目无法纪的，如今更是成了弹劾他的罪证之一。

贺怀翎抬手，按住过于激动的祝云璟的双肩："殿下，您别再说了。"

祝云璟瞪着他，半晌之后，从牙缝里挤出一个字："滚！"

皇太子寝宫。

王九倒出酒坛子里最后一滴酒，叹气道："殿下，已经没有了。"

祝云璟放下筷子："那孤不吃了。"

王九着急劝他："殿下您不能因为酒没了，就膳都不用了啊……"

祝云璟冷眼睨过来，王九立时闭了嘴，讪然道："奴婢说错话了，殿下恕罪……可您多少还是用一些膳食吧？"

这段时日，祝云璟每顿都得靠贺怀翎送来的青梅酒开胃，才吃得下东西，如今酒已告罄，他的胃口也跟着没了。

祝云璟勉为其难地拿起筷子，刚吃了两口，又扔了筷子，躺回软榻上，任王九怎么劝都不再理人。

王九擦了擦脑门上的汗，心下哀叹，殿下自从中了禁药之毒后，当真是越来越难伺候了。

下午，祝云瑄过来看祝云璟，自祝云璟被禁足后，这个小弟弟已经来过这里好几回，不过这还是祝云璟第一次让人进门来。

祝云瑄一看到祝云璟病恹恹的样子就红了眼眶，当场就要掉下眼泪来，再没了平日里嬉皮笑脸的模样。

祝云璟有气无力地安慰他："孤没事，死不了的。"

祝云瑄抹了抹眼睛，哽咽道："太子哥哥，你之前为什么不肯见我，我很担心你。"

祝云璟抬手拍了拍祝云瑄的脑袋："孤这不是没事吗？孤是不想把你也牵扯进来，这事跟你没关系，你没必要蹚这摊浑水。"

祝云瑄忧心忡忡地说："可我听人说，那些朝臣都在上奏，要治舅舅死罪，还要父皇废太子！真有那么严重吗？"

"有人借题发挥而已，父皇不是没理他们吗？"祝云璟疲惫地摇了摇头，"你放心，父皇不会这么轻易废了孤这个太子的。"

祝云瑄仍不放心："可事情闹得这么大，父皇他真的会从轻处置吗？"

"孤是他钦定的皇太子，只要没有触及他老人家的底线，他不会动孤的，那些人打错主意了。再者说，就算孤真的倒了，不还有你吗？"祝云璟深谙昭阳帝的心思，只要他没有做出什么大逆不道的事情来，父皇就一定会保住他，哪怕有再多人非议诟病，也无济于事。

不过经过这些事情，他父皇对他失望了也是真的，以后他得更加小心，不能再行差踏错分毫。

祝云瑄慌了神："我不行啊！太子哥哥你可千万别说这种话，你一定得好好的，我不行的，真的不行。"

"没什么不行的。"祝云璟冷下神色，"孤早说过，你和孤一样是嫡子，比祝云珣他们都尊贵，不许看轻了你自己，真有那么一天，你不行也得行。"

祝云瑄哭丧着脸，不知该怎么反驳，祝云璟揉了揉眉心，放缓声音："还没到那一步，现在还不需要你操心，你以后也小心一些吧，至于谢家……别管了，随他们去吧。"

祝云瑄犹豫着点了头："我记着了。"

祝云璟叹气道："你心里有数就好。你自小聪慧，何必在外人面前藏拙？以后多用些心思到课业上头，也好让父皇看看，你并不比其他人差。"

祝云瑄眼神躲闪："我哪有啊……"

"有没有，你自个清楚。母后早逝，这阖宫上下只有你与孤是最亲近的，孤防着别人，但不会防着你。孤也相信你是唯一不会叫孤失望的，你在孤面前不必如此，你要是更争气一些，日后无论是帮孤还是帮你自己，总会有益处的。"祝云璟语重心长地叮嘱自己唯一的胞弟。

"太子哥哥……"祝云瑄扑到祝云璟身上号啕大哭。

祝云璟无奈地抬手隔开他，将帕子递过去："别哭了，你都十五了，哭哭啼啼的像什么话。"

祝云瑄胡乱抹掉眼泪，眼红得跟只兔子一样，心中依旧不安："你真的不会有事吗？"

祝云璟肯定道："不会，至少现在不会。"

祝云璟的猜测是对的，昭阳帝虽然恼恨太子不争气，但并没有动过废黜太子的念头，弹劾祝云璟的奏本全部被他压下，还借别的事情处置了一个闹得凶的御史。

这下群臣算是看明白了，除了个别别有心思的，绝大多数人都安分了下来。

到了月底，昭阳帝更是直接下了圣旨，给祝云璟指了一个正妃两个侧妃，都是勋贵高官家的女儿，此举便是明明白白地告诉所有人，皇太子依旧是皇太子，谁都动不得。

昭阳帝病了一场，祝云璟主动去探望，态度诚恳地认了错，总算让皇帝宽心了些。

六月中，昭阳帝以身子不适为由，下旨提前回宫。祝云璟倒是更喜欢别宫这里，但皇帝说要回去，他就只能吩咐下头的人收拾东西。

王九指挥着人搬东西，手忙脚乱中打碎了一个白玉花瓶，正在闭目养神的祝云璟听到声音，皱着眉睁开眼睛："怎么回事？"

王九赶紧请罪，祝云璟瞥他一眼："你这两日是怎么回事，怎么总是心不在焉的？"

王九低了头，讷讷道："无……无事。"

祝云璟烦躁地挥了挥手："罢了，叫人来收拾了吧。"

两刻钟后，王九再次进来与祝云璟禀报，说是定远侯又派人送了几坛子那青梅酒过来。

祝云璟瞪向他："你跟他说的？"

王九小声解释："前两日侯爷又过来了一趟，就在门外站了站，没进来，也没让奴婢与您说。他问起您，奴婢就顺口说了您喜欢他上回送的青梅酒，奴婢也是看您这些日子胃口又不好了，才与侯爷说的。"

祝云璟冷笑："你倒是乖张，孤的事情竟敢随意跟一个外人说？"

王九跪下来请罪："奴婢就只说了这个，旁的一句都没说，殿下恕罪！"

祝云璟紧紧盯着王九："真的什么都没说？"

王九再三保证："真没有！"

"谅你也不敢，"祝云璟没好气，"仅此一次，下不为例！"

不过那一日，有了贺怀翎那新送来的酒，祝云璟倒是难得地多吃了半碗饭。

启程回宫那天，祝云璟在车队里，见到了特地过来与他请安的贺怀翎。贺怀翎站在车边，隔着车窗帘子问候祝云璟："昨日送去给殿下的酒，殿下可还喜欢？"

祝云璟声音冷淡："侯爷有心了。"

车外响起一声轻笑，贺怀翎叹道："殿下喜欢就好，下回再没了，臣再让人送去东宫。"

"多谢。"祝云璟并不客气，自己的身子如今这般也有他贺怀翎一份"功劳"，送几坛子酒而已，又算得什么？

贺怀翎答："殿下不必与臣客气。"

"定远侯在众目睽睽之下来与孤请安，不怕惹人猜疑吗？"祝云璟讥讽道，"如今人人都对孤这个皇太子避之不及，倒是侯爷巴巴地贴上来，也不知旁人看了会作何感想。"

"殿下言重了，您是太子，谁又敢对您不敬。"

祝云璟冷嗤一声，道："不敬孤的人多了去了，侯爷又何必说这些违心的话。"

祝云璟这话倒也不假，前两日昭阳帝已经下了圣旨，收回了谢崇明的爵位，将之与那江南巡抚和其他涉案官员一并革职流放。此番皇帝没有对其下杀手，也不知是不是顾及着祝云璟，毕竟如若别的人都从重处置了，对同样涉案的皇太子丝毫不问责，委实说不过去。

既然皇帝铁了心要保太子，其他人自然说不得什么。但在这风口浪尖上，谁都不会缺心眼地往祝云璟跟前凑。

只有贺怀翎，似乎根本不在意别人怎么看。

贺怀翎的声音再度从车外传来："至少臣是敬着您的。"

你敬个屁！祝云璟不欲再与他多说，吩咐人出发。

贺怀翎站在一旁，目送着皇太子的车辇逐渐远去，眸光逐渐变得幽沉。

"表兄似乎格外在意太子？"

祝云珣的声音没有预兆地在身后响起，贺怀翎收了笑，回身与他问安："殿下还不走吗？"

"时候尚早，不急。"祝云珣微微摇头，"我只是没想到，表兄与太子竟这般熟稔。"

显然，方才贺怀翎与祝云璟的对话，祝云珣全部听进了耳朵里，但贺怀翎并不在意，淡淡道："殿下误会了，太子殿下他并不待见我。"

　　"这样吗？"祝云珣勾唇笑了笑，"那也不稀奇，太子他就是那个脾气，盛气凌人惯了，能得他高看一眼倒是难得。更何况，表兄你姓贺，太子他最不待见的怕就是贺家人。"

　　祝云珣意有所指，贺怀翎只装不知，反而提醒他："殿下与太子殿下是亲兄弟，理应和睦共处才是，您又何必总是挑他的不是。"

　　"我倒是想，可太子他也不待见我，我也没有办法啊！"祝云珣笑道，"我可没有故意挑他的不是，我说的那不都是尽人皆知的事情吗？"

　　贺怀翎没再接话，祝云珣和祝云璟天生就是对立的关系，他只言片语的劝说并不能改变什么，他也不想掺和进去。

　　贺怀翎告辞，祝云珣望着他的背影，神色微黯，片刻后眼中又浮起一丝似笑非笑的神色，转身大步上车。

　　半夜，祝云璟从睡梦中惊醒，坐起身，一身的冷汗，下一刻却又捂着肚子倒下去。

　　睡在外间榻上的王九听到动静，匆匆进来点了灯，跪到床边捏着帕子给祝云璟擦额头上的汗，担忧地问道："殿下可是又做噩梦了？"

　　"去把香点了。"祝云璟闭着眼睛，声音虚弱，"孤歇一会儿，无事。"

　　王九有些担心："可是那香……"

　　祝云璟急道："别可是了，去点了吧。"

　　香熏炉里重新点起了龙涎香，祝云璟惯用这个，尤其是那日之后，全靠这种香料安神才能入眠。但这香对他如今的身子是有损的，只是他却顾不得这些。

　　"过两日奴婢再陪殿下出宫一趟，去找民间大夫看看吧？"王九小声与祝云璟提议。

　　好半晌，祝云璟才轻轻"嗯"了一声，他这辈子受过的罪，都没有这几个月受得多，全拜那禁药所赐。

见祝云璟翻过身又迷迷糊糊地睡去，王九帮他将被子掖好，就在一旁守着，无声地叹气。

白日里祝云璟窝在东宫足不出户，昭阳帝虽然解了他的禁足，并没有让他重回朝堂的意思，或许是想要他暂避风头。除了太傅会过来讲学，祝云璟就再没见过别的外臣。

他中了禁药，到眼下已有四个多月，常常会出现一些症状，不出门免了麻烦，反倒好些。

可饶是如此，天气一转凉，他又病倒了，这次竟连床都下不了。

寝殿内，王九将药碗端来给祝云璟，祝云璟皱着眉头灌药，刚喝了一半，便有小太监进来禀报，说是陛下遣了太医过来。

祝云璟神色微变，问王九："怎么回事？"

王九小声与他解释："半个时辰前陛下派人来传话，说是传您一块去陪太后逛园子赏菊，您当时昏睡不醒，奴婢叫了您好几声，您都没应答，奴婢便与人回话，说您身子不适，不过去了。"

祝云璟放下药碗，头疼不已，犹豫片刻后他吩咐道："叫太医回去吧，去与父皇回个话，就说孤无碍，只是有些疲惫而已，劳父皇担心了。"

小太监点点头退了下去，祝云璟瞪王九一眼："以后不许再自作主张，只要是父皇派人来传，一定要让孤知晓。"

王九低头应道："诺。"

喝完药祝云璟再次躺下了，就在他又昏昏欲睡之时，王九匆匆过来，满头大汗地喊他："殿下您快起身，陛下来了，已经快到东宫门口了！"

祝云璟倏然睁开眼睛："父皇来了？"

王九顾不上擦汗，急道："确实是朝着东宫来的，方才小圆子去将您的话回给陛下，陛下就过来了，似乎是要亲自过来探望您！"

祝云璟也慌了："快扶孤起来！"

这会儿祝云璟也顾不得许多，立时坐起身，他脸色惨白，咬牙忍着疼痛，一声未吭。

刚把外衫胡乱罩上，昭阳帝就已进门来，祝云璟悚然一惊，慌慌张张地跪到地上请安。

昭阳帝见他面无血色、形销骨立的模样，不由得皱起眉："你怎么病得这般厉害却不传太医？跪着干吗，赶紧起来，身子不适就去床上躺着。"

王九将祝云璟扶起身，祝云璟还没想好怎么说，昭阳帝便已将跟随他一块来的太医叫进来："去给太子看看。"

祝云璟的眼中有一闪而过的慌乱，王九更是慌了神，昭阳帝的眉头紧拧着："怎么了？"

"无……无事。"祝云璟强迫着自己冷静下来，示意王九扶自己上床，幸好来的是相熟的林太医，祝云璟想着，只要一会儿稍稍暗示一番，林太医应该会替自己瞒下来。

昭阳帝是真关心儿子，就站在一旁紧张地盯着，他越是这般，祝云璟倒还能勉力保持镇定，王九却是惊惧极了，微微颤抖着将祝云璟扶上床，祝云璟心里也乱得很，没有注意到王九这过于反常的慌张。

祝云璟躺下后，王九往后让开一步，腿一软，差点跪到地上去，身子也向一旁歪了歪，一个没注意就撞倒了床边的一尊落地花瓶。一声脆响后，那花瓶四分五裂，王九发出一声惊呼，匍匐到地上，再站不起来。

有什么东西从碎裂的花瓶里蹦出来，正落在昭阳帝脚边，昭阳帝的眼瞳微缩，他身旁的太监上前一步将东西拾起来，看清楚那是什么后，太监白着脸战战兢兢地跪到了地上："陛……陛下，这个东西……"

祝云璟似乎已经意识到不对劲，才强撑着身体坐起来，就见昭阳帝从太监手里接过那个东西，脸色骤变，眼中瞬间涌动起滔天怒火，将那东西狠狠砸向了祝云璟："你给朕说清楚！这是什么！"

东西砸到祝云璟身上又掉到地上，祝云璟慌乱地从床上爬下来，因为没站稳直接摔了下去，他顾不上浑身剧痛，捡起那东西，只看了一眼便双手一抖，手中之物又滑落下去："儿臣不知道……这是什么……儿臣这里为何会有这个东西？！"

那竟是一个刻着昭阳帝生辰八字的木偶，脑袋和胸前都扎着触目惊心的银针，分明就是自古以来历代皇帝都最忌讳的巫蛊厌胜之术！

祝云璟完全蒙了，脑子里一片空白，疼痛更让他没法理性思考，昭阳帝勃然大怒："你不知道？这东西出现在东宫，而且就在你的寝殿里，你告诉朕你不知道？你想做什么？诅咒朕吗？"

"儿臣没有！儿臣没有啊！"祝云璟似是终于反应过来，挣扎着跪起身，着急地辩解道，"儿臣真的不知道这个东西为何会出现在这里！儿臣是被冤枉的！是有人故意陷害儿臣！"

"谁会用这种东西陷害你？！谁又有这么大的能耐？"昭阳帝气极，"方才朕进来时，你就一脸慌乱心虚，你还敢说不是你做的！"

"不是！真的不是！儿臣只是不想看太医，儿臣并不知道这个木偶为何会出现在儿臣这里啊！父皇，您相信儿臣！儿臣真的不会做这样的事！真的不会啊！"祝云璟声泪俱下，扑到昭阳帝面前哀求他，昭阳帝怒到极致，一脚踹了过去，祝云璟瞳孔猛地一缩，下意识地旋身躲开，背上生生挨了暴怒中的昭阳帝一脚。

这一举动却更加刺激了昭阳帝，他一阵气血上涌，身子打了个晃，身后跪了一地的宫人慌乱地爬起来扶住皇帝。

昭阳帝一想到前些日子自己还大病一场，这段时日时时头疼心悸，竟是因为他的太子在诅咒他，更是气不打一处来："你行事荒唐，做出种种有悖储君德行的行为，朕都帮你兜着。外头那么多人参你，要朕废了你，朕一力压着！可你做了什么？你用这种下三烂的东西诅咒朕！你是不是盼着朕早点死了，你好早点继位便可以为所欲为？"

"儿臣没有，真的没有……"祝云璟趴在地上，已经动不了了，泪流满面来来回回地重复着同一句话。

"你实在太叫朕失望了。"留下这句话，昭阳帝拂袖而去。

当日，皇城禁卫军包围东宫，所有宫人都被带走下狱，祝云璟被押在东宫等候处置，禁卫军统领亲自率队进去挨个宫室搜查，又在东宫的东南西北四个方位搜到了埋在地下的四个巫蛊木偶。

这是厌胜之术里十分恶毒的一种，是能叫被诅咒之人永世都不得超生的邪恶阵法，听了禁卫军的禀报，昭阳帝在震怒之下竟是当场吐血，昏死了过去。

皇宫里立时封锁了消息，直到第二日早朝停了才有风声传出去，很快便已传得满城风雨。

天未亮，贺怀翎听到家中管家来禀报外头的传言，当即起身，匆匆赶去皇宫。

宫门口的禁卫军守卫数量比往常翻了倍，来上朝的官员被拦在宫门外，三两个聚在一块议论，俱是惊忧不已。

"早朝都停了，还是回去吧，这事……吾等掺和不了。"说话的是一位内阁阁老，旁的人面面相觑，连平日里最话痨的官员这会儿都不敢轻易开口了。

皇太子在东宫行厌胜之术诅咒皇帝，这事确实不是他们能掺和的，历史上多少血淋淋的教训、前车之鉴摆在那里，谁敢出来冒这个头？

贺怀翎忧心忡忡，找上了一位相熟的禁卫军领队："你可知道到底是怎么回事？"

领队压低声音告诉他："具体的其实我也不清楚，就算知道也不敢胡乱说。不过这次，皇太子怕是彻底栽了。"

贺怀翎也低下声："他人还在东宫吗？他……还好吗？"

领队答道："还在东宫里头，不过东宫里的宫人都被带走下狱了，里头究竟是怎么个情况，我也不清楚。"

贺怀翎抬眸，望向面前高耸在夜色中冰冷巍峨的宫墙，眼里尽是担忧。

祝云璟……他该怎么办？

停朝五日后，宫门终于再次开了，平日里懒懒散散、时常以各种事由告假的众朝臣，一个不落地出现在朝会之上。昭阳帝没有多言，直接让人宣读诏书——皇太子祝云璟德行卑劣、目无法纪、不忠不孝，废黜其储君之位，以告天地、宗庙、社稷。

无人敢劝亦无人想劝，只是谁都没想到皇帝会这么干脆利落，直接就下旨废太子。不过这倒是遂了不少人的意，朝中风向瞬息剧变，朝会结束后已有人凑上来与贺怀翎套近乎。毕竟谁都知道，祝云璟倒台了，这太子之位就是同样深得圣宠的二皇子祝云珣的囊中之物，贺家自然也要跟着青云直上。

贺怀翎没有理人，他走出大殿，站在台阶上回首看着东宫的方向，深邃的目光中藏着掩饰不去的担忧。

这几日宫中发生的事情已经传遍京中的每一座府邸，皇帝命皇宫禁卫军与大理寺共同审理东宫巫蛊案。在种种严刑拷问下，东宫的宫人中有人屈打成招，有人耐不住酷刑自戕，祝云璟身边的首领太监王九招无可招，也在狱中咬舌自尽。

而祝云璟被圈禁在东宫之内，任何人都不得见。

废太子的诏书已下，当日皇帝身边的太监便去了东宫传旨，祝云璟披头散发、衣衫不整地跪在地上，听完之后怔愣许久，才颤抖着双手接旨。

传旨太监对他还算客气，好言好语地提醒他："殿下，您简单收拾一下，一会儿会有人过来帮您搬宫。"

祝云璟抬起赤红的双眼，看向对方："父皇当真不肯见我吗？"

那太监只道："您有什么话，奴婢可以替您转告陛下。"

祝云璟冷笑："罢了。"

传旨的太监弯了弯腰就要退出去，祝云璟又叫住他："王九在狱中都招了什么？"

对方答："他什么都没说，既没喊冤，也没招供，后头就畏罪自尽了。"

"畏罪自尽……"祝云璟咀嚼着这四个字，"他既然什么都没招，怎么就成了畏罪自尽了？谁给定性的？"

太监不再多言，又朝着祝云璟行了个礼，带着人退了出去。

祝云璟呆坐在地上，半晌过后，闭起眼睛讽刺一笑，连王九都背叛了他，他可当真是一败涂地。

一个时辰后，祝云璟被人押出东宫，什么都没带走。踏出东宫大门时，他最后一次回头看了看身后金碧辉煌、雕梁画栋的宫殿，漆黑的双瞳里只余一片麻木的丧气和漠然。

皇帝给祝云璟定的新住处是皇宫西北角一处偏僻荒芜的废弃宫室。祝云璟被禁卫军押送过去，路过的宫人见了他依旧下意识地行跪礼，他目不斜视，即使沦为阶下囚了，脊背仍挺得笔直，不愿让人看轻自己。

半道上，祝云瑄忽然出现，一路撞开试图阻拦他的禁卫军，扑到祝云璟面前，满脸都是眼泪。

有禁卫军上来要拉开他们，被祝云瑄一脚踹开："你们别太过分了！我们说几句话都不行吗？太子就算被废了还是皇帝的儿子！你们最好给我放尊重点！"

领队的略一犹豫，给祝云瑄留下句"殿下有话请尽快说，还请不要为难我们"，便带着人往后退开些距离，依旧虎视眈眈地盯着他们。

祝云璟抬手帮祝云瑄抹了一把脸，安慰他："别哭了，我没事。"

祝云瑄的眼泪却掉得更凶，他哭道："你都变成这副样子还说没事！我去了东宫好几回，他们拦着不让我进去。我想去求父皇，他也是不肯见我……"

"别傻了，"祝云璟打断他，"不想父皇迁怒你，以后就都别再来找我了，你自己多保重吧。"

"那你怎么办啊！"祝云瑄又气又急，"那种冷宫是人待的地方吗？你真的就这么认了吗？"

"不然还能怎么办？"祝云璟苦笑，"我说我没做过，父皇信吗？东西是在我的寝殿里搜出来的，我根本解释不了。"

祝云瑄还要再说："可是……"

祝云璟再次打断他："别可是了，你记住那日在别宫时我与你说的话，你也是皇子，一定不要忘了自个的身份。"

祝云瑄哭着摇头："不行，不行的，我一个人真的不行的……"

"我说你行，你就一定行！"祝云璟冷下声音，"你走吧，以后你就当没有我这个兄弟。记住，不要随意相信任何人，你唯一能信的只有你自己。"

祝云瑄不肯动，执拗地拽着祝云璟的衣袖，泪眼婆娑地望着他。祝云璟心下一叹，抬手抱住祝云瑄的脑袋，将他按进怀里，贴近他耳边沉声说道："阿瑄，你必须得争，祝云珣他必不会放过你，为了我也好，为了你自己也好，你得争气！还有，不要像我一样意气用事，以后你只能靠你自己了，谨慎为上，万事小心。"

祝云璟退开身，狠狠心将衣袖从祝云瑄手里抽出来，随禁卫军离去。

这冷宫偏僻湿冷，因为年久失修，到处都漏着风，目及之处残垣断壁、荒草丛生。几个小太监忙前忙后地简单收拾一番，恭恭敬敬地将祝云璟请了进去。

大殿门阖上后，连最后一丝阳光都被隔绝在外，殿内四处阴森昏暗，散发着阵阵霉味，祝云璟忽然想笑，他锦衣玉食地过了十八年，不想竟有一日落到了这般境地，笑着笑着又双目通红，颓丧地坐到地上。

自从出事后，这么多天都没了药吃，他无时无刻不在受折磨，只能咬牙强撑着。如今他已沦落至此，以后当真要毒发时，又该怎么办？难道真要在这暗无天日的地方，等着毒发身亡吗？

却说那祝云珣这些日子可是春风得意得很，即使昭阳帝尚未表态，明里暗里与他示好的朝臣官员也不会少。不过祝云珣倒是有分寸，轻易不接见外臣，后来甚至闭门谢客，摆出一副不问世事的低调做派。

但贺怀翎上门，他却不能将人拒之门外。

祝云珣叫人奉上好茶，笑着示意贺怀翎坐，贺怀翎站着没动，目光沉沉地望着他。

祝云珣眉头微蹙："表兄这是何意？"

贺怀翎问道："东宫出事，殿下您是否事先就已知晓？"

祝云珣冷下神色："我不懂你在说什么。"

贺怀翎沉声说："太……大殿下他不会做出谋逆君父之事，巫蛊一事定是有人栽赃诬陷。"

祝云珣有些不忿："他不会，难不成我会？表兄这话是在指责我栽赃诬陷他不成？"

贺怀翎冷淡回道："大殿下身边的首领太监王九，从前认了一个他非常敬重的老太监做师父，得到对方诸多关照和恩惠。那老太监在宫外有个给他传宗接代的养子，前年老太监去世，临终前托王九照拂他的养子。那养子却不是个好东西，半年前被人引诱着染上了赌瘾，后因为欠债不还与赌坊老板发生冲突，错手杀了人，本该判处绞刑，最后却改判了流放，这事就发生在一个多月前。"

祝云珣挑眉问他："这与东宫之事有何干系？与我又有何干系？"

贺怀翎接着道："那引诱着老太监的养子去赌的人，是殿下您私庄上一个下人的远房表亲，那人前些时日喝醉了酒，掉进河里淹死了。而王九下狱之后，并未与其他人一样喊冤，不几日便选择咬舌自尽，更像是默认了罪行后自我了结了。因此，查案的官员将之定性为畏罪自尽。"

"表兄不觉得自己的话很荒谬吗？"祝云珣很不以为然，"你想暗示什么？你觉得是我用那老太监养子的命去要挟王九陷害祝云璟？就凭你刚才说的那些？你觉得站得住脚吗？杀了人到底是判绞刑还是流放，不该是你们刑部的事情吗？我又如何能插手？"

祝云珣停了停，冷笑着继续道："依我看，或许他不是有意杀人，而是防卫不当才被从轻发落了呢，这也并非不可能不是？其余的那些，从头到尾不过都是你的臆断而已，说出去谁会相信？你觉得父皇是会信你的话，还是信东宫里搜出来的确确实实的证据？你要知道，当事人都死了，便是死无对证。"

贺怀翎的眸色更深，他直言道："殿下，我若是有其他证据，今日便不会来这里，而是去宣德殿求见陛下了。"

祝云珣陡然沉了脸，怒道："贺怀翎！你别忘了你姓贺！祝云璟他到底给你灌了什么迷魂汤，你要这么帮着他与我对着干？"

贺怀翎只答："我并非帮着他对付您，是您做得太过了。"

"我没做过！"祝云珣冷笑，"即使我真做过，那又如何？他输了便是输了，怪就怪他太狂妄自大，又摊上谢国公府那一家子昏庸无能之辈。若非他之前错事做得太多，父皇也不会这么轻易就处置了他，与我又有何干？"

见贺怀翎依旧面色冷淡不为所动，祝云珣恨道："我以为表兄会替我着想，原是我看错了你！你为何不想想，我母妃与那谢氏同时进宫，凭什么谢氏能为后，母妃就只能做妃？贺家是比不上谢家吗？我又比不上祝云璟吗？他那样的德行有哪一点配做一国储君？凭什么我就要屈居他之下？"

贺怀翎没有再说，拱了拱手，留下一句"告退"，转身离去。

御书房。

昭阳帝背着手站在窗边，久久不言，贺怀翎垂首立在一侧，亦未出声，屋子里只有自鸣钟钟摆不断摆动发出的声响。

仿佛一夜之间，昭阳帝便苍老了好几十岁，鬓间都有白发生了出来，眉目间带着挥散不去的疲惫和阴郁。

许久，贺怀翎才低声劝道："陛下，大殿下即便被废了，依旧是皇子，住在那种地方，终归不合适。那冷宫湿冷阴暗，他身子骨受不住的。"

昭阳帝回过身，望向贺怀翎，审视着他："这么多天来，你还是第一个敢在朕面前替他求情的人。"

贺怀翎拱手道："大殿下与陛下您毕竟是骨肉至亲，臣只怕有一日，陛下您会后悔。"

昭阳帝又生起气来："朕会后悔什么？他做出这般畜生不如之事，朕留着他的命，已经是念在他母后的分上！骨肉至亲？他又还记得朕是他的父皇吗？"

　　贺怀翎依旧是那句话："巫蛊之事，臣以为，未必是大殿下所为。"

　　昭阳帝目光骤冷："你以为？定远侯啊定远侯，你可当真是好大的胆子，也只有你敢当着朕的面说这样的话了。"

　　贺怀翎神色不变，坚持道："事情发生得突然又蹊跷，臣只是觉得，就这么认定了是大殿下所为，未免太过武断了些，或许大殿下当真是被人诬陷的。"

　　"谁能诬陷他？谁又敢诬陷他？"昭阳帝压着怒气质问，"你说他是被诬陷的，那你来告诉朕，是谁做的？"

　　贺怀翎的眸光闪动了一下："臣不知。"

　　这事祝云珣做得可谓天衣无缝，所以他才会这般有恃无恐。若没有确实的证据，全凭似是而非的推测和臆断就拿到皇帝面前说道，只会更加惹怒皇帝，进而迁怒祝云璟。

　　贺怀翎眼下只想劝昭阳帝给祝云璟换个能住人的地方，其他的事情只能留待以后再论。

　　昭阳帝道："既然不知，那就不要在这里与朕废话！你又是拿了他什么好处？朕竟不知你与他何时有了这般交情，你要这么帮着他！"

　　"陛下息怒，"贺怀翎沉声解释，"臣只是觉着大殿下他并非那样的人。之前有一回臣在宫外偶然与大殿下遇上，当时大殿下买了城中有名的点心铺子里的点心，吃了一块后觉得好，便吩咐人去多买些，说要带回宫给陛下您和太后也尝尝。臣想着，殿下这样的个性，只是在外头吃到了好东西，都会惦记着给您和太后捎上一份，又怎么会做出那样大逆不道的事情？"

　　昭阳帝一时语塞，被贺怀翎这么一提醒，他显然也记起了这事，祝云璟从小到大都是个孝顺孩子，也正因为此，这回祝云璟闹出这样的事来，他才会这么愤怒和失望。

可偏偏，自古皇帝最忌讳的就是这个，昭阳帝亦是如此，巫蛊之事确实踩着他的底线了。

冷宫。

祝云璟缩在破旧的棉被里，手指用力攥着身下的被褥，冷得浑身颤抖。

已经三天了，他在这鬼地方过得生不如死，或许用不了多久，他就能被生生折磨死。

殿门"吱呀"一声被打开了，送饭的小太监躬着腰提着食盒进来，送到祝云璟面前。祝云璟挣扎着爬起身，嗓音嘶哑："你帮我一个忙，若是成了，日后我定不会少了你的好处，如何？"

小太监眼珠子来来回回转了几圈，似有犹豫挣扎，祝云璟又说道："不会很难办的，你只要帮我送样东西去宣德殿，给刘公公，请他转交给陛下就行了。"

小太监看了他一眼，咬咬牙应下："殿下您先用膳，一会儿奴婢再过来收拾东西。"

祝云璟轻舒了口气，从中衣上撕下一大块布料，再用力咬破自己的指尖，跪在床上，哆哆嗦嗦地在布上写下了一份告罪血书。

他没有再喊冤，只写明自己做过的所有错事和罪状，声泪俱下地请求皇帝的原谅，再追念一番昔日承欢膝下、天伦和睦之景，字字泣血、句句诛心。

祝云璟深知他父皇的软肋在这里，他只能赌一次，只要能从这里走出去，他就还有翻身的可能。

写完以后，身体已经虚弱到极致的祝云璟抬起手，小心翼翼地解下挂在脖子上从不离身的、他母后留下的玉佩，包进了那血书里头，这才又从衣服上扯了条布条下来，胡乱包了手，打开食盒，端起碗，一边干呕一边狼吞虎咽地逼迫着自己吃起那并不美味的饭菜。

半个时辰后，小太监再回来，沉默地收拾了食盒，走之前接过祝云璟递过来的东西，快速塞进怀里，点点头退了出去。

冷宫外头有禁卫军寸步不离地守着，小太监提着空了的食盒出来，因为心中有鬼手心都是冷汗，他脚步飞快，离了冷宫之后，走了没几步便撞到了人，对方怒道："你这太监怎么回事？走路不长眼的吗？撞到了世子还不赶紧请罪！"

小太监哆哆嗦嗦地跪下去，被撞到的淮安侯世子阴鸷的目光转向小太监刚才过来的方向，顿了顿，他身边的下人会意，替之问道："你是从冷宫出来的？这么急匆匆的，莫不是做了贼吧？"

小太监结巴着回道："没……没有。"

对方咄咄逼人地继续问："没有？没有你这般紧张做什么？缩什么缩？你怀里藏了什么？赶紧拿出来给世子看看！"

淮安侯世子接过从小太监怀里搜出来的东西，看清楚那是什么后，嘴角扯开一抹冷笑。

没想到他今日进宫给他做太妃的外祖母请安，竟能有这样的收获，这割舌之仇，终于有机会报了。

御书房里，昭阳帝闭了闭眼睛，放缓声音："你以为，朕为何要废了他？他之前做的那些事情，桩桩件件，又哪里是一个合格的储君该做的？朕顶着满朝的压力帮他扛下来，给他善后，可他做了什么？他这样如何能不叫朕失望？朕花费了这么多年心血培养出来的太子，竟是这样无德不孝之人，朕就不痛心吗？"

贺怀翎还想再劝，有人进来禀报，说是禁卫军统领求见，有要事要报。

昭阳帝让人进来，那禁卫军统领带了好几个人一起过来，其中还有一个战战兢兢的、一进门就跪到地上去的太监。

禁卫军统领禀报说："方才臣等在西华门抓到了这个鬼鬼祟祟似欲出宫的太监，见他神色有异、言语闪烁，便将人扣下，询问后得知他是冷宫的宫人，还从他身上搜找出这枚玉佩。据他交代，是冷宫之人给他，让他以此作信物，出宫去与人通风报信。"

昭阳帝自然认得那枚玉佩，那是祝云璟的母后临终时亲手戴到祝云璟脖子上的东西。昭阳帝的眉头狠狠一拧，他看向那匍匐在地的太监："这是冷宫之人给你的？"

"是，是……"那太监满头大汗、面色惨白，说话都不利索，若是祝云璟此刻在这里，定会十分惊讶，因为那根本就不是给他送饭的那个太监。

昭阳帝又问："他与你说了什么？"

那太监哆嗦着回答："大……大殿下说让奴婢把这个送出宫，送……送到京南大营徐总兵的府上，他自会明白该……该怎么做。"

殿中响起"哗啦"一声，是瓷器落地碎裂的声响，昭阳帝一巴掌拍在御案上，将案头的一个摆件震落在地，四分五裂。

"他好大的胆子！他是想造反不成吗？"昭阳帝怒极。

贺怀翎急道："陛下，此事似有古怪……"

他刚出声，就被昭阳帝一声暴喝打断："你给朕闭嘴！"

皇帝的胸膛剧烈起伏着，眼里喷着火，似是气狠了。京南大营，那可是京城两大营之一，是京城最重要的戍卫军！祝云璟刚刚被废被圈禁，就千方百计地联络京南大营的总兵，他想做什么？

且那徐总兵与谢家本是姻亲，他儿子娶了谢崇明的一个侄女，从前就与谢国公府与东宫走得近，之前谢国公府倒台，他虽未被牵连，却也颇受非议。昭阳帝本已打算找由头撤了他的职，如今却出了这样的事情。

贺怀翎并未退缩，依旧坚持道："陛下，此事须得查实清楚再下定论！"

"你还要为他开脱到什么时候？他连从不离身的玉佩都拿了出来做信物！难不成还能是有人逼着他交出来的？这个孽子！畜生！朕到底是造了什么孽，竟会生出个这样不忠不孝的东西来！"说到后面，皇帝竟红了眼睛，心悸症似又犯了，捂着胸口摇摇欲坠满脸痛苦，宫人手忙脚乱地扶住他，倒水的倒水，去传太医的传太医，乱成一团。

昭阳帝突然呕出一大口血，就这么昏死了过去。

太医匆匆赶来，施了针后，过了小半个时辰皇帝才恢复意识，醒来已是泪流满面，满眼悲凉："是朕之错，朕太纵容他了，竟是纵出了这么一个畜生不如的逆子来！朕愧对列祖列宗，愧对我大衍江山……来人，朕要拟旨。"

贺怀翎的双瞳骤然一缩，他脱口而出："陛下！"

昭阳帝没再搭理他，直接让人拟旨，以谋逆之罪赐死废太子祝云璟。

贺怀翎跪倒在地，恳求道："陛下，您请三思！"

圣旨很快拟好，昭阳帝的目光缓缓扫过屋子里的一众人，最后落到贺怀翎身上，他哑声道："你既与他交情不浅，就由你去替朕送他上路吧。"

"陛下！"贺怀翎终于失了之前的冷静。

昭阳帝闭上眼睛，疲惫地挥挥手："去吧。"

冷宫。

萧瑟的秋风不停地拍打着破旧的大门，带起簌簌响声，门前一株只余残枝枯叶的老藤树歪着脖子，姿态扭曲地向着屋檐的方向生长着。有乌鸦嘎嘎叫着，扑腾着翅膀掠过枯枝飞远了，枯树上立时抖落下几片枯黄的落叶。

贺怀翎伫立在门前，轻眯起双眼，目光掠过冷宫荒凉破败的屋顶，久久未动。

一旁的太监低声提醒他："侯爷，还是赶紧进去吧。"

贺怀翎闭了闭眼睛，缓步走上前去。

大殿的门又一次开了，带进外面并不灿烂的稀疏阳光，坐在地上靠着墙发呆的祝云璟听到声音转过头，见到进来的人怔愣了一瞬，瞳孔微缩，目光滑过贺怀翎手中的圣旨，落到他身旁太监手里端着的两样东西上——那是一杯酒和一条白绫。

祝云璟下意识地皱眉，后又骤然睁大眼睛。

贺怀翎望着他，昔日骄矜高贵的皇太子被打落尘埃，缩在这暗无天日的冷宫里，披头散发、衣衫凌乱，毫无仪态可言，苍白的脸上再没了往日里的神采，泛着血丝的双眼里只余迷茫和无措。

贺怀翎的心脏狠狠一缩，他移开视线不忍再看，哑着嗓子道："殿下，接旨吧。"

祝云璟没有动，他眼中似有泪光摇摇欲坠，贺怀翎心下一叹，展开了圣旨。

最后一个字落下，空荡荡又破败的宫殿里一片死寂，许久之后，祝云璟放声笑起来，笑着笑着便已泪流满面。

贺怀翎不忍，对身旁的太监说："你把东西放下，带人先退出去，把门带上，这里有我就行了。"

太监略一犹豫，最后按他的吩咐放下东西，领着其他人先退出去，带上了大殿的门。

贺怀翎走上前，在祝云璟面前跪坐下去，双手扶住他的肩膀："殿下，你看着我。"

祝云璟原本极为漂亮的一双眼睛里，只剩一片死气沉沉，还不停往外淌着泪。贺怀翎看着他，喉头发涩得厉害："殿下……"

祝云璟被泪水沾湿了的睫毛微微颤了颤，他哑声问："为什么？"

贺怀翎道："禁卫军在西华门抓到了一个在冷宫做打扫的太监，从他身上搜出了你贴身戴的玉佩，那太监说是你给他的，让他出宫递话到京南大营总兵的府上。"

祝云璟愣住，片刻之后闭起眼睛，嘴角扯开一抹讽刺的弧度："我还当真是一败涂地。"

"殿下，"贺怀翎皱眉，"我不信你会做这种事。"

"你不信有什么用，父皇他都信了，他已经完全放弃我了，他要杀了我，他竟然要杀了我……"祝云璟的声音颤抖，似是伤心极了。

贺怀翎沉声问他："到底是怎么回事？"

祝云璟睁开还含着泪的双眼，望向贺怀翎，道："我写了一封告罪血书，和那枚玉佩一起交给了给我送饭的太监，要他送去宣德殿。我只是想提醒父皇，看在母后的分上再给我一次机会。我没想过要造反，我要是有那个能耐，就不会沦落至此。"

贺怀翎无言以对，良久，才艰难道："陛下已经赐下了毒酒和白绫。"

"呵，"祝云璟低下脑袋，"没想到最后来送我上路的人，竟然是你。"

贺怀翎的眸色沉了沉，他问："你想死吗？"

"我还有选择吗？"祝云璟的目光落到自己白得几乎透明的手指上，他自嘲道，"谁会嫌命太长了，想要去死呢？我才十八岁，好日子还没过够就这么被冤死了，死后怕是连个给我烧纸钱的人都没有，我怎么会想去死？"

他说完，眉头狠狠一拧，抬眸看向贺怀翎："你帮帮我吧，想办法把我救出去，你有办法的是不是？你这么问我，就是有办法的是吗？"

贺怀翎眸色深深地望着祝云璟，四目相对，祝云璟看到贺怀翎幽深的瞳仁里有什么情绪正激烈翻涌着。他以为贺怀翎在犹豫挣扎，心脏怦怦地狂跳起来，求生的欲望胜过了一切，扑上去用力攥住贺怀翎的衣袖："你救救我……你得救我，你必须得救我！"

"殿下……"贺怀翎似欲说什么，刚开口又被祝云璟打断，他揪着贺怀翎的衣衫，脸上的表情已经有些扭曲了："贺怀翎，你得救我！这是你欠我的！"

祝云璟眼泪簌簌往下掉，哽咽道："那日我中了禁药，喝了你的血，你已成了我的下药之人！我一生都将为你所控，你不能这么见死不救！"

贺怀翎倏地瞪大眼睛，扶着祝云璟的手不自觉地微微颤抖。

祝云璟疼得满头大汗，和着泪水一起往下掉。贺怀翎紧紧握着他的肩膀，声音颤抖："殿下……"

祝云璟艰难地抬起头，眼中带着哀求："你救不救我……我求求你了，我不想死，就算是当你还了那日欠我的。救救我，我……"

"别说了，"贺怀翎将人稳住，亦似在恳求他，"殿下你别说了，我帮你，我一定帮你。"

昭阳帝要赐死废太子的消息，不多时就已传遍皇宫，还在重华殿念书的祝云瑄听闻这一消息，立刻冲去御书房，要求见昭阳帝，却被拦在了外头。他直接撩开衣摆跪下去，一边不停磕头，一边冲着里头大声喊："父皇，儿臣求您了，留大哥一条命吧！求求您了！"

屋内没有人理，直到祝云瑄额头上已经磕出血，皇帝身边的大太监才出门来，满脸为难地提醒他："殿下，您还是回去吧，陛下身子不适，刚刚呕了血晕了一回，太医还在里头呢，这会儿他不会见您的。"

祝云瑄泪流满面："父皇为什么要赐死大哥？到底为什么啊！"

大太监斟酌着答道："这……是陛下下的圣旨，传旨的定远侯已经去了冷宫那边，您跪在这里也没有用啊。"

祝云瑄跌跌撞撞地爬起来，转身便往冷宫的方向跑。

贺怀翎将已经瘫软下来的祝云璟扶到墙边靠好，为他整理了一番仪容。而祝云璟闭上眼睛，难得地乖顺，似是这会儿贺怀翎无论做什么，他都不会反抗。

贺怀翎看着祝云璟这般，既心痛又无奈，过了片刻，待到祝云璟情绪稍稍平复一些，他才从怀里取出一粒药丸，递到祝云璟面前，压低声音道："这个药，你从前用过的。"

祝云璟泪光泛滥的双眼里带上了一丝疑惑，贺怀翎小声解释与他听："这是假死药，之前你叫人将许翰林从狱里偷出来，用的应该也是这种药。这药服下去后，人便会没了气息，如同身故了一般，太医也验不出来，药效能持续三天，之后便会自然转醒。别怕，你把药服下去就行了，之后的事情我会安排。"

自从祝云璟出事后，贺怀翎就一直随身带着这种药，原是打算或许有朝一日情况紧急时能派上用场，没想到这一天会来得这么快。

即便祝云璟不求他，他也不可能眼睁睁地看着祝云璟去死。

祝云璟捏着那粒药丸，依旧有犹疑，贺怀翎叹了口气："殿下，我不会骗你的，事到如今，我再骗你又有何意思？你若是愿意信我，就把药服下去吧。"

祝云璟看着贺怀翎，眸光闪了闪，他并不信贺怀翎，但死到临头，已经没有其他的路可选了。

沉默片刻，祝云璟将药送进嘴里，干脆利落地吞下。

贺怀翎依旧扶着他没有放，他浑身一点力气都提不起来，靠着墙不动。

祝云璟闭着眼睛，有气无力地提醒贺怀翎："帮我掩盖一番，收尸的时候别被人看出来。"

不知道假死药会不会与禁药相克，进而伤到祝云璟，贺怀翎隐约有些担忧，但药效已经起了，身边的人像是睡过去一般，贺怀翎探了探他的鼻息，手指微微颤抖。

一刻钟后，门外侯了许久的太监再次进来时，祝云璟已经躺在地上不动了，摆在桌上的两样东西中，白绫未动，酒杯已经空了。

贺怀翎神情严肃地站在一旁，告知对方："废太子已伏诛，去回禀陛下，准备后事吧。"

门口突然"砰"的一声响，冲进门来的祝云瑄双目通红，跌跌撞撞地扑上来，片刻之后，大殿里响起他撕心裂肺的痛哭声。

贺怀翎沉默地站在一旁，闭起了眼睛。

第五章

劫后余生

祝云璟再醒来时已经换了地方，身上盖着绣工精细的丝被，入目便是雕花的床柱，不远处摆了一张绣着花鸟的大屏风，隔开了外间。

卧房之内布置得十分精致典雅，虽远不如东宫奢华，但比那四面漏风的冷宫要好得多。

祝云璟有须臾的恍惚，他抬手按着自己昏昏沉沉的脑袋，无意识地呻吟出声，守在外头的下人闻声进来看了看，又快步退出去，大概是与人禀报去了。

片刻之后，房门开阖的声音再次响起，贺怀翎的身影从屏风外头转进来，随贺怀翎一块进来的，还有一个提着诊箱的大夫，贺怀翎对人很客气，说道："麻烦了。"

大夫点点头，在床边坐下，手指搭上了祝云璟的手腕。祝云璟难堪地别过头，闭起眼睛。

贺怀翎见他这般，眸色沉了沉，安静地等了片刻，才小声问那大夫道："如何？"

大夫答道："脉象已经平稳了，他体内的禁药还未深及骨髓，保持与下药之人的接触，就对他的身子不会有太大影响。只是他先前忧思过重导致五内郁结，底子有些亏空，待我开个方子，以后每日按时喝药，便能调养回来了。"

贺怀翎看祝云璟一眼，又问道："光吃药能行吗？"

大夫又言："主要还是得食补，不过他身子虚，不能补太过了，须得慢慢来。"

贺怀翎与人道了谢，大夫便退了出去。房中的气氛变得愈加沉闷，两人相对无言许久，贺怀翎才先开了口，主动说起了这几日发生的事情："陛下命人给你寻了块清静的地方下葬，丧仪一切从简，我在刑部死囚牢里找了个身量与你差不多的囚犯，易容成你的模样，在你被送出宫下葬时，把你替换了出来。"

皇帝到底还是没舍得把儿子的尸身丢去乱葬岗，给了祝云璟死后一个安身的地方，也是给他最后的体面，但也就仅此而已了。

祝云璟撑着身体坐起来，靠在床头冷淡地看着贺怀翎："易容？"

贺怀翎答："嗯，北夷人擅长的一种伎俩，易容成另一个人的模样能有七八分相似，不过人死之后相貌本就有异，也不会有人仔细查验，便糊弄了过去。"

"侯爷有心了。"祝云璟语气淡淡，话中并无多少感激之意。

贺怀翎也不与他计较，又说："还有那京南大营的徐总兵，已经被抄家了。"

"他与谢崇明勾结，陛下早就想找由头料理他了。"祝云璟麻木地说道，"祝云珣他当上太子了？"

贺怀翎摇头："没有那么快，自你被废之后，朝中确实有声音怂恿陛下立他，但陛下并未表态，而且因为你的事情，陛下又大病了一场，至今未起身。"

祝云璟心中酸涩，想问他父皇怎么了，又觉得自己似乎已经没有资格。

"陛下无事，休养一段时日就能痊愈，"贺怀翎似是洞悉了祝云璟的心思，小声说与他听，"你别担心。"

"我担心有用吗？也没人稀罕。"祝云璟哂然，"若最后陛下立的人不是祝云珣，他不是竹篮打水一场空了？"

"应当不至于，他是眼下最合适的人选，除非陛下现在不想再立太子。"贺怀翎说出了自己的看法，看皇帝的意思，很大可能暂时不会立太子。

"呵。"祝云璟嘴角勾起一抹自嘲的笑。

贺怀翎犹豫须臾，又将之前查得的王九的事情说了出来。祝云璟神色不变，似乎并不意外，接过贺怀翎的话道："这几个月，一直只有他一人能近身伺候我，且那日本就是他把陛下引来东宫，又是他故意打碎了那个花瓶，他还刻意在狱中畏罪自杀，是他做的有什么好奇怪的？我与他主仆一场，这么多年我自认待他不薄，他却为了一个不相干的人背叛我。不过是我识人不明，瞎了眼罢了。"

贺怀翎顿了顿，还是说："那人也不能说是不相干的人，王九的师父待他恩重如山，他小时候刚进宫时吃了很多苦，差点活不下来，是他师父救了他，也是他师父帮他打点，他才能进东宫伺候你。他受他师父临终所托，想要帮他师父保住唯一的根，在忠和义之间选择了后者，也算人之常情。"

"所以他就可以背主吗？"祝云璟不忿道，"我亏待过他吗？前几年他重病被撵去别宫等死，还是我特地派人给他送药，他才有命苟活下来，他就是这么回报我的？"

贺怀翎叹气："殿下，你只知高高在上地与人施恩，却从来不清楚下头的人真正需要的是什么。你知道被撵去别宫的人，在那里过的是什么日子吗？王九从前跟着你，不知得罪了多少人，那时去了别宫等死，下头的那些人哪里会放过他？多的是人趁机落井下石踩上一脚。你送过去的药根本送不到他手上，反让人愈加嫉恨他，之后你也没有再派人去过问过，是他师父多方给他打点，他才能有命再回东宫。"

祝云璟怒道："我给他送药还送错了吗？所以，你现在是想说，我被废被赐死，都是我活该？是我自作孽不可活，是我不得人心，就合该受

126

这样的冤屈？"

祝云璟气红了眼睛，贺怀翎放缓声音劝慰他："别生气了，我没有要教训你的意思。你确实不得人心，但比起祝云珣的无所不用其极，你这样坦坦荡荡的反而好些。"

祝云璟冷笑："坦坦荡荡？你不若直接说我蠢吧！"

贺怀翎点头："蠢也有蠢的好处。"

祝云璟梗着脖子反讽："对！我就是蠢！不然也不会沦落于此，受你奚落！"

"殿下，我说的是实话，并非取笑你，你也并不蠢，只是过于信任身边人了，是他们辜负了你的信任，错不在你。你这样就很好。"贺怀翎的眼神十分真挚，眼里闪动着灼灼光亮，祝云璟一时语塞，气势弱了几分，转开视线，不再接腔。

贺怀翎见状立刻换了个话题："你以后有何打算？"

祝云璟想了想，问："这是哪里？"

贺怀翎答："我的一处私庄，庄子上都是绝对信得过的人，这里很安全，你可以安心住下来。"

祝云璟扯开嘴角自嘲一笑，成为阶下囚，再用假死的方式逃出生天，然后被困在一处庄子上形同软禁。当初的许士显，如今的他，这或许就是报应吧。

祝云璟颓丧道："我还能打算什么？怕是走出这里大门一步，立刻就会被人发现吧？除了留在这里，我还有别的选择吗？"

"你已经中了药，留在这里是最稳妥的办法。"贺怀翎沉下声音。

祝云璟用力挥开贺怀翎的手，瞬间又红了眼眶："贺怀翎，你给我听好了！我中了禁药是阴错阳差！你以为我想这样？就算我被废被赐死，我也不是你可以随意支配的傀儡，你不能这么羞辱我！"

贺怀翎微微皱眉："你觉得我是在羞辱你？"

祝云璟瞪着他，胸膛剧烈起伏着，似是气狠了。

贺怀翎摇头："无论是不是意外，发生了就是发生了，我不会不认，我也没想过控制你，更不会羞辱你。"

祝云璟更气了几分："你当然说得轻巧！受那药折磨的人又不是你！丢脸的人也不是你！"

贺怀翎无言以对，他忽然有些怀念三日之前那个哭着哀求他的祝云璟。祝云璟这是刚刚逃出生天就翻脸不认人了吗？当真是变脸比翻书还快。

僵持片刻后，贺怀翎无奈叹气："是我逾越了。但是殿下，眼下你只能留在这里，你的身子……无论你愿不愿意，你得安心养病，先把亏空的底子补上了，才能再做打算。"

祝云璟转过脸："我不想见到你，你以后少来碍我的眼。"虽是贺怀翎救了他，但只要一想到祝云珣，想到自己体内的禁药，祝云璟就没办法心平气和地面对他。

贺怀翎暗自叹气，只好说："先把药喝了吧。"

下人将熬好的药送进来，看着那黑漆漆的苦药汁，祝云璟不由得皱眉，他有好些日子没喝这药了。

看到祝云璟皱着张脸吞药汁，贺怀翎心中软了些许，在他喝完之后递了颗糖过去："甜甜嘴吧。"

祝云璟一阵干呕，也不知是药苦反胃，还是嫌弃贺怀翎。他到底还是把糖吃了，虽依旧面无血色，但总算不那么难受，只是情绪愈加低落。

贺怀翎轻叹一声："你可要用膳？"

祝云璟冷声道："吃不下。"

贺怀翎没有强求，说道："那就晚点再吃吧，我让人去准备着，我也不烦着你了，你再歇一会儿，外间有人守着，你需要什么喊人就是。"

祝云璟神色麻木，不再吭声，贺怀翎微微摇头，退了出去。

祝云璟呆坐着，愣愣看着床顶的木梁，许久，才抬起手抹去眼角滑落的眼泪。

傍晚，贺怀翎再次来敲祝云璟的门，祝云璟依旧靠坐在床头发呆，见他进来，才低声道："我要沐浴。"

贺怀翎应道："好。"

下人将烧好的热水抬进来，一桶一桶的热水倒进浴桶里，祝云璟起身，冷淡地看着贺怀翎："你还要留在这里？"

贺怀翎的目光落到祝云璟散落下来的发丝上，他道："我叫人备了膳，在外头候着。"

贺怀翎没有走，就在外间坐下。

两刻钟之后，祝云璟略显沙哑的声音从里头传来："叫个人来给我擦背吧。"

贺怀翎放下茶杯站起身，走了进去。

祝云璟闭着眼睛趴在浴桶边缘，热气蒸腾中，苍白的脸上总算有了一些血色，贺怀翎看着，不由得蹙起眉。

他走上前去，蹲下身轻声喊祝云璟："殿下？"

祝云璟耷拉着的眼皮子半晌才动了动，觑了他一眼，又困倦地重新闭起来。

贺怀翎抬手探了探他的额头，并未发热，应该就只是倦怠了。

"你帮我擦背。"祝云璟闭着眼睛哑声吩咐他，对祝云璟来说，来伺候他的人是贺怀翎也好，其他人也好，并没有太大的区别。

他想，罢了，都已经这样了，哪怕是苟且偷生，也总比死了的好。

贺怀翎轻咳一声，捏着布巾，小心翼翼地揉按上祝云璟那过于单薄的肩背。

祝云璟"嗯"了一声，拉回了贺怀翎的心绪，见祝云璟眉头紧皱着，蜷缩起身体，贺怀翎忙扶住了他的肩膀问："殿下？"

祝云璟咬着牙根不再吭声，额上滑下豆大的汗珠，还没忘了瞪贺怀翎一眼。祝云璟已经没有力气拍开对方的手，体内的疼痛似乎消散了一些，但祝云璟还是恨得牙痒痒。

那股难挨的劲渐渐小了，祝云璟再次闭上眼睛，贺怀翎看水有些凉了，又叫人提了几桶热水进来，继续给祝云璟擦背。

见祝云璟的眉头依旧不得舒缓，贺怀翎轻声问道："这禁药……让你很难受吗？"

祝云璟懒洋洋地回答他："难不难受，你自己试一下不就知道了？"

贺怀翎又问："若是没有这些事情，这药你打算怎么办？"

"能怎么办？"祝云璟打了个哈欠，"寻遍天下神医我也会找出解药，反正不会让你有控制我的丝毫可能。"

贺怀翎无言以对，或许祝云璟没有说要自己死，就已经是大发慈悲了。

沐浴更衣完毕，祝云璟浑身都放松下来，贺怀翎让他坐下，给他擦拭湿漉漉的头发。

祝云璟舒服地眯起眼睛，任由贺怀翎将他的长发笼到脑后，细致地帮他擦拭干净，他开口道："侯爷很少干这伺候人的活吧，倒是难为你了。"

明明是道谢的话，从祝云璟嘴里说出来，听着却像极了讥讽，贺怀翎淡淡地回道："无碍。"

擦干头发，贺怀翎吩咐人传膳，就摆在了外间，准备的菜色都很清淡，祝云璟看着实在没什么胃口，便说："我要喝酒。"

"不行。"贺怀翎一口回绝，早知道祝云璟中了禁药，他压根不会往东宫送酒。

祝云璟冷声道："你之前说会敬着我，这就是你所谓的敬？"

"殿下，你不要任性，好歹顾着你自个的身体。"贺怀翎不为所动，说不让喝酒就是不让喝，转而吩咐人送来了青梅汁，"喝这个吧，一样是开胃的，只是没有酒味而已。"

祝云璟瞪视他片刻，低下头，沉默地用起膳食。贺怀翎给他夹菜，亦不再多言。

许久之后，祝云璟忽然抬眸："你打算让我做你的义弟？"

贺怀翎看着他："你若是需要一个新身份，这是最方便的。"

祝云璟点头："可以，但是我有条件，你帮我杀了祝云珣，一切都好说。"

贺怀翎没说话。

祝云璟挑眉看过去："怎么？不舍得？也是，他毕竟是你表弟。"

贺怀翎微微摇头："我不能答应你。"

祝云璟哂道："许士显出了事，你费尽心思帮他翻案，我被祝云珣陷害至此，你怎么不帮帮我？如此厚此薄彼可不好。"

贺怀翎并不在意他句句带刺的话，仍是不肯同意："我会继续帮你查巫蛊案，以及冷宫里发生的事情，但背地里杀人，不行。"

"要是查不出来呢？祝云珣敢做会轻易留下把柄吗？要是什么都查不出来呢？我就只能自认倒霉吗？"祝云璟咄咄逼人，连连发问。

贺怀翎沉下目光："徐徐图之，留待将来。"

"徐徐图之？"祝云璟冷笑，"我哪里还有将来？我现在已经是个死人了。"

贺怀翎提醒道："你还有五殿下，陛下下旨赐死你那天，他为了替你求情磕破了头，血流了满面。你下葬时也只有他执意去送了你最后一程。"

祝云璟愣住，片刻后轻轻闭了闭眼睛："罢了。"

他方才也不过是说气话而已，刺杀皇子，尤其是很大可能成为太子的皇子，哪有那么容易？祝云珣若是真出了事，贺怀翎的行迹一旦败露，他自己也跑不掉，说不定还会牵连到祝云瑄，哪怕是为了祝云瑄，他也不能冒这个险。

用完膳天色已晚，祝云璟又开始哈欠连天，药服下的时间愈久他愈是嗜睡，如今一下从战战兢兢中解脱，又没了别的盼头，更是提不起劲来。

贺怀翎叫人进来点香，不是祝云璟惯用的龙涎香，而是一种极淡的、有着青草香味的熏香，和贺怀翎身上常年沾染着的味道一样。

祝云璟皱眉道："我用不惯这个。"

贺怀翎这时却不再纵着他："用不惯也得用，龙涎香那是贡品，我这里没有，而且大夫说，你也不能再用那个，这种香料也能安神，对稳定你体内的禁药有益，适应了就好了。"

听到"禁药"两个字，祝云璟头都大了，狠狠瞪贺怀翎一眼，贺怀翎不以为意，低声提醒他："你好好休息吧，我要回府了，过几日再来看你，你自己小心一些，若是觉得闷，可以去园子里走走，这庄子上的人都信得过，只要不走出去就没事。"

祝云璟不耐烦地挥了挥手，贺怀翎不再多言，亦不再烦着他，便出了门去。

离开庄子之前，贺怀翎将管事叫来，细细叮嘱了一番，最后道："好生照顾他，有任何事都立刻派人来告知我。"

管事应道："诺。"

回头看一眼还点着灯的院子，贺怀翎轻叹一声，踏进了夜色里。

清早，贺怀翎刚起身，管家便进来禀报，说是侧门那边有个小公子求见："他说不进来，就在侧门那儿等您，这是他递过来的东西，说您看到了必会去见他。"

贺怀翎看着管家递到手里来的玉佩，瞳孔微缩，这便是那差点要了祝云璟性命的东西。

一刻钟后，贺怀翎走出侧门，看到了停在门边的一辆不起眼的马车，车辕上只有一个小太监模样的人，他走上前去，恭敬地问候："五殿下。"

祝云瑄的声音从里边传来："带我去见我哥。"

贺怀翎似有犹豫，祝云瑄又道："我知道他还活着，是你救了他，我要见他。"

趁着天色尚早，马车低调地出了城，去往贺怀翎在城郊的私庄。

他们到的时候，祝云璟正趴在池塘边的凉亭里发呆，有一搭没一搭地往水里扔着鱼食，脸上没有多少精神气，满眼黯然和麻木。

一旁立着的下人见到他们，赶紧与贺怀翎问安，听到声音，祝云璟才微微偏了偏头，朝他们望过来。与祝云瑄的目光对上时，他有一瞬间的错愕，祝云瑄则当下就红了眼眶。

贺怀翎示意下人都退下，他自己也离开去了前院，把这地方留给他们兄弟。

祝云璟微微皱眉，问道："你怎么来了？"

祝云瑄抹了一把夺眶而出的眼泪，肯定地说："下葬的那个人根本不是你，别的人认不出，我不会认不出来！你最后见的人是定远侯，定是他帮了你，我才去找他。"

祝云璟叹道："你心里知道就行了，又何必一定要来，被人看到了就麻烦了。"

"我已经很小心了。"祝云瑄走上前，跪蹲在祝云璟面前，握住了他的手，哽咽道，"哥，你以后要怎么办啊？"

祝云璟故作轻松道："没事的，我现在不是好好的吗？这里挺好的，也不用再担心会被人算计，会掉脑袋，日子过得比以前还自在些。"

祝云瑄仍不放心："可你能在这里待多久啊？定远侯他又能帮你多久？他和祝云珣的关系……"

"他不会的，至少现在不会。"祝云璟抓着祝云瑄的手，"我中了禁药，他阴错阳差成了我的下药人，这是他欠我的，所以眼下他不会拿我怎样的。"

祝云瑄惊愕地瞪大眼睛，不可置信地望着祝云璟，眼泪流得更凶，猛地站起身："我要去杀了他！"

"你别！"祝云璟费力地拖住祝云瑄，头疼不已，"别这么冲动，这事也不能全怪他。反正现在已经这样了，我也是靠这个才保住了命，旁的事以后再说吧，走一步算一步。"

祝云瑄又气又恼，不由得责备他："你怎么能这样！就算落魄，你也是皇子！怎么可以……怎么可以……"

祝云璟苦笑道："我是被陛下亲口赐死的废人，能保住一条命已是万幸，哪里还计较得了那么多？阿瑄，你以后就知道了，到了逼不得已的时候，就算不想低头也得低头的。"

祝云瑄愣住，低下了脑袋："我就是心疼你……定远侯他真的能护住你吗？"

祝云璟摸了摸祝云瑄的脑袋："若是他忌惮着你，或许会吧。以后你一个人一定要小心，祝云珣他不是个东西，惯用下作阴狠的手段，你要多加提防着他。"

"我知道，"祝云瑄哽咽着点头，"我会的。"

"还有，小心齐王。"祝云璟补充道。

祝云瑄不解："齐王？"

祝云璟解释与他听："嗯，他与贺贵妃有染，与祝云珣未必没有勾结，祝云珣一个去年才入朝堂的皇子，哪里来的那么大能耐？很多事情都不是他一个人就能办到的。"

祝云瑄心中惴惴不安，祝云璟又道："我教不了你太多，我自己也是一败涂地，你别学我，我就是太信任谢家，太信任自己身边的人，才会落得今日的地步。以后要怎么办，你要自己想办法，我帮不了你。"

祝云瑄心里难受得更厉害："哥，你别再说了……你以前帮我够多了，以后换我帮你。"

祝云璟微微一笑，苍白的脸上终于有了一丝血色，抬手拍了拍他的肩膀："好。"

中午，祝云瑄留在了庄子里，陪祝云璟一块用膳。而他对贺怀翎的态度与来之前却是截然不同，见了对方便怒目而视。

贺怀翎看他小心翼翼地扶着祝云璟，知晓祝云璟已经把禁药一事说与了他听，自知理亏，只能受着。

祝云璟的胃口还是不大好，贺怀翎已经让人换着花样一日三餐地给他补着，他能吃下去的却并不多，整个人无精打采的。

用过午膳祝云璟便催促着祝云瑄回宫："以后别来了，为了你自己好，也为了我好。有事使人传个口信过来就行。"

祝云瑄又红了眼睛，要哭不哭地看着祝云璟，祝云璟叹了口气说："别哭了，回头被人看出来就麻烦了，你已经不是小孩子了，在外人面前别总是掉眼泪。"

祝云瑄抹掉眼泪，将那玉佩塞给祝云璟，道："我帮你要回来了，你收好吧。"

祝云璟心情复杂地将东西收下："好。"

祝云璟身体不适，贺怀翎替他送祝云瑄出门。离了祝云璟，祝云瑄的神色立时变得严肃起来，脸上也没了凄哀之色，上车之前，他冷冷地看着贺怀翎，问道："侯爷有何打算？"

贺怀翎不动声色地回道："不知殿下是何意？"

祝云瑄哼了一声，接着道："我哥……侯爷不会打算把他关在庄子上一辈子吧？"

贺怀翎镇定道："他会是我定远侯唯一的义弟。不过……若是有可能，有朝一日，我也希望殿下能给我一个许诺。"

祝云瑄挑眉："什么许诺？"

贺怀翎拱手道："殿下若是愿意一直护着他，我亦会效忠殿下。"

祝云瑄的双瞳狠狠一缩，看向贺怀翎的目光里带上了更多的审视之意，贺怀翎神色不变，坦然回视着他，态度却十足恭敬。

沉默片刻后，祝云瑄沉声道："还望侯爷牢记今日之言。"

贺怀翎笑了笑："自然，望殿下亦是。"

贺怀翎回来时，祝云璟还坐在厅堂里握着玉佩发呆，见到贺怀翎，他微蹙起眉问："你还没走？你不用办差？刑部衙门这么闲吗？"

贺怀翎答："今日休沐。"

祝云璟没再理他，站起身，刚要走动，双腿便一阵发麻酸软，又跌坐回去。

贺怀翎直接将人扶起来，祝云璟惊了一跳，下意识地挣扎，贺怀翎低头，低声说："别动，我送你回屋去。"

回屋后，贺怀翎见他蜷起身体轻轻哼了哼，出声问道："殿下方才与五殿下都说了什么？"

"没什么，"祝云璟闭着眼睛，声音懒洋洋的，"让他别像我一样蠢，到头来身份地位都丢了，沦落到这个地步。"

贺怀翎："……"

祝云璟停了停，又道："还有，让他小心齐王。"

贺怀翎皱眉重复道："齐王？"

"嗯。"祝云璟点头，"王九以前说过，他看到过你姑母与齐王苟合，应该是真的。祝云珣说不定也与齐王有勾结，我觉着，有些事情仅凭他一个皇子未必做得来。"

祝云璟的语气里带着些许嘲讽，刻意地咬重"你姑母"三个字，贺怀翎只装作没听出来，说道："你怀疑齐王吗？其实我也正要与你说，关于那日冷宫之事，那里的宫人除了给你送饭的那个，还有两个打扫的，被带去陛下面前的便是其中之一。我问过相熟的禁卫军领队，当日那淮安侯世子正巧进宫去给太妃请安，是有出入宫门记录的。可惜那几个冷宫宫人受你牵连都已被处死了，已是死无对证。"

祝云璟睁开眼睛，眼中滑过冷意："淮安侯世子？"

贺怀翎手上动作不停，分析道："是，若是他截走了你的血书，再另找人去西华门演一出戏诬陷你，确实大有可能。"

"他有那么大能耐吗？"祝云璟皱了皱眉，接着冷笑一声，"他没有，但齐王、太妃、祝云珣有，要安排一个宫中太监以死害我，他们倒是能办得到的。"

贺怀翎继续道："还有之前的事情，我私下派人去景州查私盐案，进程中几无阻碍，很快就把证据收集全了。现在想来，背后像是有人在帮着我推动着整件事情进行一般。杜知府的奏疏递到通政司，未必只经过了右通政一人之手，有旁的人早就知情也说不定。"

祝云璟道："齐王的妻族亦是江南人士，他在那边必然有自己的势力。"

贺怀翎点头："还有那场流寇刺杀。当时我挡在你车前，与那些人近距离交手，曾听得他们的嘶喊声，是带有江南口音的。后来我入刑部，翻阅了当时的卷宗，在上面的记载中他们却成了豫州的流寇。只是我有一事不明，若这些事都是齐王所为，陛下为何会放任他做大至此？"

连祝云琍要求他刺杀祝云珣，他都想不出任何办法能确保事情一定不会败露，若当时那场刺杀真是齐王所为，虽未成功，他却能做到全身而退，完全不受影响，可想而知他的能耐得有多大。

祝云琍冷哂："你真当他是表面上那样的荒唐闲王？二十年前他可是差一点就登上了帝位的。你以为陛下不想料理他吗？是先帝临终前给他最宠爱的女人和儿子留了一道保命的密旨，只要齐王他们没有造反，陛下就无论如何都不能动太妃他们母子三人。"

"陛下无可奈何，又不敢放齐王去封地上，怕山高皇帝远压不住他，只能留他在京城，放在自己眼皮子底下。陛下自登基后一直有派人盯着他。可这么多年过去，陛下他每日为国事操劳，哪有那么多工夫把心思放在一个人身上？而且齐王面上也表现得足够荒唐，镇日浸淫在声色犬马中，陛下才渐渐放松了警惕。"祝云琍直接将这皇室秘密尽数说了出来。

贺怀翎有些惊讶："竟是这样……那密旨一事，有多少人知道？"

祝云琍答："陛下、我、齐王母子三个，还有几个与先帝一辈的老王爷。"

贺怀翎心道，那就难怪这事在朝中一点风声都没有了……

祝云琍道："齐王和祝云珣做过哪些事情，你得继续给我查，哪怕没有证据，给阿瑄提个醒也是好的。"

贺怀翎轻轻点头："好。"

傍晚。

听到外头隐约传来的爆竹声响，窝在软榻里的祝云琍放下手中的书，不舒服地皱了皱眉，叫了人进来："怎么这么吵？"

"郎君，今日是八月十五了。"下人一脸喜气，托了屋子里这位主的福，最近侯爷来庄子里的次数多了，时常会给他们赏钱，今日一大早人人就都分得了二两过节的银子，自是十分高兴。

祝云璟微怔，他在这庄子里待的时候长了，不问世事，早就忘了今夕是何年，若非眼前之人提起，他是真的不记得这么快就中秋了。

往年……往年的这一日他要随皇帝一起焚香祭月、祭拜祖宗，晚上宫里还会赐宴群臣，一整日都不得消停。

如今他苟且偷生在这一方天地里，难得清静，却也仿佛被这世间给遗忘了。

见祝云璟的神色似有不豫，下人试探着问道："郎君，园子里的桂花这两日开得正好，闻着怪香的，您要去看看吗？"

祝云璟面色淡漠："不用了，你退下吧。"

因着没有胃口，晚膳时祝云璟便没用多少，摆上桌的月饼更是碰都没碰，直到夜色深了依旧靠在榻上，手里握着本书，心不在焉地偶尔才翻一页。

贺怀翎是戌时过后才到的，他披星戴月而来。见到人时，祝云璟愣了须臾，才淡淡开口："侯爷怎么来了？"

贺怀翎微微一笑："今日中秋，怕你一个人无聊，来陪陪你。"

祝云璟却并不领情，反问道："中秋佳节，侯爷不留在府中陪家人，就不怕人怀疑吗？"

"不打紧，宫宴结束后我先回了府，陪家里人赏月，待他们歇下后才过来的。"贺怀翎低声解释。

祝云璟"嗯"了一声，犹豫地问："宫宴……很热闹吗？"

"应该与往年差不多吧，我是第一次参加。"贺怀翎轻描淡写道，"其实宫宴上的膳食都不好吃，端上桌时都冷了，还要聆听陛下圣谕，与人寒暄客套，吃也吃不安生。"

见祝云璟神色冷淡，他又接着说道："陛下的身子已经好了不少，这几日的早朝也恢复了，我还见着了五殿下，看陛下的意思，应该是会让他也入朝堂了。"

原本废了太子，满朝都以为轮也该轮到二皇子入主东宫了，但君心莫测，昭阳帝不但没有再立太子的意思，还将另一个从前几乎隐身了的嫡子推到了人前。众人这才惊觉，倒了一个祝云璟，还有个祝云瑄在呢！

且看皇帝的意思，并未因废太子和谢家迁怒于祝云瑄，反而有抬举他的打算，谁又能说祝云珣就稳了？

而昭阳帝的其他儿子，老三是地位低下的宫女所出，又木讷笨拙，老四身有残疾，剩下的都还小，不提也罢。

祝云璟冷笑："祝云珣岂不是要气死了？"

贺怀翎只道："又哪能事事尽如他意。"

祝云璟又问："阿瑄他还好吗？"

贺怀翎安慰他："你放心吧，五殿下很聪明，待人接物进退有度，我瞧着他会适应的。"

祝云璟没有再问，转开了话题："这个点你还能出城？"

"今晚城中有花灯会，城门彻夜不关。"贺怀翎解释道，"我听人说，你一整日都没出过房门是吗？可是那禁药又让你难受了？"

"懒得动而已。"祝云璟懒懒地答。

"你现下需要把底子补起来，大夫说须得多走动走动……好，好，我不说了。"见祝云璟沉了脸色，贺怀翎赶紧改口，不想大过节的惹祝云璟不快。

他的目光落到祝云璟已有些恢复往日红润的脸上，这一个月的调养看来还是有些许作用的。

察觉到他的视线，祝云璟抬手不自在地挡住自己的脸，不愿让贺怀翎看，颇有些掩耳盗铃之意。

贺怀翎低笑一声："看在我这个点还出城来看殿下的分上，殿下可否赏个脸，陪我去园子里赏月？"

祝云璟的眼睫微微颤了颤，他别开视线："我要歇下了。"

贺怀翎仍不放弃："殿下……"

沉默片刻，祝云璟轻哼一声，坐起身："你让我喝酒，我就去。"

贺怀翎笑着应下："只能喝一杯。"

园子里四溢着桂花的甜香气息，一簇簇一层层缀满枝头的花，在夜色中随风摆动着，下人提着灯笼走在前面，淡淡的烛火衬着皎洁月光，笼罩在后头并肩而行的人身上。

这样的静谧让祝云璟有须臾的晃神，脚踩在松软落叶上趔趄了一下，被身旁的贺怀翎扶住，贺怀翎温声提醒他："小心。"

贺怀翎带着祝云璟一路走进园中景致最好的地方，他已命人在那里备了酒水和点心，再叫人拿了床毛皮褥子来，铺在凉椅上，才引着祝云璟坐下。

祝云璟坐的姿势有些别扭，贺怀翎见他难受，又让人搬了把有靠背的椅子来："你坐这个吧。"

祝云璟没好气道："我如今这般，全都怪这该死的禁药。"

贺怀翎忍着笑道歉。

祝云璟白了贺怀翎一眼，不再说话了，抬头望向悬在天边的那轮饱满的圆月，呆呆地看了许久，缓缓道："这还是我头一次，真正看清楚这十五的月亮到底什么样。"

贺怀翎问："殿下以前难道没看过吗？"

其实祝云璟是看过的，很小的时候被母后抱在怀里时，他就曾胆怯又好奇地望着天上如银盘一般的圆月，转不开眼睛，母后在他耳边轻声笑着喊他的小名，将切成小块的月饼喂进他的嘴里，那是他心中鲜有的、关于中秋夜的美好记忆。

祝云璟回了神，不屑道："在宫里，谁有心思真看这个啊？一群人坐在一块，说是赏月，心思都花在讨好取悦陛下和太后上了，忒没意思。"

贺怀翎点点头："民间过中秋其实还是有很多很有意思的玩意的，光长安街上的花灯会就可以热闹一整夜。"

"是吗？"祝云璟语气淡淡，并无向往，"我确实没看过。"

贺怀翎叹道："本想带你去看，只是你现下不方便出门。"祝云璟的脸还好说，戴个面具就行，可他如今的身子太差，贺怀翎实在不敢冒险带他去人多的地方。

祝云璟低下头，情绪似更低落了些，贺怀翎将切好的月饼递给他，再给他倒了一杯桂花酒："酒是庄子上自酿的，月饼也是刚出炉的，你试试吧。"

祝云璟夹起月饼，尝了一小块就放下了筷子。

贺怀翎见他不再动筷，问："不好吃吗？"

"尚可。"祝云璟给了评价，其实这月饼味道是不错的，但始终没有当年母后喂进他嘴里的那般甜香软糯。

祝云璟端起杯子，酒香四溢还带着桂花的甜腻，他直接一口闷了，还没尝出什么味道来，酒已经下了肚，心里却无端地发苦。

贺怀翎见他这般也不好受，本是想着给他解闷逗他开心，反叫他触景伤情了。

祝云璟放下杯子，眼角发红，泛着水光的眸子看着贺怀翎，道："我还想喝。"

贺怀翎为难道："殿下……你不能再喝了。"

"为什么啊？"祝云璟的眼里浮上了一抹委屈，"我只是想再喝杯酒，都不行吗？"

贺怀翎耐心劝他："我是为你好。"

祝云璟不依不饶："那就让我高兴高兴啊。"

"最多再一杯。"最终贺怀翎还是让了一步。

祝云璟心满意足，接过那重新盛满了酒的杯子，晃晃悠悠地又倒进了嘴里。

贺怀翎小声提醒他："喝慢点吧，这样喝会醉的。"

"喝醉了不好吗？喝醉了就什么都不用想，可以安安生生睡个好觉了。"祝云璟闭了闭眼睛，花香沁入鼻尖，他轻轻一叹，"真好啊，有花、有月、有酒……"

贺怀翎不知该说什么好，沉默地陪着他喝完了这杯酒。

祝云璟真的醉了，歪在椅子里醉眼迷蒙地望着贺怀翎。他的酒量本没有这么差，或许是因为心情不好才会这般。

贺怀翎的目光沉了沉："殿下……你喝醉了。"

"嗯，"祝云璟又胡乱点了点头，"是醉了。"

"醉了……真能什么都不想吗？"贺怀翎轻声问他。

"不能啊，还是不能。"祝云璟眼中的水像是随时都会滑落出来一般，"都没用……你怎么在这里？我又不想看到你。"

贺怀翎轻叹："我送你回去吧。"

依旧是那一盏小小的灯笼在前头领路，晃晃悠悠的烛火映在祝云璟迷蒙的双眼中，他在贺怀翎身边轻轻笑了一声。

贺怀翎垂眸："你笑什么？"

祝云璟道："你放开我，让……我自己走。"

贺怀翎蹙眉："你喝醉了。"

"又不是走不了路，"祝云璟小声嘀咕，"你怎么总喜欢这样，什么毛病。"

贺怀翎眸色微沉："方才来的时候，你就差点摔了。"

祝云璟满不在乎地道："哦，不会的，我厉害着呢，摔不坏。"

说话间，他们已经回到了祝云璟住的院子，进房门后，贺怀翎将祝云璟扶上榻，在他身边坐下。祝云璟闷哼了一声："头疼……"

贺怀翎耐心地帮着揉按太阳穴，祝云璟安静地闭着眼睛，他醉得并不厉害，脑子里其实清醒得很，安静了许久，他低声呢喃："我没想到……你今日会来这里。我一个人很好，你又何必要来呢？"

贺怀翎道："我更想带你回府，只是府中人多嘴杂，我怕他们暴露了你的行踪，也担心他们会冲撞了你。"

祝云璟弯了弯嘴角："你难不成还真想将我藏在你府上？别异想天开了，你家里人那里就没法交代，你要怎么与他们解释我的身份？陛下那关又要怎么过？"

"这些不需要你担心，我会安排妥当。"贺怀翎似乎早有打算。

祝云璟缓缓睁开双眼，与贺怀翎低垂下来的目光对上，难以言说的情绪在他依旧泛着水光的眸中流转："可我不想，我不想一辈子都被拘在你的庄子上或是府中，担惊受怕，会被人发现。"

贺怀翎沉默，半晌之后叹气道："你先安心养病吧，等一切稳定下来……你若是执意要走，无论你想去哪里，我都会送你去。"

祝云璟看着他："真的吗？"

贺怀翎点头："嗯，我想过了，你留在京里也不安全，去了外头或许还能自由一些。不过，你有打算过要去哪里吗？"

祝云璟眯起眼睛，当真认真思索了起来，想了很久，才回答贺怀翎："要不去闽粤一带吧。"

"闽粤？"贺怀翎很意外，他还以为祝云璟会想去江南。

祝云璟点头："陛下一直有开海禁的意向，前些年是被北边的战事绊住了手脚，如今北部已平，海禁迟早会开的，我想去那边开开眼，或许还能做些生意，去南洋甚至更远的地方看看。"

贺怀翎不赞同，道："殿下，闽粤之地古来荒蛮偏远，还是自我朝开始商户地位提升后，那边做买卖的人多了才逐渐发展起来。饶是如此，那里依旧多瘴气，水土也与这里截然不同，我怕你去了身子会受不住。"

"总能适应的，"祝云璟淡淡道，"我没有那么娇气，离了皇宫也好，至少自由，天南海北到处都能去，总好过一辈子都困在那一亩三分地里头，至高无上的权力也不过就那样。"

贺怀翎还是很担心："可即便你能适应那里的气候，那靠海的地方也时时有水寇，出海更会碰上种种意想不到的困境，你……"

"没事的，"祝云璟打断他，"到时候再说吧，若是真不能适应，我便再去别的地方，我这条命是偷来的，我不会再轻易又给丢了。"

贺怀翎心情复杂："一定要这样吗？"

祝云璟看着贺怀翎眼中不加掩饰的犹豫和担忧，轻笑一声："侯爷，你刚才还说，我想去哪里你都送我去。"

"我只是，不想你去冒险。"贺怀翎叹了一声。

祝云璟不再说了："我想歇下了。"

贺怀翎只得起身，把人扶回里间的床上，打水来给他擦脸。

祝云璟一直看着贺怀翎，四目对上，贺怀翎的动作顿了顿："怎么？"

祝云璟微微皱眉："你不用这样的，这些都是下人干的活。"

贺怀翎道："没关系，你如今这样，我帮你做这些应该的。这也不一定非是下人才能干的。"

祝云璟轻咳一声："老将军在夫人去世后没多久，似乎就续弦了吧？"

贺怀翎淡然解释道："我父亲与母亲是年少夫妻，伉俪情深，母亲因病去世时弟妹年岁还小，为了照顾弟妹，父亲才又续娶。继母人很和善，对弟妹也都很好，我很敬重她。我自封侯后，便与贺家分了家，带着继母和弟妹搬了出来，如今侯府里就只有我们一家，没有那么多是非。"

祝云璟的脸被水温刺激得微微发红，他随口接话试图分散自己的注意力："你祖父祖母不是还健在吗，会同意你分家？"

"祖父自己有爵位，以后是要给二叔的，早点分了也好。二叔那一房与我们这房之间有些龃龉，祖父母偏宠二房。父亲在战场去世后，那几年继母和弟妹在家中过得并不顺心，受了不少委屈，我只能把他们带出来。"这些本是家中阴私，贺怀翎却并不介意说给祝云璟听。

祝云璟嘴角微撇："我还以为贺家这样的武将之家，家中不会有那么多弯弯绕绕的事情呢。"

不过要说起来，贺家最厉害的几个儿郎都为国捐躯交待在战场上了，剩下的除了贺怀翎，俱是些汲汲营营之辈，受着逝去之人的荫庇，倒是活得潇洒，也当真是讽刺。

贺怀翎摇头："有人的地方就有纷争，祖父和二叔他们都是全力支持贵妃和祝云珣的，贵妃虽已薨逝，二殿下如今在朝中势力却是如日中天，而家父一直以来都秉承着中立的态度，并不愿意在储位之争上站队，亦始终教导我，只效忠陛下一人就够了。也因为此，祖父一直不喜父亲。"

祝云璟道："可陛下对你却未必有那般信任。"

贺怀翎似乎并不在意："我知道，皇帝都多疑，陛下至少并未拿我怎么样，照样给我加官晋爵了。"

祝云璟嘲讽似的笑了笑："你还当真想得开，但你如今在查祝云珣的事情，就已经不中立了。"

贺怀翎抬眸，望着他："是，之前我以为可以，但其实不行。"现在他只能选择支持祝云瑄。

祝云璟转开了视线，不再接话。

盆中的水已经有些凉了，他躺下来，缩进被子里，道："你走吧。"

贺怀翎沉默片刻后，起身吹熄了屋子里的灯，退了出去。

脚步声渐渐远去，祝云璟才在黑暗中睁开眼睛，半晌没动。

御书房。

早朝结束后，贺怀翎被皇帝单独留下来，昭阳帝已经很久没有私下召见过他。贺怀翎心知是自己之前为祝云璟求情之举惹怒了皇帝，这段时日一直都尽量低调。

短短几个月的时间，昭阳帝已是华发丛生，愈加喜怒不定、心思莫测。他没有说别的，直接提起了早朝时兵部呈上的奏报——镇守茕关的总兵在五日之前被暗杀了，刺客身份不明。随快报过来的还有北夷苍戎国的自辩书，摄政太后在自辩书中诚惶诚恐地表示，刺杀茕关总兵一事绝非苍戎人所为，他们对此事亦全然不知情，请天朝圣人定要明辨是非，万不要误解了苍戎国的一片赤诚忠心。

朝会上已经为这事吵过一轮，有说这苍戎国能有什么忠心，去岁兵败不得不称臣，实则根本面服心不服，这才一年便又欲挑起事端了，自辩书来得这般快，更证明他们做贼心虚；也有说苍戎国已被打趴下，短时间内难以恢复元气，应当不至于这个时候突然又做下这样的事情，或许当真不是他们所为。两方各执一词，听着似乎都颇有道理。

昭阳帝皱着眉问贺怀翎："先前在朝会上你一直未出声，此事你有何看法？"

贺怀翎沉声回道："依臣所见，此事或许确实不是苍戎人所为，苍戎如今的汗王是个不满三岁的吃奶小娃，摄政太后又无多少魄力。征远之役后，按说近二十年内他们都无力再与我大衍一战，臣以为他们不会在这个时候这般主动挑衅，惹祸上身。"

"那会是周边的其他小国做的？"昭阳帝继续猜测。

贺怀翎答："也许是，也许不是，只是北夷那么多个部落小国，除了苍戎，其他更是不值一提，臣亦想不出若是他们做下的这事，所图为何。"

大衍人嘴里的北夷指的是大衍朝北部关外十分广袤的一大片土地，多为草原，那处有大大小小的汗国十数个，尤以苍戎最为强盛，其风头最劲的时候，曾经占据了草原上近六成的土地，若非不知死活把主意打到大衍朝头上，苍戎统一北夷怕也只是时间问题。

在苍戎兵败称臣后，北夷的所有汗国都已成为大衍的藩属国，要说如今又有谁生了反叛的心思，暗杀了大衍镇守要塞关口的总兵，还确实不好轻易下定论。

昭阳帝叹气："你这话的意思，莫非是暗示朕，此事或是大衍人所为？"

"臣不知，但不无可能。"贺怀翎的语调无丝毫波动。

昭阳帝沉默，半晌之后，又一次叹道："若是朕当日留你在边关，或许就不会有今日之事了。"

贺怀翎垂首不言。

征远之战结束后他便率大军班师回朝，只余下五万人驻守边关，新的总兵是昭阳帝另指派过去的，皇帝当初摆明了要解除他的兵权，谁都说不得什么。

但谁能想到，不过才一年而已，竟又出了这样的事情，昭阳帝的心态也跟着变了。

昭阳帝微微摇头："无论是谁所为，朕都要加强茕关一带的守卫，再从京中抽调三万人过去，就由你领兵去接替这个总兵之位吧。你先回去准备着，不日朕就会下圣旨。"

贺怀翎垂眸："臣领旨。"

城外私庄。

祝云璟放下药碗，又闭上眼睛倒回榻上，他的身下垫着厚实的虎皮褥子，身上还盖着一张毛毯，暖手炉抱在怀中始终未曾撒手。

今年的严冬来得格外早，一场大雪过后便已是天寒地冻，祝云璟本就畏寒，如今更是变本加厉，屋中点了四五个火盆，他依旧觉得冷。

贺怀翎进门时，祝云璟正迷迷糊糊地要睡过去，察觉到身边有人，他睁开眼睛觑了一眼，贺怀翎就坐在榻边。

祝云璟哑着嗓子，懒洋洋地问道："侯爷怎么这个时辰来了？不用办差吗？"

贺怀翎道："以后都不用了。"

祝云璟扬了扬眉："你被陛下革职了？"

贺怀翎没有错漏祝云璟眼睛里一闪而过的幸灾乐祸，他问："你很希望我被革职？"

祝云璟轻哂："与我何干？"

贺怀翎摇头："让你失望了，我不但没革职，还晋了半级，陛下打算让我去接任茕关的总兵，过几日就会下旨，刑部衙门已经不用去了。"

闻言，祝云璟的神色陡然严肃起来："茕关总兵？茕关的总兵不是去年你回朝之前，才指派过去的吗？"

"嗯，被暗杀了。"贺怀翎将早朝上议论的事情说与祝云璟听，"所以陛下让我去接任，另带三万精兵过去。"

祝云璟不悦道："朝中是无人了吗？怎么仗打完了就把你晾一边，如今出了事又想起你来了？"

贺怀翎忍笑，祝云璟话中的维护之意让他格外受用，解释道："在京中过惯了好日子的，有几个愿意去边关经受风吹日晒的，我在那边待了五年，陛下大概是想着我比较适应那边吧。"

祝云璟还是不痛快，又说："陛下若真的看重你，怎么不把京南大营总兵的位置给你，却给了那个安乐侯世子？那么一个手无缚鸡之力的人，他知道怎么领兵吗？陛下当真是越来越糊涂了。"

也只有祝云璟敢说这样的话，不过这事别说是祝云璟，贺怀翎都觉得很费解，京南大营的徐总兵因受祝云璟牵连落马之后，总兵之位空悬了几个月，朝中不少人都盯着。

只是谁都没想到，陛下最后竟然会将位置给了一个才十七岁，且之前从未入过朝堂的侯府世子，简直像是在闹着玩。

此举也让安乐侯府这个原本在京中并不怎么起眼的没落侯府，一跃成为朝中人人探究的对象。

要说那位侯府世子确实少年老成，看着就是个颇有能力的，但到底如何得了昭阳帝的青眼，却谁都猜不到。

祝云璟对此十分不以为然，那侯府世子再厉害，能比得上这个年纪就已经接任了征远军统帅的贺怀翎吗？

贺怀翎道："陛下对我本来就不怎么放心，怎么可能把那么重要的京畿护卫军总兵的位置给我？关于这安乐侯府，还有一件事情……前几日陛下新纳了个妃子，就是那安乐侯的侄女、世子的堂妹，原本已经指给了你做侧妃的那位。陛下也不知怎么想的，竟做下这般累及清誉之事，力排众议硬是将人接进宫，直接封了妃，御史磕破了头都没用。"

"当真？"祝云璟一阵反胃，第一次对他的父皇生出了憎恶的情绪，将已经明旨指给了他的女人又收进自己的后宫，这还当真是想要让他死了都不能安生，死了也要受人非议。

贺怀翎见祝云璟脸色不对，有些后悔把这事说给他听。祝云璟不忿道："所以他就是因为这个，才把那京南大营给了那安乐侯世子？他是色令智昏了吗？"

贺怀翎摇头："应当不是，封官在前，纳妃在后……"

祝云璟打断他："算了，我不想听这个了，圣旨什么时候会下？你什么时候离京？"

"应该就这几日了，再冷一些路也不好走。"贺怀翎的心绪沉了沉，"殿下……我走之后，你一个人要更小心一些，若是有可能，待到你解了禁药之时，我会想办法回来一趟。"

细心照料了这么久，却无法亲眼看到他解毒的那一天，即便贺怀翎心中再不舍，但终究圣命难违。

祝云璟直勾勾地望着他："那以后呢？"

四目相对，贺怀翎一时语塞，祝云璟又道："说好的等我解了禁药就送我走，你打算怎么办？"

贺怀翎望着他，喉结艰难地上下滑动："我会安排好。"他原以为还有很长的时间，能让祝云璟真正信任自己，不想变故竟来得这般快。

长久的沉默后，祝云璟垂下眼睛，轻声道："你带我一起去吧，反正对我来说去哪里都一样，我早就想去边关看看了，我以前跟你说过的。"

贺怀翎怔住，祝云璟皱眉继续追问："你答不答应？"

贺怀翎提议："你愿意去，自然是好的，只是你现在身子不宜远行，还是留在京中休养，等过几个月我再派人来接你过去可好？"

祝云璟摇头道："我跟你一起过去，我不想在这里待了，现在就想去外头。"

贺怀翎则很是担忧："路途遥远又这么冷，我怕这一路颠簸，你会受不住。"

"行了，我自己的身子我自己清楚，"祝云璟不耐烦道，"也不至于连马车也坐不了，不会有事的。"

贺怀翎蹙眉："若是被人认出来怎么办？"

"这个你想办法。"祝云璟理所当然地回答。

贺怀翎还要再说："可……"

祝云璟直接打断他："别再可是了，贺怀翎，你什么时候变得这么犹犹豫豫了？就一句话，到底行不行？"

一番犹豫挣扎后，贺怀翎终是点了头："行。"

三日之后，贺怀翎调任茕关总兵，并从京北、京南两大营中抽调三万精兵随行，圣旨已下到定远侯府中，贺怀翎从容接旨，留给他为出行做准备的时间，只有不到十日。

在离京之前，祝云瑄又来庄子上看了一次祝云璟，听闻他要随贺怀翎一块去边关，又气又急，好话歹话说了一箩筐。

只是祝云璟这样的个性，下了决定的事情便不会轻易更改，仍是坚持要去。

祝云瑄实在是不能理解："哪怕是晚几个月，等你的身体养好了，再过去都不行吗？"

祝云璟垂眸，许久，才幽幽一叹："阿瑄，我以前从来没想过会有今日，我也会怕的……"

也不知是不是受了相处这些日子的影响，即使祝云璟不想承认，贺怀翎的照顾确实给了苟且偷生的他莫大的安慰。若是没有贺怀翎，即便他能侥幸活下来，只怕日子也会比现在更难过、更落寞。

祝云瑄语塞，他做不了贺怀翎做的那些，即使有心，想要出宫来看祝云璟一回都不容易，更别提时时陪着祝云璟，守在他身边了。他想了想，还是问："那万一路上出了什么意外怎么办？"

"没事的，"祝云璟微微一笑，"我会小心的，我这么惜命，怎么会让自己出事？"

祝云瑄只好换了个问题："那你跟他走了，什么时候再回来？"

祝云璟道："我也不知道，或许三年，或许五年，得看陛下会让他在那边待多久，又或许我在那里待得烦了，就去了别的地方也说不定。"

祝云瑄心说鬼才信。

那日祝云瑄气呼呼又焦心不已地回去了，但在祝云璟他们离京前一日，他又叫人悄悄送了一箱子东西到定远侯府上。

贺怀翎将东西转交给了祝云璟，祝云璟打开看了看，哑然失笑。

箱子上面一层都是珍贵的药材，中间一层是极其贵重的玉石珍珠，再下一层则是一排排的金锭子。

光是这些金子，就够祝云璟在江南最繁华的地方买庄子、铺子和地，舒舒服服地过下半辈子了。

"阿瑄这是怕我出去了没钱花，给我送银子来了。"祝云璟心中感慨万千，昔日东宫有多少稀罕之物，祝云瑄那里的好东西其实也多是他送的。不然，祝云瑄一个才入朝堂的普通皇子，也拿不出这么多金子和宝物来，但亲弟弟有这份心，就足够了。

贺怀翎有些无言以对，祝云璟还在兀自感叹着："此去边关，我最放心不下的就是阿瑄，可惜眼下抓不到祝云珣他们的把柄，阿瑄也不知能不能与他们周旋得了，他毕竟势单力薄。"

贺怀翎道："我已经安排了人去江南查齐王在那边的势力，或能有所获。不过这事急不来，若是打草惊蛇，反而不好。"

"嗯。"祝云璟淡淡地说，"阿瑄若是能争得到自然好，争不到，那也是命。"

"不必这般悲观。"贺怀翎宽慰他，"陛下正值盛年，我们还有时间，可以慢慢盘算。"

祝云璟便不再说了。

贺怀翎取出刚买来的点心："致香斋的，明日离了京城就吃不到了，给你多买了些。"

祝云璟吃了一块，没说好也没说不好，贺怀翎总以为他喜欢这间铺子的点心，时常会给他买来。其实他的口味和之前早就不一样了，但贺怀翎愿意买，他收着就是了。

转天清早，贺怀翎辞别家人，踏上了去往边关的道路。

因着是去赴任而非出征，可以带上家眷随行，贺怀翎虽无家眷，家丁却带了不少，他让手下参将领着那三万军马先一日上路，自己则落后了一步。

出城之后没多久，一辆低调不起眼的马车汇入车队中。贺怀翎下了马，坐进车里来，见祝云璟正抱着暖手炉窝在车中小憩，听到动静才睁开眼睛觑向他。

贺怀翎打量着祝云璟的面庞，易容之后遮去了他原本过于出众、叫人过目难忘的长相，贺怀翎有一些不适应，问他："还习惯吗？"

"还好，"祝云璟皱眉道，"就是这东西粘在脸上有点不舒服。"

贺怀翎忙宽慰他："且忍忍吧，京畿地带难免会有人认出你来，等到了边关就不用这样了。"

祝云璟用鼻子哼哼了两声，不然还能怎么办？他躺下身，缩进厚实的毛毯里，身下垫着好几床皮褥子，车行起来却依旧颠簸得难受，却也只能忍着，总不能刚上路就后悔。

见祝云璟越缩越进去，连脑袋都几乎埋进了毛毯中，贺怀翎很是无奈："殿下……"

祝云璟不应，贺怀翎又喊他："殿下。"

一连喊了几次，祝云璟才从毛毯中露出两只眼睛，不悦地看着他："要干吗？"

贺怀翎失笑，道："殿下，离开京城后，我要帮你换个身份，名字也得换，你想好了以后叫什么吗？"

祝云璟沉默片刻才开口："一定要换吗？"

"必须得换。"在这件事上，贺怀翎丝毫不让。

祝云璟垂眸，沉默片刻，瓮声道："夕雀。"

贺怀翎没听清楚："什么？"

"夕雀，我母后给我取的小名，她说我出生的时候是黄昏，她在生我的时候，迷迷糊糊听到外头雀儿的叫声，就取了这么个名字。"祝云璟的眼珠子转来转去，有些羞于启齿，但这是他母后给他取的小名，他又不舍得就这么放弃。

母后去世时他年岁还小，能记得的事情不多，可母后那温柔带笑的声音，在他耳边一声一声地喊他"夕雀"，却让他记忆深刻。

"夕雀……"贺怀翎反复咀嚼着这两个字，越念越是顺口，"挺好，真是个好名字。不过，知道这个名字的人多吗？陛下呢？"

祝云璟小声解释："名字是母后取的，只有她会私下里这么喊我，当着陛下的面却不会，陛下就算知道，怕也早就不记得了。这名字的来由，还是我长大了些，奶娘说给我听的，奶娘去世后，就再没人提过这个名字了。"

贺怀翎点头："那好，那姓氏呢？"

"就姓谢吧。"这与曾经的谢国公府无关，祝云璟想着，他只是单纯跟他母后一个姓而已。

"你觉得好就行。"贺怀翎道。

他忽然想起从前祝云珣说的，祝云璟就与那金丝雀一样，娇贵得不得了。虽然祝云珣的话委实不怀好意，却也一语成谶。

贺怀翎帮祝云璟理了理身上的毛毯，祝云璟懒得动，继续寻了个舒服的姿势眯起眼睛。

怕祝云璟难受，又不急着赶路，贺怀翎下令车队放慢速度，祝云璟在晃晃悠悠中逐渐昏昏欲睡。贺怀翎有一搭没一搭地与他说话："你是第一次出京吧？"

祝云璟哼哼唧唧地答："嗯，托了你的福。"

贺怀翎又问："去了边关想做什么？"

"骑马、行猎、放牧。"祝云璟边答边想。

贺怀翎轻笑出声："你还想放牧？"

祝云璟闭着眼睛嘟囔："好玩，没玩过。"

"你这么贪玩的吗？"贺怀翎失笑，明明他都是"死"过一回的人了。

祝云璟撇了撇嘴："宫里什么都不好玩。"

贺怀翎点头，那也是，祝云璟从小到大估计憋坏了，连京城里最出名的中秋花灯会都没见识过，也怪可怜的，他这样的性格，真当上了皇帝，也未必是件好事。

"好玩的东西还有很多，以后可以慢慢体验。"贺怀翎低头看去，祝云璟已经在毛毯下安然地睡着了。

第六章

收养世子

上路第一日只行了三十里路，傍晚时又飘起了小雪，贺怀翎吩咐下去，车队入住附近的驿站。

　　这个时节驿站里头都很冷清，没有别的住客。贺怀翎要了一间清静的小院，让心腹家丁守着院门口，马车一路驶入院中才停下，怕祝云璟摔倒，贺怀翎把人裹在大氅里扶下车，上楼进了二楼的屋子里。

　　四五个火盆同时点起来，很快烤热了屋子，祝云璟坐在榻上，不自在地摩挲着自己的脸："这个能不能洗了啊？"

　　贺怀翎叫人打来热水，让他捏着沾湿了的毛巾，仔细地将贴在脸上的东西软化，再一点一点小心翼翼地撕下来。

　　祝云璟的睫毛微微颤动着，本来的面貌逐渐出现在贺怀翎眼前。他皮白肉嫩，此时脸上却被捂得一片发红，贺怀翎有些不忍："再忍两天，出了京畿地带就好了。"

　　祝云璟有气无力地瞪他一眼："嗯。"

　　贺怀翎笑了笑，叫人上来膳食，祝云璟没有吃多少就放下了筷子，贺怀翎见状问道："没胃口？"

　　祝云璟胡乱点了点头："还是晕。"

坐了一整天的车，不晕便怪了，贺怀翎没有勉强他："那就算了，但歇一会儿还是得把药喝了。"过后再叫人去厨房备着点吃的，晚点要是祝云璟饿了，再给他端来就是。

天色暗得很快，贺怀翎叫人点上灯。喝过药，祝云璟靠在榻上看书，是前朝的志异话本。

贺怀翎笑问道："殿下喜欢看这种话本？"

祝云璟翻过去一页，目光依旧落在书页上："以前陛下和师傅不让看，说会迷了心志，现在反正也没人管着了，这个还挺有趣的。"

贺怀翎有些语塞，转而道："也别看太久了，伤了眼睛。"

下人已经把床铺好了，换上了他们自己带来的崭新干净的被褥，洗漱过后祝云璟躺上床，贺怀翎则睡在外边的榻上，便于夜里照顾祝云璟。

难得的一夜好眠，祝云璟一直睡到了天大亮才醒，屋子里只剩他一人，他坐起身喊了一句，门口守着的下人便进来伺候他梳洗。

更衣时，祝云璟随口问小厮："侯爷呢？"

小厮答道："侯爷半个时辰前就起了，正在楼下院子里练剑，他说等您醒了，用过早膳就上路。"

今日是个不错的晴天，祝云璟走出房门，果真听到楼下传来利剑破风的唰唰声响，他站在走廊的扶栏边上向下望去。长剑在贺怀翎的手中有如行云流水一般，剑之所至，皆画出道道干脆利落的弧线。

似是察觉到了祝云璟的目光，刺出最后一剑后，贺怀翎便一个漂亮的凌空旋身，长剑回鞘。

祝云璟微怔，贺怀翎却已经快步上楼来："外面风大，别着凉了。"

祝云璟垂眸应道："哦。"

用过早膳，他们再次上路，即便祝云璟几乎都窝在马车里不出去，为了以防万一，他还是被重新易了容，出门在外，还是要小心为上。

好巧不巧，车队离开驿站没多久就停下了——他们碰上那新任的京南大营总兵路过此地，对方带了四个亲兵一起，许是刚从大营里出来，正要回京去。

对方主动过来与贺怀翎打个招呼，两人在马上互相抱了抱拳，寒暄了几句。

这位才十七岁就横空出世，叫满朝侧目的安乐侯世子姓梁，单名一个祯字，从前在京中十分低调，淑和长公主的宴席也从未见他参加过，贺怀翎第一次见他还是在昭阳帝的御书房。

因着皇帝对他似是十分喜爱，京中如今不知多少双眼睛盯着他，只是这梁世子上任之后就一直待在大营里，每十天才回京一日，旁的人就算想与他套近乎都不容易。

听闻车外小厮的小声禀报，祝云璟将车窗拉开一条缝隙，远远地望了一眼。

骑在高头骏马上的那位梁世子确实颇为出众，与贺怀翎可谓是不相上下。

但祝云璟第一次见到贺怀翎时，觉得他虽外表看着冷，却十分正气，而这梁世子明明笑得温和，却莫名给人一种不舒服的邪肆之感。

在梁世子的视线漫不经心地扫过来时，祝云璟立时拉上车窗。梁祯目光微顿，微微一笑，与贺怀翎道："侯爷带着这么多家丁去边关赴任，也着实辛苦了。"

贺怀翎淡淡地回道："此去路途遥远，需多些帮手，到了那边便好了。"

又说了两句，梁祯告辞离开，他们也就是在宫宴上一起喝过一次酒而已，本就无多少交情，并无甚多谈。

行过京南大营屯兵的镇子，车队便转了向，从这里开始就要一路往西北边去了。

贺怀翎上了车，将方才的事情说与祝云璟听，祝云璟点点头："我看到了，是个狂妄之徒。"

"狂妄？"贺怀翎低笑，"这位梁世子明明笑得一脸春风和煦，你怎么就看出他狂妄来了？"

"直觉，"祝云璟斜眼睨向贺怀翎，"别说你没看出来。"

"嗯。"贺怀翎笑叹，"与其说是狂妄，不如说是极度自信和自负吧，毕竟他才十七岁，就当上了正二品的京南大营总兵，也算是独一份了。"

祝云璟冷哂："你十七岁时已经在战场上杀夷人了。"眼下又何必长他人志气，灭自己威风。

"我知你赏识我，"贺怀翎丝毫不脸红，"但我说的也是实话，京南大营总兵这么重要的位置给了他，就注定他与众不同。不过，关于陛下看重这位梁世子的原因，我倒是隐约听到一些流言。"

祝云璟蹙眉："什么流言？"

贺怀翎轻咳了一声："有说……这位梁世子是陛下的私生子。"

祝云璟："……"

若是这般倒也合理，把兵权交到亲生儿子手里，尤其这个儿子还是不能对人言、没资格觊觎帝位的私生子，确实比交给外人要放心得多。更何况，谁又能说，其中没有藏着皇帝想要补偿的心理。

祝云璟沉了脸色："这种流言从哪里传出来的？"

贺怀翎摇了摇头："不知，不过陛下下旨赐死你后，卧病在床那段时日，这位梁世子确实时常进宫，随陛下左右伺候汤药，因此也不怪会传出这样的流言来。"

祝云璟皱眉，见他神色不豫，贺怀翎道："殿下，这事亦与你无关，别想了。"

片刻后，祝云璟闭了闭眼睛，叹道："罢了，确实与我无关，就算陛下有十个八个私生子又如何，再宠也不可能把皇位给他们，也不足以威胁到阿瑄。"

祝云璟能想得开就好，贺怀翎笑着换了个话题："再过两日便能出京畿，你就能自在些了。"

祝云璟嘴角微撇："以现下的行车速度，到边关怕是要一个多月吧？"

贺怀翎笑道："无碍，陛下也知这大冷天的行车不易，给的上任时限很宽裕，不用急于一时。"

祝云璟不再说了，继续看昨日没看完的话本。

十二月初，贺怀翎带着祝云璟一行终于抵达茕关。

茕关是大衍朝西北边连接北夷最重要的一处要塞关口，乃兵家必争之地。大衍开国两百余年来，一直在此处屯重兵把守，总兵挂将军印，地位不凡。

从某方面来说，昭阳帝的确再次给了贺怀翎极大的权力。

从京城抽调来的兵马半月之前就已经到了，是同样被调来这边做参将、贺怀翎先前的老部下姜演先一步带过来的。

姜演带了亲兵行了三十多里路，特地前来迎接贺怀翎，见着贺怀翎很是兴奋："将军，您可算是到了！"

贺怀翎已经习惯了姜演的大嗓门，如今总算不是在京中不用再避嫌，他笑道："天冷，很多地方的路都冻住了，不好走。"

"那是，偏偏赶在这大冷天的赴任，确实够遭罪的。"姜演说着往后看了一眼，见贺怀翎带的人不少，长长的马队拖着一车又一车的行李，他笑着挤对道，"若非知道将军您是孤家寡人一个，我还以为您这是拖家带口过来了呢。"

贺怀翎也转过头去，看了一眼车队之中那辆不起眼的灰布马车："不是你想的那般，以后你就知道了，暂时别说出去。"

姜演"嘿嘿"一笑。

当日贺怀翎一行便被迎入了总兵府安顿，总兵府就在离关口最近的一个镇子上，建得不算气派，但颇为庄严。贺怀翎给祝云璟挑了其中一间最清静隐蔽的院子，带来的心腹家丁立刻着手收拾起来，他自己则去了前院，接见他的一众下属。

两位副总兵、参将、守备……一屋子的人除了姜演，大多是陌生面孔，在这些人一面见礼，一面暗自打量贺怀翎时，贺怀翎也不动声色地观察着他们，两位副总兵的性格就看着似是截然相反——一个面无表情、沉默寡言，另一个嘴角时时带着笑，温文尔雅得倒似个文官。

虽然这两人都是之前就从其他边塞之地调来的，但贺怀翎并未与他们打过交道，只在来之前看过他们的履历，知道大致的情况。

贺怀翎勉励了众人几句，又叮嘱了一些事情，便让他们散了，只把姜演单独留下来，问道："你已经来了这里半月，对这些人可有了解？"

一提到这些姜演就头大，忙说："那两位副总不和，互相看不惯对方，那丁副总倒还好些，不苟言笑，只闷头操练兵卒，就是待下苛刻了点。可那陈副总与人打交道，用的都是文官之间那一套一套的东西，身上哪有一点武将的气质！反正我是受不了！我听人说，他还跟扈阳城里的那些商人走得颇近，时常会去城中享乐。"

贺怀翎微蹙起眉："扈阳城？"

"可不是吗！"姜演一拍巴掌道，"前两日我也进城仔细见识了一下，那里看着竟不比京城差！那些商人可真有钱，那宅子建得，一座比一座气派，将军您这总兵府可是半点都比不了。"

扈阳城是离茕关最近的一座城池，只有不到六十里，这扈阳城是关内商人去往关外经商的必经之路，起初不过是一个供商人落脚歇息的小镇，只开了些客栈、茶楼、酒肆，后来往来的人多了，便渐渐发展起来。尤其这关内关外倒买倒卖的生意实在太好，不少商人便干脆在这里扎了根，举家都迁了过来，买田买地建房子。于是这小镇也逐渐变成了大城池，人口骤然增多，十年前朝廷便已在这里开了府。

贺怀翎虽说在这边境之地待了五年，但一直都在塞外行军打仗四处征战，偶有两回经过这扈阳城也都是来去匆匆，就连这回过来也是抄最近的路，并未在城中做停留。他知道这扈阳城繁华，但到底繁华到什么程度，还当真没细看过。

或许祝云璟会喜欢吧，贺怀翎想着，在这边境地带也有座繁华的城池，兴许能把祝云璟吸引住，否则别说祝云璟会觉得无聊，就是他也觉得。

贺怀翎回来时，祝云璟住的院子和屋子都已经按照其喜好收拾妥当了。祝云璟正站在窗边望着窗外一株光秃秃的枯树发呆，贺怀翎走上前去："去坐会儿吧，要不一会儿又该难受了。"

　　祝云璟慢吞吞地点点头，挪到了一旁的榻边坐下。

　　在路上行了一个多月，每日的风尘仆仆对他一个中了禁药之人来说，实在是个不小的负担，中途还病了两场，好在是平安到达了目的地。

　　这些时日以来，贺怀翎仍未放弃四处搜寻解了那禁药的法子，大抵是功夫不负有心人，加上祝云璟体内的药性不深，竟也真叫他找到一个可解药的民间古方。只是会这法子的大夫深居简出，贺怀翎很是费了些力气才将人请到了茕关，眼下已在屋外等候。

　　大夫进来给祝云璟诊脉，祝云璟闭上眼睛，遮去了眼中的疲惫。

　　安静片刻后，大夫说道："最多再有十余日，就是禁药药效最盛的阶段，也是最有机会解除药性的时机，不过这一路颠簸下来，时间或许还会提前，好在郎君脉象还算平稳，不用过于担心。"

　　贺怀翎道："他一直觉着头晕，没精神。"

　　大夫答说："在路上走太久了便是这样，好生休息几日就好了，拔毒之前须得把精神养足了。"

　　祝云璟哑声问道："要……怎么拔毒？"

　　那大夫耐心解释道："待到时机成熟后，在伤处切开一道口子，切除毒源后再缝合便行，其间需要下药之人从旁配合。"

　　"竟要动刀？"祝云璟的眉头蹙得更紧了些。

　　大夫安抚他道："只要事先服下一味草药，便不会有痛感了，那药是用南疆的一种野草研制而成，十分有效，就是待药效过后，您会难受几日。"

　　大夫离去后，贺怀翎在略微失神的祝云璟面前坐下："殿下……"

　　祝云璟垂眸，好半晌才低声道："总算能结束了。"

　　贺怀翎道："等你身子养好了一些，我带你去四处看看，扈阳城很热闹，还有关外，想去哪里都可以。"

初到一个陌生的地方，即使之前有再多的向往和期待，总还是会有不安，尤其祝云璟这样一无所有跟着自己来边关，他心中的焦虑和茫然即便没有表现出来，贺怀翎也一清二楚。

祝云璟指着自己的脸："这个麻烦怎么办？你要我天天在脸上糊着那玩意？"

贺怀翎只能顺着他道："总有办法的。"

祝云璟岔开了话题："你方才见到你那些下属了？都怎么样？"

贺怀翎答："还行吧，两个副总兵有些不睦，其他人看着都还好，再看看吧。"

祝云璟又问："陛下给你的那道密旨，让你查前任总兵被暗杀之事，你打算从哪里下手？"

贺怀翎却不再答他的问题："这些不用你操心，你先安心把禁药解了再说。"

这事情说起来还当真有一些麻烦，前任总兵被人一剑穿心，死在了总兵府的书房里，现场一点蛛丝马迹都未留下，查起来确实不容易。

到边关的第三日夜里，刚睡下，祝云璟又毫无预兆地疼了起来，他以为又是与往日一样，忍忍就过去了，翻了个身没有再理会。

小半个时辰后，外头守夜的下人听到呻吟声进来看时，祝云璟已疼得满头大汗、浑身痉挛，有些神志不清了。

贺怀翎听闻禀报匆匆赶来，两个大夫正在忙碌地做准备，贺怀翎快步走到床边，见祝云璟缩在床上似是痛苦极了，眉头当即拧起，问："这是怎么回事？"

"药效到了最强的时候，"经验丰富的老大夫镇定地说道，"时机已到，需要开始拔毒了。"

贺怀翎在床头坐下，祝云璟的上半身倚着自己。

大夫提醒贺怀翎："须得将镇痛的药给他喂下。"

"我来！"贺怀翎接过大夫手中的药碗，轻轻捏着祝云璟的下颌，在他耳边低声喊他的名字，"夕雀……"

好半晌，祝云璟终于有了反应，迷茫的双眼望着贺怀翎，贺怀翎安慰他："别怕，时候到了，把药喝了，禁药马上就能解了。"

药碗递到嘴边，祝云璟下意识地启唇，皱着眉将这不知是什么味的药汁给喝下肚。

"最晚一刻钟就能起效，且再忍忍。"大夫说完，又去外间继续准备着。

祝云璟有气无力地眯着眼睛，药效起得很快，身体逐渐麻木之后，连疼痛也跟着一并消失了。

两个大夫一个主刀，另一个打下手，历时许久才将毒源清理干净。

贺怀翎瞥了一眼，又将注意力放回祝云璟身上，祝云璟一直没有睁开眼睛，睫毛却在不停地颤动着。

满头大汗的大夫缝合伤口，又过了小半个时辰，伤口缝合完毕后再撒上磨成粉状的药，用纱布一圈一圈地缠起，两个大夫同时舒了口气。

贺怀翎问他们："这是什么药？"

大夫答道："加快伤口愈合的，亦可防止伤口溃烂出脓。侯爷放心，以后只要每日换一次药，月余这口子便能长好了。"

"我身上还是一点感觉都没有。"祝云璟终于开了口，嗓音嘶哑，"药效什么时候会过去？"

大夫又说："再过个把时辰，药效过去之后伤口处会有些疼。您说不定还会发热，不过不打紧，再喝几服药就好了。"

祝云璟疲惫地点点头，贺怀翎叫人收拾屋子，给了大夫和伺候的人赏钱，打发他们出去，自己则留了下来陪着祝云璟。

已经快寅时了，祝云璟哈欠连天，没有心思想太多，很快睡熟。

镇痛药的药效还在，祝云璟睡得很安稳。

再醒来时已是晌午，祝云璟一睁开眼，便看到坐在一旁看书的贺怀翎。他试着动了动身子，牵扯到了伤口，疼得轻嘶了一声。贺怀翎放下手中的书，过来按住他的肩膀："别动，是不是疼了？"

祝云璟咬着牙根道："疼。"

贺怀翎解释道："药效过了就是这样，大夫方才来给你诊过脉了，药性已经基本清了，你先吃点东西，再喝药。"

祝云璟有些心不在焉，他想了又想，突然开口道："我……能养个孩子吗？"

贺怀翎有些惊讶："殿下为何……"

祝云璟低声道："鬼门关前走了一遭，醒来身边竟无我的亲人。"说罢他轻轻叹了口气，"若能领养一个孩子，或可寄托一番思亲之情。"

贺怀翎将粥放在一边，低下头片刻，再抬起时，说："殿下想养，我去抱一个来便是。"

"只是如何安排这孩子的身份？我如今隐姓埋名，若说是我的，以后这孩子或许也只能随我躲藏一世。"只这片刻祝云璟便已想了许多。

贺怀翎知他向来说什么是什么，少不得要为此做好一切安排，便道："可说是我的，我去寻个男孩，让他做侯府世子，殿下为孩子的亚父，如此，必不会有人轻瞧了他。"

祝云璟侧了侧脸，声音发涩："这样岂不是与你不便。"

贺怀翎轻笑："就当是还殿下的吧。"见祝云璟仍未展颜，贺怀翎又道，"这孩子姓什么，叫什么名字好？"

提到这个，祝云璟终于精神了些："你名下的世子，当然跟你姓，名字你取。"

贺怀翎想了想，道："那就叫贺启钰吧，贺家他这一辈都是启字辈的，钰字也不错，你觉得如何？"

"贺启钰？"祝云璟念了两遍，点了点头，"行。"

贺怀翎又道："那小名呢？殿下你给孩子取个小名吧。"

祝云璟眼珠子转了转，脱口而出："元宝。"

贺怀翎愣了愣："这名字也确实合了钰的意思，那就这样吧。"

祝云璟恢复了往日的傲气，轻哼了声："你不满意直说啊！"

贺怀翎笑道："没有，你是孩子的亚父，你取的名字都是好的，元宝很好。"

祝云璟不信："我看你明明勉强得很。"

贺怀翎失笑："真没有，这名字挺有趣的，就这个吧。还有另一件事，你的新身份我已帮你弄好了，祖籍景州，是我外祖父一个世交家的侄孙，那户人家是书香门第，家风很好，也姓谢。"

祝云璟"嗯"了一声："不会露馅就成。"

贺怀翎又道："就是元宝的世子身份有一些难办，世子是要上奏朝廷请封的，到时候得想想法子。"

昭阳二十年一月，春。

刚过完年，边关的早春还带着挥之不去的料峭寒意，祝云璟的屋子里始终生着四五个火盆，他靠在榻边无聊地看着书，身旁躺着正呼呼大睡才满月没几日的干儿子。

贺怀翎进门前特地将身上的雪抖落干净了，但进门时依旧带进了阵阵寒意，又着门边的火盆烤了片刻，问道："元宝还没醒？"

贺怀翎刻意压低了声音，祝云璟放下书，手指在元宝柔软的脸上刮了刮："睡得跟只小猪一样。"

贺怀翎轻轻笑了笑，祝云璟总是这样，嘴上嫌弃，实则上心得很。孩子自被抱进府中之后便一直是他带在身边，小东西若是哭了，他有兴致时还会亲自哄一哄，贺怀翎自认都没这个耐心。

眼下他便替元宝解释道："小孩子都嗜睡，再大一些就好了。"

祝云璟点了点头，贺怀翎说的他是信的，当时奶嬷嬷把孩子抱到面前，他姿势别扭地接过来。这小东西的身体太软了，抱在怀里令人十分不适，祝云璟僵着手完全不知该怎么办，全靠嬷嬷在一旁指点。

祝云璟嫌弃这娃娃丑，贺怀翎解释说小孩子刚出生就是这样，长长就好了。他本来很怀疑，眼下一个多月过去，小娃娃身上的紫灰色退去，皱巴巴的小脸也长开了，变得白白胖胖，很是讨喜。祝云璟十分满意，这才是小孩子该有的模样。

贺怀翎将手中的信封递给祝云璟："五殿下的来信。"

祝云璟取出信纸，祝云瑄写了厚厚一沓，全是关切问候之语，他已经收到了祝云璟要养孩子的消息，连着信一块寄过来的还有一把长命金锁，说是给孩子的。

贺怀翎告诉祝云璟："半个月前陛下下了圣旨，分封诸子，连还在吃奶的八殿下都封了王，陛下给五殿下封了瑞王，还指了婚，是个二品侍郎的女儿。"

祝云璟点头："我知道，阿瑄在信里都说了，是礼部左侍郎的女儿，比起祝云珣的正妃差远了，祝云珣已在一个月前完婚，婚礼规格有如皇太子大婚，是吗？"

贺怀翎道："可他毕竟不是皇太子，陛下也只给他封了王，便是摆明了没有再立太子的意思。"

祝云璟不再说了，将信纸扔进了一旁的火盆里。

榻上的小元宝毫无预兆地咧开嘴号啕起来，立即有奶嬷嬷上前来将人抱走，去了隔壁的屋子喂奶。

祝云璟思绪回笼，看一眼窗外："雪差不多停了，我想出门走走。"

贺怀翎皱起眉："出门？"

"嗯，不可以吗？"祝云璟来了这里快两个月，一直窝在这一方小院里，没有出过门，再窝下去非憋出毛病来不可。

贺怀翎心知这一点，没有拦着他："你想去哪里？"

祝云璟认真想了想，道："先去关口看看吧。"

关口离总兵府不远，马车从总兵府的侧门出去，两刻钟便能到。

为避免麻烦，祝云璟戴了黑纱帷帽，从车上下来，他下意识地抬眼望去，高耸的城墙比他在京中见过的更加巍峨更加庄肃。它静静地屹立在那里，从前朝起至今已有六百多年的历史。

祝云璟轻眯起眼睛，不知在想什么，贺怀翎道："上去看看吧。"

关口的每一处都有重兵把守，城楼之上更有士兵在寒风中列队操练，放眼望去黑压压的一片，仿若麒麟背上最坚实的盔甲。

贺怀翎与他介绍："据我所知，前任的总兵干得还是很不错的，练兵有道，治下亦有方，赏罚分明，在军中颇有威望。这些人每日都要操练五个时辰，风雨无阻、不得懈怠，都是前任总兵留下来的军规，我便将之沿用了下来。"

祝云璟默不作声地听着贺怀翎说，走到了城墙边上，他摸了摸那覆了雪、斑斑驳驳的灰青色墙砖，抬眸眺望远方。

茫茫雪域，一望无际，皑皑白雪覆盖着浩瀚林海和无际的草场，一直延伸至天边，天的颜色却格外的清澈湛蓝，勾勒着远处山脉重峦叠嶂的线条。山脚下，结了冰的湖面在阳光下泛着耀眼的金色光芒，与湖边缀满霜花、玉树琼枝的银色雾凇交相辉映，分外夺目，成群的野马奔腾而过，溅起气势磅礴的漫天雪雾。

祝云璟怔住，此番雪景，即使在想象中描摹过无数遍，也不如亲眼看到来得震撼。

他第一次真切感受到，这里是边关，不是那千里之外叫他醉生梦死的京畿皇城。

贺怀翎见他看入了迷，道："等天气再暖和一点，你身子完全养好了，我带你出去看看。"

祝云璟回过神，点点头，叹道："难怪你能耐得住，在这边待那么多年。"

贺怀翎笑着解释："景致再美，看久了也会觉得乏味单调的，我留在这里不是因为耐得住，只是职责所在而已。"

祝云璟的眸光黯了黯，声音也低了下去："难怪你能立下不世之功，而我却输得一败涂地。"

贺怀翎道："你还年轻，即便换了个身份，也还有大好的前程。我说过我不会用你的身份拘着你，你想做什么，我都会支持你。"

贺怀翎眼中的真诚不加掩饰，祝云璟的睫毛微微颤动，不断翻涌的情绪被挡在了黑纱之后。

相对无言片刻，有人过来，是正在城墙之上亲自操练兵卒的副总兵丁洋。

之前他们上来时丁洋便看到了，却坚持操练完一节才过来与贺怀翎见礼，贺怀翎也不在意。这位丁副总就是这么个性格，一板一眼，恪守成规，没什么好置喙的。

丁洋没有说别的，问了礼又要回去继续练兵，贺怀翎喊住他，问："我听说，你私下一直在调查钱总兵的死因是吗？"

丁洋黑沉沉的眼里多出了一丝戒备，贺怀翎看着他，又道："我来这里之前，陛下给了我一道密旨，让我查清钱总兵被杀之事，我需要更多的线索，如果你知道什么，最好都告诉我。"

丁洋一愣，一贯无甚表情的脸上终于出现了波澜，单膝跪到了地上："还请将军定要查个清楚，早日将真凶缉拿归案，属下必会竭尽全力，愿为您效犬马之劳！"

贺怀翎只说："我奉圣命行事，本就是职责所在，你起来说话吧。"

丁洋站起身，用力握了握拳，哑声道："钱将军死得蹊跷，众人都猜测或是夷人所为，属下却觉得事情并非那么简单。"

贺怀翎问："你可有怀疑之人？"

丁洋点点头："有，陈副总。钱将军与属下提过几次，陈副总此人心思复杂，又与扈阳城里的那些商人走得近，怕他坏了军中风气，一直对他颇有微词，还当面提点过他好几回。陈副总虽面上受教，其实十分不服，或许还怀恨在心。"

贺怀翎道："只因为这样你便怀疑陈副总，是否太过武断了些？"

丁洋有些急了："属下确实没有证据，但钱将军在遇害前几日曾与属下提过一句，陈副总此人包藏祸心，他要上奏朝廷请陛下定夺。可恨当时属下有急事要处理，并未过多询问。之后没两天，钱将军就被人暗杀在了书房里，且出事之后我去现场看过，将军的书房有被人翻动过的痕迹。"

贺怀翎沉下目光："当真？"

丁洋单膝跪地，拱手道："属下绝不敢妄言！"

贺怀翎将人扶了起来："我知晓了，我会尽力查证，这事你便别再插手了。"

从城墙上下来后，祝云璟问贺怀翎："你觉得这位丁副总的话可信？"

贺怀翎点点头："我查过，他与钱总兵早年就认识，钱总兵对他有知遇之恩，二人情同父子。钱总兵遇害后，他虽一心想要查明真凶，但并非莽撞之人，若非确实有所怀疑，断不会随意泼脏，污蔑同袍。"

祝云璟又问："那那个姓陈的呢？"

贺怀翎分析道："陈副总此人确实工于心计，他十五年前入伍，却不是靠着军功爬到如今从二品的副总兵位置，而是钻营于官场那一套，溜须拍马，左右逢源才有了今日，他与扈阳城里那些商人的关系，确实值得好好查一查。"

祝云璟撇嘴："那就去扈阳城查呗。你不是说里头繁华热闹吗，我们什么时候去看看？"

贺怀翎轻笑："你想去扈阳城？行，等过几日天再晴朗一些，我们就去。"

祝云璟有些按捺不住："那我们回去吧。"

贺怀翎问道："现在就回去？你不想去军营里看看吗？"

祝云璟却说："下次再去就是了，元宝该喝完奶睡过一觉了，我们还是赶紧回去吧。"

贺怀翎笑着点头。离开之前，祝云璟推开车窗，最后回头看了一眼那仿佛耸入云端的城墙，收回了视线。

"殿下……"贺怀翎轻声喊他。

"嗯？"祝云璟回过神，望着贺怀翎。

贺怀翎看向他，慢慢说道："我知你是有大志之人，你本该是那万人之上至高无上的帝王，如今一朝失意，却并非末路，即便不能再像从前一样，你也有许多选择，一展抱负的方式并非只有那一种。"

祝云璟垂眸，半晌之后，轻叹道："我知道了。我无事，你别担心。"

进入一月下旬，一直风雪交加的天气终于放晴，祝云璟抱着干儿子站在窗边，轻轻拍着怀里昏昏欲睡的小娃娃，看着窗外的景致，心不在焉。

院子里栽下去没多久的早春花都开了，给这院中单调的春景增添了一点艳丽的色彩。祝云璟心思飘忽，正愣神间，有小厮从外头进来，兴高采烈地过来禀报："郎君，侯爷回来了。"

"当真？"祝云璟有些意外。贺怀翎初来这里，要树立威望，站稳脚跟，自然得多上点心，即便离得近，他也几乎都宿在军营里，与部下同吃同住，每五日才会回来一次，今日却提前了一天。

小厮说道："可不是吗，人已经到前院了，就在前头正屋里。"

祝云璟没有多犹豫，将元宝交给嬷嬷，出了门。

才走到前院，就听到贺怀翎那叫姜演的手下的大嗓门，祝云璟止住脚步，本欲转身回去，却听姜演正在说的是他和贺怀翎的事："我在军中听到人说将军您要与人结义了，还以为是流言，没想到竟是真的，怎会这般突然？"

贺怀翎道："也不算突然，早有打算，只是近来才腾出手来办。"

姜演一拍巴掌："我想起来了，是不是当年与您在景州时就已经很相熟的那个小郎君？没想到这么多年过去，你们二人竟然又遇上了。"

贺怀翎语塞，姜演早年就是他爹的部下，后来又一直跟着他，对他以前的事情也知道一些。如今这样倒也遮掩祝云璟的身份，反倒好些。

门外的祝云璟听了个大概后，转身走了。

贺怀翎进门时，祝云璟正趴在榻边，手里捏着一个小小的拨浪鼓逗弄干儿子。元宝的眼珠子随着他的动作滴溜转，手舞足蹈，一看就是个机灵的。

贺怀翎站在一旁看了一阵，笑着道："殿下倒是好兴致。"

祝云璟坐直身，淡淡道："你今日怎么回来了？"

贺怀翎道："明日就是扈阳城最大的集市开市的日子，你之前不是说想去看看吗，去不去？"

祝云璟道："自然是要去的。"

翌日一大早，天还未亮，两人便出门，贺怀翎叫人备了马车，祝云璟却说想骑马："坐马车去，怕是得到天黑才能到吧，还是骑马吧。"

贺怀翎不放心："你的身子……"

"我没那么娇弱。"祝云璟利落地翻身上马，帷帽前的黑纱被风吹开了些，露出他漂亮的面容，"走不走？"

贺怀翎上马跟上："走。"

没有带别的人，只他们两个。两人紧赶慢赶，终于在晌午之前到达了扈阳城这座边关最大的城池城门口。

城门大敞着，进进出出的除了大衍人，还有不少北夷打扮的商人，那高鼻深目的外邦人亦不在少数。贺怀翎小声与祝云璟道："在这边关就是这样，哪里的人都有，来扈阳城的都是冲着银子来的。"

祝云璟挑眉道："这里难不成还能有银子捡？"

贺怀翎笑笑："那倒没有，不过也差不离了。"

进城之后，贺怀翎带着祝云璟直奔城中最繁华热闹的商业街。来之前他已经与人打听过，这里是整个扈阳城的中心，街名就叫黄金大街，今日则是扈阳城一月一次的集市开市的日子。

在街角处将马托给一处特地圈出来的马厩，贺怀翎带着祝云璟，随着人潮走进熙熙攘攘的街市。

街道两边各色铺子林立，中间还有摆摊的小商人，天南海北的商户、马队聚在这里，操着各族的语言和对方比画，卖出关内的丝绸、茶叶、瓷器等，买回关外的马匹、牛羊、皮毛……这样的交易已经在这片土地上进行了近百年，哪怕是几年之前，大衍与北夷苍戎国之间战火烧得最旺之时，这里的贸易往来都没有中止过。

祝云璟在一处夷人摆的摊子前停下，随手拿起摊子上一顶小巧的虎皮毡帽，帽檐上缝了几片十分艳丽的羽毛，看着很是有趣。摊主用半生不熟的汉话报了个价格，祝云璟没有讨价还价，直接扔了碎银子过去，举起帽子示意贺怀翎看："给元宝的，好看吗？"

贺怀翎笑着点头。

一路逛下去，祝云璟手里多出了七八样东西，全是买给元宝穿的、用的和玩的，虽然都不值几个钱，但关外的东西就胜在看着稀奇。

正午时分，两人找了间酒楼进去用午膳，要了间无人打搅的雅间，在靠窗的桌边坐下。贺怀翎给祝云璟倒茶，顺口问他："你觉得这里如何？"

祝云璟抿了一口茶水，又望了一眼窗外依旧热闹的大街，不偏不倚道："确实超出想象，但要说比京城还繁华，便是夸大其词了。"

贺怀翎点头："确实，不过一座边境城池，能有这般，已十分难得了。"

祝云璟看向某处，道："后面街上的那一座座宅邸，都是属于那些商人的？"

贺怀翎顺着祝云璟的视线看过去，他们在酒楼三楼，站得高便看得远，这黄金大街的背面便是一座座规划得十分整齐的宅院，虽不是什么高门大院，看着也着实气派。

贺怀翎猜测道："大概是吧，据说这里的商人，家家户户连碗都是金子做的，家中到处都藏着金子银子，几辈子都用不完。"

祝云璟挑眉："在这里做买卖，竟有这般赚钱吗？"

贺怀翎摇头："只外头集市上卖的那些东西，赚也是赚的，却不至让他们富可敌国。这里的商人搞了一个商会，与北夷各部之间都有联系，除了卖给他们丝绸、茶叶那些寻常之物，私底下还与他们交易粮食、私盐，甚至是铁器。"

祝云璟闻言有些诧异："卖铁器？他们怎么敢？"

"有什么不敢的，"贺怀翎淡定地喝着茶，"天高皇帝远，这里谁能管得了他们，连这扈阳城的知府也是他们自己人。"

祝云璟蹙眉看着他："你为何会知道这些？"

贺怀翎解释与他听："在这边，知道这些事情的人并不少。还有那齐王的妻族林家，我已让人在江南查了他们许久，发现他们与这边的商会亦有勾结，之前的私盐案，他们应当也受到了牵连。不过他们早闻风声不对，弃车保帅保住了根本。卖私盐对他们来说或许只是添头，我怀疑他们真正在做的是炼制铁器，经扈阳商会的手卖与夷人，攫取不义之财。"

祝云璟冷了神色："他们好大的胆子！私炼铁器卖与夷人，与通敌叛国又有何异？"

这么多年来，边境一直战火不断，生活在这里的贫苦百姓饱受战乱之苦，夷人在这里肆无忌惮地烧杀抢掠，背后却有大衍人在助纣为虐，如何不叫人义愤填膺？

贺怀翎叹道："可惜我现在手里还未有确实的证据，为免打草惊蛇，只能暂且按捺着，再看看吧。只是查了许久，我觉着齐王与祝云珣之间兴许并未达成同谋，之前我以为能在江南迅速查到私盐案的证据是齐王在背后引导，现在想想却未必。林家也参与了私盐案，虽最后侥幸逃过一劫，却也损失颇重，若是一个不小心，牵扯出北边这些事情便是大不妙。齐王应当不至于冒着暴露林家的风险做这个，不然他也不会再画蛇添足去刺杀你。"

祝云璟道："那是祝云珣自个做的？他一个成天关在宫里念书的皇子，哪里来的那么大本事，能插手得了江南的事情？"

贺怀翎轻咳一声："他不行，但我祖父和二叔可以……"

是了，贺怀翎派人去江南找证据，祝云珣早就知道，贺家人若是之前已经看过那杜知府被拦下的奏疏，自然会在背后帮一把，即便没有贺怀翎，他们也会安排别的人将证据呈到皇帝面前去。

祝云璟没好气地瞪向贺怀翎："所以刺杀我的事，你又确定不是你贺家人做的了？"

"那应该不会，"贺怀翎微微摇头，"他们没那个胆子。"

祝云璟想不通："若不是为了祝云珣，齐王又为何要刺杀我？我死了，他能有什么好处？皇位怎么轮也轮不到他吧？"

贺怀翎只能答："不知。"

祝云璟懒得再说，点的菜都已上齐，他埋头开始用膳。贺怀翎放低了声音："我与贺家已经分家了，他们是他们，我是我。"

"行了，我知道，"祝云璟打断他，"别说这些有的没的。"

他说完，忽然眉头一拧："那钱总兵的死是否也与这些事情有关？陈副总不是与这扈阳城的人走得近吗，或许钱总兵发现了他们通敌叛国之事，准备上奏朝廷，陈副总便将他灭口了？"

贺怀翎道："不无可能。"

祝云璟又问："陛下下密旨让你查案，你准备从哪里下手？"

贺怀翎自有打算："先去会会那些商会的商人吧。"

祝云璟不解："如何会？"

贺怀翎解释道："听闻明日是商会会长，那位来自晋州的大商人曾近南母亲的八十大寿，家中大宴宾客，我们想办法混进去。"

"没有请帖要怎么混进去？"祝云璟抓住了重点。

贺怀翎笑道："去偷一张就是了。"

祝云璟心想，偷？

扈阳城很大，能逛的地方并不只有那一条商业街，祝云璟和贺怀翎在大街小巷转了一整日，傍晚过后，才找了间客栈歇下。

今日集市开市，城中的客栈几乎都爆满，他们好不容易才找到间尚算干净的，上房也只剩下最后一间。

"您二位就挤一挤吧，我们这上房很宽敞，够您二位一块睡了。都这个点了，出了我们这儿的门，可就很难再找到第二家还有空房的了。"

店掌柜笑眯眯地与他们提议，贺怀翎转头用眼神询问祝云璟，祝云璟可有可无地"嗯"了一声，便算是答应了。

用过晚膳，贺怀翎安插在这厄阳城的眼线过来与他禀报事情。祝云璟在里间看书，分了一点心思听外头的动静，来人正在与贺怀翎说自己打听来的明日那曾家寿宴的情形。

两刻钟后，禀报事情的人离开，贺怀翎进来里间，祝云璟随口道："难怪你对这厄阳城的事情这么清楚，原来早就安排了人在这里头盯梢。"

"也没有多久，厄阳城毕竟是茕关最重要的城池，这里夷人又多，确实得谨慎点。"贺怀翎说着又摇了摇头，"不过他们也就只能打听点明面上的消息，再仔细些的，就难了。"

祝云璟点头，若把柄真有那么好抓，前任的钱总兵也不会死在任上了。

贺怀翎在祝云璟身侧坐下，小声问："殿下，我带你去做点有趣的事，去吗？"

祝云璟不自觉地兴奋起来："做什么？"

贺怀翎笑道："做贼。"

祝云璟原以为贺怀翎白日说的偷请帖只是句玩笑话，不想他却当了真，且还准备亲自动手。

半个时辰后，当他们着一身夜行衣，站在某户商家宅院的外墙根下时，祝云璟犹觉得不可思议，又见贺怀翎跃跃欲试就要翻墙，他压着声音似笑非笑道："没想到侯爷喜欢做梁上君子，连这种事情都要亲力亲为。"

贺怀翎伸手拍了拍他的头："我是怕你无聊，带你出来逗个乐子而已。"

祝云璟轻嗤一声，没再说什么，动作利落地随着贺怀翎一起翻身进了院子里头。

这座宅子不算大，只有三进的院子，贺怀翎小声告诉祝云璟："这户人家的男主人是两个月前到的厄阳城，刚加入商会，相熟的人不多，我们若是假扮成他混进去，会便利许多。"

戌时已至，院中各处的烛火都已熄了，贺怀翎领着祝云璟，从容地将手中点燃的烟从每一间屋子的窗口塞进去："这迷烟能让他们昏睡十二个时辰，到明日这个时候才会醒，足够我们行事了。"

祝云璟淡定道："侯爷果然是做贼的老手。"

贺怀翎笑了笑，也不争辩，继续往前走，最后只剩下一间主人家的正房还亮着灯。

贺怀翎将窗户纸拨开一些，把迷药送进去。

最后他们找到了男主人的书房，大大咧咧地取走了桌案上摆着的请帖，又原路翻墙出去，回到客栈。

祝云璟翻着手里的请帖："就这一张帖子，明日你一个人去吗？"

贺怀翎点头："只能这样了，你若是无聊，就再去四处逛逛吧，我找两个人陪着你一起。"

祝云璟没有应，他仔细地看着请帖上的内容，犹豫道："这上头不是说，可以携家眷一起去吗？"

贺怀翎挑眉："你也想去？"

"若是有机会找到线索，抓到齐王的把柄，去一趟很合算啊。"祝云璟道。

贺怀翎轻咳一声，提醒他："我去就是了，你若是扮作家眷，不太合适。"

"为何？"祝云璟问完便自个明白了过来，扮作家眷，那不就得扮女人了！

他的脸上一阵红白交加，好不精彩，贺怀翎忍着笑道："所以我说你不合适了。"

祝云璟没好气道："你懂什么，很多事情男人的嘴巴未必撬得开，反倒是那些女人坐在一块闲扯淡的时候，能套出些有用的消息来。"

"所以？"贺怀翎等着他的下文。

祝云璟的视线落在贺怀翎的脸上，眼中逐渐泛起笑意："所以我扮作那男主人，你做家眷，如何？"

贺怀翎无言以对。

祝云璟理直气壮道："你长得与贺贵妃倒也有几分相似，扮作女人亦无不可。"

贺怀翎无奈道："殿下，相貌可以易容，但这个子……"

祝云璟看看贺怀翎，再看看自己："我也不矮啊，扮女人多奇怪。"

贺怀翎立即补充道："你大概没看清，那位女主人是个夷人，夷人女人个子高一些并不稀奇。"但若是像他这般高大，就过于与众不同了。

祝云璟没好气地说："你绝对是故意的。"

直到入睡之前，祝云璟依旧对这事耿耿于怀。

天未亮，祝云璟便迷瞪着眼睛坐到镜子前，开始梳妆打扮。

一个丫鬟给他梳头，一个丫鬟给他上妆，动作很麻利，都是贺怀翎的手下找来的人。

贺怀翎看着镜子里茫然的祝云璟，道："你若真的不愿意，便算了吧。"

祝云璟却没有理他，回过神，仔细打量起镜中自己已经上了胭脂的脸，啧啧一叹："我自己看着都要心动了。"

既如此，贺怀翎便也不再说了。

临到出门时，祝云璟还是觉得哪儿哪儿都不对，等到将女人的精致绣鞋穿上脚，差点连怎么走路都忘了，浑身都别扭。他扯着裙子瞪贺怀翎："都是你出的馊主意。"

贺怀翎很无奈："我早说了我一个人去。"

祝云璟又瞪他一眼："走吧。"

辰时刚过，曾家宅门大开，客似云来，待客的圆桌几乎要摆到大门口，无数丫鬟小厮穿梭其间，忙碌不停。

扈阳商会的会长曾近南领着几个半大的儿子，正喜气洋洋地站在门边亲自迎客。

贺怀翎扶着祝云璟从车上下来，他易了容，贴上了大胡子，与那位被他们迷晕了的商人相貌一般无二。祝云璟红纱遮了面，只露出一双水波荡漾的眼睛，却叫路过的人都忍不住多看上一眼。

贺怀翎偕着祝云璟去与那曾近南寒暄，并送上寿礼，曾近南笑呵呵道："李老爷客气了，快里面请吧。"

贺怀翎假扮的这姓李的茶商初到扈阳城，没什么根基，商会也是好不容易才托关系加入的。曾近南对他们算不上热络，却也客气，倒是他旁边那几个乳臭未干的小子，一个个的看祝云璟看得丢了魂，眼神热切得几乎要将之吞了，丝毫不懂得掩饰。

祝云璟垂眸，心道若是换作从前，他定要挖了这几个臭小子的眼珠子。

贺怀翎不着痕迹地用身体挡住那些人的视线，带着祝云璟进里头去。

刚走进门，就有丫鬟过来将祝云璟领去后院的女宾席，贺怀翎轻轻拍了拍他："小心一些。"

祝云璟嗤他："吃你的酒去。"

与贺怀翎分别后，祝云璟随着领路的小丫鬟走去后院，一路留心地四处打量。这曾家不愧是扈阳城首富之家，家宅建得十分气派，雕梁画栋、金碧辉煌，看着到处都是逾制的地方，但在这边境地带也无人会管，难怪他们会选择在这里扎根。

后院里也开了酒席，这里聚满了穿金戴银、珠光宝气的女人，祝云璟随意扫了一眼，这些人个个看上去都十分富贵，但若要论气度论仪态，与京中那些世家贵妇差得远了，商户到底只是商户。

祝云璟一出现，就已有不少打探的目光落到他身上，无他，只因"她"的姿容绝色。女人之间在外貌上永远都存着攀比的心思，更别说他扮的还是个大多数人心中都鄙夷的夷人女子。

祝云璟倒是不怕别人瞧，他大大方方地落座，别人看他，他也淡定地回视，反正最后先移开视线的那个肯定不会是他。

他越是这样越叫人不痛快，有人故意说起谁家老爷纳了个北夷来的姜室，生得比一些部落的女人还美，还会跳肚皮舞，暧昧哄笑中带着毫不掩饰的鄙夷，又有人故意把话题往祝云璟身上引，问他："听说夷人都会跳那肚皮舞，是真的吗？李嫂子可也会跳？"

祝云璟稍稍慢了一拍，才反应过来这句"李嫂子"是在喊他，他一时间竟不知该回些什么。

不过这说话的人可没怀什么好意，七八双等着看好戏的眼睛落在他身上。谁不知道在大衍，肚皮舞这种艳舞是青楼妓馆的人才会跳的，祝云璟心中好笑，一脸无辜地望着她们，却不说话。

众人心下皆是一阵鄙夷，原来这李老板正儿八经娶回家的夷人是个哑巴，生得再美又如何，还不是不能说话！

这么一来旁的人更瞧不上祝云璟了，连奚落几句都没了兴致，纷纷将注意力从他身上移开，不再搭理他。

祝云璟乐得自在，坐在一旁安静地剥着花生喝茶，不动声色地分出心思听人交谈唠嗑。

女人的话题不是家长里短便是新的衣服款式、新的首饰花样，祝云璟越听越无聊，却见那个方才还刻意挤对他的女人抬起手，一面给旁的人看自己手腕上戴着的、碗口那么粗，还镶了宝石的金镯子，一面装着不以为然地笑着说道："我家老爷前几日从关外回来时给我带的，戴着别提多累人了，他还一定要我戴，说好看，他懂什么叫好看啊！"

这话说完，引得一片艳羡的赞叹。

另有人也不甘示弱地攀比道："我家老爷也是，每回去关外，总喜欢给我弄那些华而不实的东西回来，跟他说了多少次了，家里什么都有，他偏不听，那关外时常都要去的，费那劳什子功夫做什么。"

祝云璟抬眸瞥了一眼，这两个女人都是这扈阳商会排名前十的大商人的妻子，庸俗是庸俗了些，他在意的却是她们这话里别的东西。原以为这里的人敢留在边关做买卖，是因为有茕关这道坚实的关卡在才无所畏惧，原来他们还会亲自送货去关外交易吗？

再后面，女人们又七嘴八舌地说起从自家男人那里听来的关外见闻，就在祝云璟的思绪逐渐跑远时，忽然有人话锋一转道："别总说那些没意思的东西了，你们听说了这茕关新来的年轻总兵吗？就是之前那把北夷人打得不敢再冒头了的那位征远军统帅。听人说，他长得可俊俏了，在京里的时候皇帝老儿还想把公主嫁给他，他都没要！不过，他来了这里没几个月，突然放出风说要与人结义，好似马上就要举行结义之礼。前两日我还听我家老爷说，要合计着以商会的名义送份礼过去，虽然我看人家未必看得上。"

祝云璟很是无语，贺怀翎什么时候有艳福娶公主了？

女人们兴致勃勃地议论起来，这里的女人并没有那些贵妇人的矜持，说起一些事情来丝毫不觉脸红，而且似乎个个都对贺怀翎充满兴趣。祝云璟这才想起，贺怀翎刚回京那日，一路鲜花香囊不断的情形。

女人们说了一阵贺怀翎，又聊起了他身边的副将，便有人撇嘴道："听说那位陈副总却是个风流的，包了个妓馆里出来的女人做外室，就藏在那杏花街的胡同里，也不知怎么想的。"

有人立刻接话道："我也听说了，我还听我家老爷顺口提过一句，那歌妓还是那张知府为了讨好那位陈副总才送过去的，陈副总喜欢得很。男人都那样，见着漂亮女人便走不动路了。"

养外室本就遭人鄙夷，更何况养的还是个妓女，这么一说，原本因为贺怀翎对武将还有些向往的女人们又纷纷改了口，说那些当兵的就是粗鄙，嫁了他们不定得受什么罪，好似她们若是还待字闺中，便真有机会嫁一般。

酒宴进行到一半，祝云璟借口要如厕，被丫鬟领去了后头的耳房，路上见到许多穿着曾家长工服饰的下人正在忙碌地装箱搬货，他不由得顿住脚步，眯着眼睛看了一阵。

见祝云璟似有好奇，一旁的小丫鬟笑着解释了一句："那都是这两日集市开市，要送去关外的货，太太您走这边吧。"

祝云璟的目光沉了沉，收回视线。

离开曾宅已是午后，上车拉上车门后，祝云璟立马扯了面纱，蹬掉鞋子，毫无形象地瘫下去，贺怀翎问他："如何？"

祝云璟没好气地回答："不怎么样，一群庸脂俗粉，眼皮子忒浅。"

贺怀翎忍着笑："就一点收获都没有？"

"那倒不至于。"祝云璟烦躁地拨开垂下来的辫子，说道，"听她们的语气，商会里头那些人像是经常会亲自去关外走动，似乎跟关外的那些王公贵族都有往来，一点不怕被战火波及。"

"嗯。"贺怀翎点头，"他们手握夷人需要的重要物资，夷人讨好他们都来不及，即便抢也不会抢到他们身上，就是苦了这边境地带的那些贫苦百姓。"

祝云璟冷冷道："那些东西能顺利从关口运出去，定是守边军中有人在帮他们。这么多年了，朝廷竟是一点都不知情，他们当真是好大的胆子。"

贺怀翎分析道："这种事情若没有确实的证据，没有当场人赃并获，谁都不会轻易惹祸上身，毕竟牵连太多了，钱总兵的下场你也看到了。"

"废物！"祝云璟低骂一声，"那你打算怎么办？"

贺怀翎诚实道："眼下只能加大关口进出时对人员货物的查验力度，我们初来这里，即便我是总兵，也没有手眼通天的能力。陈副总在这里已经经营了好几年，他有的是法子在我眼皮子底下帮那些商人把东西送出关。我会叫人盯着他，但最好还是不要轻举妄动，以免打草惊蛇。且不说即使人赃并获，他亦可以找借口推脱自己并不知情，我们的主要目的还是揪出商会背后的林家，而不是对付陈副总。"

祝云璟犹豫道："我见曾家现在还在忙着装运货物，里头会有那些见不得人的东西吗？"

贺怀翎却道："能让你看到的自然不会。"

祝云璟皱眉："北部已平，北夷人还会从他们手中买铁器？"

贺怀翎道："北夷那些小国之间一直互有摩擦，只要不闹大，朝廷从来都是睁只眼闭只眼，不予理睬，铁器永远不愁卖不出去。更何况，北夷人的狼子野心并不会被打没了，不是苍戎国，也会是其他番邦。"

祝云璟很是意外："你是这么想的？"

贺怀翎点头："一直都是。"

出来之前在御书房里说的二十年不会再有一战，不过是宽慰皇帝的话，其实贺怀翎一直觉得，朝廷对北夷的怀柔政策，保不了边疆那么长久的太平，当初就应该乘胜追击，一举灭了苍戎国以慑四方。奈何昭阳帝想要彰显大国气度，征远军都已打到苍戎的国都，皇帝硬是下旨将他们召回，接受了对方的称臣纳贡，留下了美名，也留下了后患。

见祝云璟面有忧色，贺怀翎安慰他："也不用太担心，我们早做准备，以大衍现在的兵力，没有谁是打不赢的。"

"就怕有人趁机兴风作浪。"祝云璟说着又斜了贺怀翎一眼，"那陈副总在杏花街的胡同里藏了个歌妓，你的人之前没收到风声吗？"

贺怀翎答："有，不过一个歌妓而已，并无特别。"

祝云璟又问："那你可知道那歌妓是扈阳城的知府送给他的？"

贺怀翎摇头，却也不意外："这里的知府与商会勾结，本就是一丘之貉。"

祝云璟干笑着提醒贺怀翎："你可别看不起一个小小的歌妓，你不如派人多在那女人身上下下功夫，兴许有意料之外的收获。"

贺怀翎扬了扬眉："殿下如此有经验？"

祝云璟故意讽刺道："你以为谁都跟你一样，姑娘家送的香囊，又让人当众送回去给人没脸，如此不解风情，也难怪不懂女人的心思。"

"你懂？"贺怀翎好笑道，"到底谁更不解风情啊？"

祝云璟瞪他一眼，不耐道："你自己呢？就没什么收获？不会真去骗吃骗喝的吧？"

贺怀翎轻眯起眼睛："有一点。商会里有像曾近南这样赚得多的，也有只能喝汤的，总有人不服气，我已看好了当中几人，或许日后会是我们的突破口。"

第七章

再见许郎

清早，祝云璟起身，尚未洗漱，奶嬷嬷就把刚喝完奶、正精力旺盛扑腾个不停的元宝送了过来。

　　祝云璟双手将人接过，靠在床头抱着干儿子轻轻晃了晃，元宝在他怀里咧着嘴角傻乐，抬手揪住了他一绺垂下来的发丝。

　　小东西才三个多月，力气却大得很，祝云璟想把头发抽出来却抽不动，只能作罢，手指在元宝软绵绵的脸上戳了一下，小娃娃乐不可支，嘴角咧得更开。

　　祝云璟觉得有趣，又连着戳了好几下，元宝越笑越开怀。祝云璟却忽然担心起来，这孩子怕不是个傻的吧？

　　贺怀翎进门时，就看到祝云璟抓着元宝的手作势欲咬，笑道："这么一大早就叫人把元宝抱过来了吗？"

　　祝云璟抬眸，淡淡瞥他一眼。

　　贺怀翎在床边坐下，按住元宝不断乱蹬的脚丫子，笑看着祝云璟："我以前怎么不知道，你对小孩子有这样的耐心？"

　　"我以前又没养过。"祝云璟拿开贺怀翎的手，"你注意点，别压着他，他难受。"

贺怀翎轻轻笑了笑，将手中的册子递给他看："这上头列的，都是结义之礼的流程和要准备的东西，你看看还有哪里不满，或是有什么遗漏的地方。"

祝云璟心情复杂："不用搞这么麻烦吧，本来就是做给外人看的。"

贺怀翎却说："那也是结义之礼，不会很麻烦。"

"那你定吧，我没意见。"祝云璟垂眸，元宝一和他的视线对上又开始傻乐，咯咯直笑。祝云璟捏了捏他的鼻子，果然是个傻的，一点眼色都没有。

贺怀翎还想再说什么，有下人进来禀报，说是外头来了个人想要求见侯爷："他说是您的一位故友，姓许，从景州来的。"

贺怀翎很是意外，祝云璟先挑起眉："从景州来的姓许的故友？叫什么名字？"

下人回道："那位郎君没说，只说了他姓许，与侯爷是旧识。"

祝云璟似笑非笑地睨向贺怀翎："故友上门，侯爷还不赶紧去会一会他吗？"

贺怀翎轻咳一声："我去去就来。"

人离开后，祝云璟低头，再次戳了戳元宝的脸："冤家路窄。"

贺怀翎去了前头，被人招待着正在堂屋里喝茶的人，确实就是许士显。

贺怀翎快步走进去，很是高兴，许士显站起身，依旧是昔日温润如玉的模样，笑看着他："怀翎，好久不见。"

算起来，从当年贺怀翎离开江南回京到如今，他们已有八年未曾见过了，少时的情谊历历在目，却是半点不觉陌生。

贺怀翎激动地拍了拍许士显的肩膀："你平安就好，这一年多，我一直有派人在找寻你的消息，没想到会在这里再见到你。"

许士显微微一笑，弯腰作揖与之行了个大礼，贺怀翎吓了一跳，赶紧伸手扶住他："你这是做什么？"

许士显执意如此："应该的，若非有你，我和老师的冤屈便不能昭雪，如此大恩，定当铭记终生。"

贺怀翎将人引至桌前："不必这般客气，都是我应当做的，坐吧。"

坐下后，两人闲聊起了彼此的近况，许士显说他从凤凰山的庄子逃出来后，很走运地遇上当时正在京中到处奔走的老师的密友，拿到了奏疏和账本，便托人送去了侯府。

再后来，他就回了江南。老师还有一个小孙子，在出事前被送了出来，托给了乡下的一户农户。他将人接走，当自己儿子抚养，在乡下躲了一段时间。一直到私盐案尘埃落定，他和老师的案子亦平反了，他们才终于不用东躲西藏。

虽说人死不能复生，更无可能官复原职，至少他如今已不再是朝廷钦犯，换了个身份，照样能过得下去。

许士显道："景州熟人太多，是不好回去了，我现在带着老师的孙子，就住在离景州不远的临江府下头的一个镇子上，日子过得也算太平。之前不联系你是不想再给你添麻烦，后来安顿下来后，写了封信到京中，才知你已调来了茕关。"

说起往事，许士显面色淡然，似已全然看开了，贺怀翎听着却是唏嘘不已。许士显说的走运、刚逃出来就遇到老师的密友、拿到翻案的证据，这一系列事情，很大可能背后早就有人帮他们都安排好了。不过如今再提这些已无意义，他问："那你为何又来了茕关？"

许士显笑道："你知我没有别的本事，只会舞文弄墨，身份换了，哪怕想去书院做个教书先生都不行，只能帮人抄抄书写写字，赚点养家糊口的钱。我自己倒是无所谓，但还要养着老师的孙子，以后要供他读书，总得攒点银子。"

他顿了顿，接着道："恰巧我如今的身份是个商户之子，便跟人学着做起买卖。这次来这里，就是赶着崑阳城的集市开市过来跑一趟，这趟把钱赚够了以后便不干了，回去安安生生侍弄几亩地，把那孩子养大。"

贺怀翎闻言，心中颇不是滋味："你有困难与我说便是了，何必如此。"

让许士显这样清高的文人从商，怕是不比杀了他更让他难受，然生活所迫，为了恩师仅存的根，他只能选择摒弃尊严，低下头颅。

许士显摇头道："我已麻烦你许多了，既然有能力自力更生，又怎好再拖累你。"

他不欲再说自己的事情，反问起贺怀翎："你在这里一切可好？"

"尚可，在这边关待了这么多年，早已习惯了。"贺怀翎迟疑着，不知该不该将自己和祝云璟的事情说出来，毕竟祝云璟和许士显之间那一段实在算不上什么愉快的过往，怕是他们俩都心存芥蒂。

但他与祝云璟再有几日就要行结义之礼了，按理说怎么他都得把挚友留下来，请对方观礼才是，便还是问："你打算什么时候回去？"

许士显道："若非你在这里，今日我便要走了。"

贺怀翎思索片刻，开口道："月底我要与一挚友行结义之礼，你若是不急着回去，不如留下来观礼吧。"

闻言，许士显愣怔一瞬，很快又略显惊讶地笑起来："当真？是哪位挚友，我可认得？"

"他是景州人士，姓谢。"犹豫再三后，贺怀翎到底没把祝云璟的身份说出来，只先将人留下，其他的，还是等问过祝云璟再决定吧。

许士显没再多问，笑容真挚地说道："那我便先与你道喜了，既然这般凑巧，我就留下来叨唠你几日，等观了礼再走吧。"

"好。"贺怀翎高兴道，"我这就叫人给你安排客房。"

房中，祝云璟把精力过于旺盛的元宝放到榻上，随他折腾，自己则坐在一旁，慢悠悠地用起早膳。

元宝伸手去够，够不着便使劲蹬腿，往一侧翻动，嘴里咿呀叫唤，祝云璟没有理他，吃着东西有些心神不定。

过了片刻，他放下筷子叫人进来，问道："侯爷人呢？"

下人回道："还在前头会客呢，听说已经安排了人去打扫西边的院子，让客人住下了。"

祝云璟嘴角微撇："他还要安排人住下？"也当真是不嫌麻烦。

下人只说："应当是的。"

"给我盯着西边院子的动静。"祝云璟吩咐完，又挥了挥手让人下去，正心思恍惚时，大腿处忽然有什么东西贴上来，他低头去看，就见元宝不知何时已经翻过身来趴到榻上，正抓着自己腿上的衣料往嘴里塞。

祝云璟伸手一拨，让他躺回去，他不依不饶，蹬着腿试图再次翻身，翻到一半又一次被祝云璟给拨回去。几次三番下来小东西非但没哭，还咧开了嘴乐得不行。祝云璟摸摸他的脑袋，再次确定贺怀翎真的给他抱来了一个傻儿子。

贺怀翎回来，便把事情与祝云璟说了，祝云璟闻言似笑非笑地反问他："你将人留下来，有空尽地主之谊招待他吗？不是说行礼之前，你还要回军营一趟把事情都安排了？"

"他难得来这边，下次再见还不知是什么时候，我只是想留下他观礼而已。"贺怀翎解释道。

祝云璟应道："行吧，我来替你招待他。"

贺怀翎有些惊讶："你愿意让他知道你的事情？"

祝云璟夹枪带棒地说："你都将人留下来了，现在不知道，观礼那天也会知道，他如今与我一样是个死人，又能把我的事情拿去哪里说？"

贺怀翎还是不太敢信："你……招待他？"

祝云璟挑眉："怎么？你不放心？"

贺怀翎还当真不放心，谁知道祝云璟现在对许士显是不是还存着什么念头，毕竟当初他为了许士显可是费尽了心思，最后还把自己给赔了进去。

"我不会对他怎样。"祝云璟没好气道，"难不成你以为，我现在还能怎么样？"

当日，祝云璟便把人请来了自己住的院子。

听闻侯爷的义弟要见自己，许士显很是意外，直到他随带路的下人踏进屋中，见到坐在榻边正喝着茶的祝云璟。

四目对上，许士显直接愣住了，祝云璟扬了扬嘴角："傻站着干吗？坐吧。"

屋子里的人都退了出去，许士显终于回过神，满眼戒备地望着祝云璟："太子殿下？"

祝云璟提醒他："我早已不是皇太子，你还是换个称呼吧。"

许士显喉头发涩："您为何会在此？"

祝云璟笑道："你为何在此，我便为何在此了。"

许士显不解："我不明白殿下的意思。"

祝云璟挑眉看他："你是聪明人，又怎么会不明白？你是怎么逃出生天的，我便一样。托了贺怀翎的福，我才能坐在这里与你说话。"

许士显的眼瞳微微一缩："是怀翎将您救出来的？"

皇太子被废又被赐死，天下皆知，许士显确实没想到，他有朝一日还能见到这位曾经将自己逼至绝境的昔日储君，一时心情极为复杂，而且……救他的人还是贺怀翎。

祝云璟有些不爽快，轻哂："他能不救我吗？那日你从庄子上逃出去之前，是不是换了我的茶水？你可知那日，他恰巧偷偷来庄上想要救你，结果阴错阳差……"

许士显错愕，晃神间突然想到什么，面色瞬间白了："是……禁药？"

"也算我自作自受，"祝云璟自嘲，"活该有今日。"

许士显怔住，眼睫颤了颤，道："竟是这样。"

祝云璟没有错漏他眼神的变化，心中明了几分："你是否觉得很意外？"

许士显勉强稳住心神："确实不曾想到……殿下就不怕我将您的事情说出去吗？"

祝云璟不在意道："我既然敢叫你来，自然是不怕的。我若说你恩师之事是谢崇明一人所为，我并不知情，你信吗？"

许士显叹道："怀翎已与我说过了，我自是信他的。"

祝云璟轻哼一声："当初我确实骗了你，没有尽全力帮你救出你恩师，但无论如何，我救了你。我知你不会将事情说出去，其一，我信你的品性，你不是恩将仇报之人；其二，便是为了贺怀翎，你也不会说。"

许士显苦笑道："殿下放心吧，我不会说，也无处去说。"

祝云璟不以为然，相对无言片刻，身旁的元宝仰起头咿呀出声，祝云璟摸了摸他的脸，捏着帕子拭去他嘴角不自觉淌出的口水。

许士显目不转睛地看着，一时百感交集，又似是释然了许多。若非今日骤然得知贺怀翎要结义，且义弟还是祝云璟，他也不至于这般失态，人各有命，他其实早就看开了。

许士显对祝云璟拱手道："我想，他必是忠心对殿下，还请殿下日后定不要亏待了他。"

祝云璟道："我明白。"

许士显道："待到回去之后，我便不会再来，您无须在意我。"

"我不在意。"祝云璟微微摇头，嘴角扬起一个弧度，"我信贺怀翎，自然也会信你。"

许士显怔了怔："多谢殿下。"

祝云璟觉得没意思，岔开话题："你做的是什么买卖？好赚吗？"

许士显答："绣品，江南的绣品运来这里，即便是品相最不好的，也能卖出至少十倍的价钱，大多数夷人并不懂得分别好坏。"

祝云璟瞬间乐了："是吗？没想到昔日清高孤傲的探花郎做起生意来，倒还有几分奸商本色。"

许士显叹道："殿下您说笑了，我这也是为生活所迫，逼不得已。"

祝云璟建议道："你就没想过去闽粤之地与海商做生意吗？赚得未必就比现在少，那里离江南还近一些。"

许士显有些意外："海商？"

祝云璟解释道："朝廷有意开海禁，消息灵通的大概都已听到了风声，现在去闽粤还能分到一杯羹，再晚就只能看着别人吃肉自个喝汤了。"

许士显犹豫道："我到底不是经商的那块料，这趟回去就不打算干了。不过多谢殿下提点，我家中还有人在做这个，兴许真能去那边碰碰运气也说不定。"

"我倒是想去，"祝云璟摸了摸元宝的脑袋，"可惜被绊住了手脚，三五年内是去不了了。"

许士显闻言愈加诧异："殿下您想从商？"

"总得找点事做，难不成一辈子躲躲藏藏吗？"祝云璟轻眯起眼睛，"若是有机会，去海上看看也是好的。"

许士显无言以对，他不如祝云璟想得长远，如今唯一的念想，便是将老师的孙子抚养成人，至于他自己……志向抱负都已成了空谈，能不随波逐流已是侥幸。

但祝云璟这么说，却让他心下有了些模糊的想法，斟酌许久，许士显试探着道："我有一族叔，家中做着小本生意，全家人都很本分，头脑也不错，若是殿下有意，我可以说服他们为殿下做马前卒，先去闽粤那边探探路，不求富贵发财，只求将来若有不测，殿下能顺手护一护他们，以及我收养的那个孩子。"

祝云璟看着他，眸色微微沉了沉："你倒是当真变了不少。"

许士显苦笑："从前我不思变通转圜，得罪了太多人，到最后谁也帮不了，谁也救不了，也该长长记性了。"

祝云璟沉声提醒他："你觉得我能护住你的族人和养子？我和你一样，亦是一无所有了。"

许士显道："可您身后有定远侯府，有瑞王殿下。"

祝云璟一愣，哑然失笑："你啊你，看来我当初还真的是看走眼了，竟会觉得你心思简单。"

许士显要是真的无城府，就不会换了他的茶逃走了，若没有那一出，如今又会是什么情形，谁又说得准呢？

贺怀翎在结义之礼的前一日回了总兵府，一应东西都已置办妥当。

贺怀翎径直往祝云璟住的院子去，还没进屋门便听到元宝的叫唤声。

许士显也在，正与祝云璟对弈品茗，元宝趴在祝云璟的腿上，好奇地瞪着棋盘，嘴里不时发出意味不明的声响。

贺怀翎没想到，祝云璟还真帮他把许士显给招待周到了，且看两人相处这般平和淡然，倒是稀奇。

贺怀翎低咳一声，正下棋的两人目光同时转过来，贺怀翎走上前去，笑问道："你们怎么在下棋？"

"打发时间而已。"祝云璟摆弄着棋子，声音淡淡地回答他。

许士显站起身："你们聊吧，我先回去了，就不扰着你们了。"

贺怀翎道："一会儿一块用晚膳，我叫人备酒，我们一起喝两杯。"

许士显点点头："好。"

许士显离开后，贺怀翎随手拿起搭在榻边的毯子盖到元宝身上。

元宝挥着手嘴里咿咿呀呀发出不满的抗议声。祝云璟狠狠瞪了贺怀翎一眼，赶紧把人捞出来："你想闷死他？"

贺怀翎笑着把元宝接过来，抱着人往上举了举，元宝立马眉开眼笑，乐不可支。

听着傻儿子的咯咯笑声，祝云璟无言以对，这便是典型的被人卖了，还能帮人数钱的傻东西。

陪着元宝玩了一阵，贺怀翎叫来嬷嬷将人抱走，道："前日收到消息，东北边的玉真国对旁边的另两个部落小国出兵了，动作很快，那两个小国毫无招架之力，已经上奏了朝廷，请求我大衍施以援手。"

祝云璟闻言拧起了眉："会对茕关有影响吗？"

贺怀翎判断道："暂时没有，玉真国离茕关很远。不过为了以防万一，我还是加强了军中戒备，这两日都在处理这些事情，所以回来晚了点。"

"朝廷会作何反应？"祝云璟对此倒是很好奇。

"还不好说，且看看吧。"贺怀翎摇了摇头，转而说起了别的，"你和……你们处得挺好啊？"

听出贺怀翎语气中的犹豫，祝云璟嗤道："你自己把人留下来的，我在这儿闷得无聊，叫他来陪我下棋怎么了？"

"没怎么，你高兴就好。"贺怀翎侧头，"真的很闷吗？"

"有一点。"祝云璟诚实道，"连个说话的人都没有，是挺无聊的。"

贺怀翎又问："那你想去外头吗？"

一个"想"字到嘴边，祝云璟又犹豫了："罢了，等过两年再说吧。"

贺怀翎不再多说："好……你与他都聊了些什么？"

祝云璟答："他说他家中有族人从商，得知我有意去闽粤做海上生意，说愿意帮我先去探探路，我们达成了口头约定。这样也好，免得到时候我去了一无所知，无所适从。"

贺怀翎奇道："你这么信他？"

祝云璟睨了他一眼："他是你的知己、挚友，你不信他？"

听着他刻意地咬重那几个字，贺怀翎失笑："我自是信的。"

祝云璟理所当然道："那就行了，你信他，我也是。"

当日晚膳时，贺怀翎还把姜演叫了过来，姜演头一次见到明日即将与侯爷结拜的人，双眼瞪得比铜锣还大，"你你你"了半天都没说出句完整的话来。

祝云璟对他无甚好感，压根懒得理他，贺怀翎将人按坐下，提醒他："你心里清楚就行，可千万别在人前露了馅。"

这是贺怀翎与祝云璟商量之后做出的决定，贺怀翎的这些手下，只有姜演是从京里跟过来的，贺怀翎也信得过他，不如让他知晓实情。

姜演终于从震惊中回过神，不管皇太子是怎么变成将军义弟的，既然已经是了，那便是自己人。他一拍胸脯，保证道："将军您放心，我虽是粗人一个，分寸还是有的，不该说的绝对不与任何人说！"

许士显问他们："不是说还有京中过来的几万人吗？难保他们当中没

有人见过殿下。"

"出门我会尽量戴帷帽，小心一点就是了，万一真被人认出来，那便只能自认倒霉。"祝云璟不在意道。

贺怀翎则笑道："被认出来，再逃一次就是了。"

姜演是第一次看到这副模样的贺怀翎，免不得啧啧称奇，祝云璟却不领情："算了吧，怎好误了你的前程，我也不想再丢了小命，自会小心。"

贺怀翎笑着摇头，暗道这人还真口是心非。

许士显举杯笑道："既如此，那我便先祝殿下与侯爷平顺安康，再无龃龉。"

许士显说完仰头将酒倒进嘴里，姜演也祝贺一句："那我祝你们之后能顺心如意！"

这总兵府上上下下都是贺怀翎从京中带来的心腹家丁，多出了个孩子的事情，硬是没有走漏半点风声，犹豫之后，贺怀翎到底没说出来。

到后头四个人都喝多了，但明日还要举行仪式，贺怀翎不得不喊停，叫人送了姜演回去，又安顿了许士显，这才扶起已经醉眼迷蒙的祝云璟回去。

贺怀翎将人带上榻，叫人备了醒酒汤来，祝云璟软绵绵地打了个酒嗝，眯着眼睛呢喃道："你叫人去给我弄一截木头来。"

贺怀翎不解："你要那个做什么？"

祝云璟不耐烦道："你别管，叫人去弄就是了。"

贺怀翎只当他是喝醉了耍性子，顺了他的意，当真叫人去找了一块木头来。祝云璟拿到手里颠了颠："不行，太细了。"

贺怀翎便说："那换一块吧。"

祝云璟又开始挑剔："这个也不行，太短了。"

最后贺怀翎让人弄了一桌子木头来，祝云璟从中选出最满意的一块，又问贺怀翎要匕首，贺怀翎不放心道："你到底要干吗？"

祝云璟迷瞪着眼睛，不耐烦道："你给我就是了，管那么多干吗？"

贺怀翎无可奈何,将匕首递过去,仔细盯着他的动作,随时准备抢回来。祝云璟不再搭理他,握着匕首在那块木头上雕刻,十分专注。

贺怀翎哭笑不得:"你在刻什么?"

"不干你的事。"祝云璟头也不抬,明明醉得神志不清,却又全神贯注地做着手中的活,醒酒汤也不肯喝,不时眯一下眼睛,脸颊酡红。

贺怀翎盯了他一阵,见他大有不刻完不罢休的架势,便随他去了,拿了本书一心二用地翻起来。

半个时辰后,祝云璟颓丧地扔了手里的东西:"不刻了。"

贺怀翎捡起来看了看,歪七扭八的看不出刻的是什么。

祝云璟的眼珠子动了动,垂下眸:"这个送你了。"

贺怀翎挑眉:"送我?"

贺怀翎有一点意外。见他不表态,祝云璟以为他是不想要,又从他手里把那连半成品都算不上的木雕抢回来,从窗口扔了出去:"不要了,真丑。"

贺怀翎:"……"

祝云璟洗漱之后,贺怀翎才起身吹熄烛火,出门去。

在墙根下找到祝云璟扔出来的东西,贺怀翎无奈一笑,将之收起来,回自己住的屋子。

卯时未到,祝云璟便被人叫起来洗漱更衣,宿醉之后的脑子还昏昏沉沉,他眯着眼睛任由下人折腾,穿上精致的礼服,使得过白的脸上略提了气色,镜子里的人看起来确实精神多了。

结义之礼只请了贺怀翎的一众部下,以及特地留下来等着观礼的许士显,人不多,但很热闹。

吉时到,身着同样华服的祝云璟和贺怀翎各执清香三炷,拜了三拜,礼成。

筵席过半,身子还未恢复完全的祝云璟先回房休息,闹哄哄的声音逐渐被隔绝在外，情绪亦慢慢平复下来。

贺怀翎敲门进来时，祝云璟已靠在床头快要睡着了，听到房门开阖声，他才缓缓睁开眼睛。贺怀翎立在他身前，垂眸轻笑，方才还迷蒙着的双眼已是一片清明。

"殿下，今日是你我结义的大好日子，但你定是不记得，我与你早就认识。"

祝云璟有些惊讶："我几时认识过你？"

贺怀翎笑着叹气："我就知道你定是不记得了，早在我离开京城去景州之前，我们就见过的，那时候我才八岁不到，你还是个三岁多点的奶娃娃。"

"你骗我的吧？"祝云璟不信。

贺怀翎又笑了笑："没骗你，那回我随母亲进宫给贺贵妃请安，一个人偷偷溜了出来到御花园乱逛，看到你坐在假山后面哭，我跟你说了话，还陪了你许久。"

祝云璟怔住，对上贺怀翎含笑的眼睛，乱糟糟的脑子里瞬间涌出许许多多的东西，少时的记忆就这么一点一点地被唤醒。

那其实算不得什么好的回忆，那一日皇后诞下五皇子后血崩而逝，从大喜到大悲，整个后宫乱成一团，祝云璟年岁虽小，依旧从身旁宫人的惊恐和慌乱中隐约知道，他期盼已久的弟弟终于来了，却从此却没了母后。

宫人拦着他不让他进产房，他趁人不注意独自跑出来，躲在御花园的假山后面偷偷摸摸地抹眼泪，再后来，贺怀翎便出现了。

贺怀翎说了什么，祝云璟已经记不得了，只知道自己哭了很久，最后靠着贺怀翎睡过去，一直到身边伺候的宫人急急忙忙地找来。

那是他们年少时仅有的一面之缘，祝云璟早就忘了，贺怀翎却始终记得，自己是如何笨嘴拙舌地安慰那个哭成泪人的漂亮瓷娃娃，记得他翻来覆去不停说的那句"我不要弟弟了，我要母后"，更记得他被人抱走时拉着自己的手，要自己留下来陪他那可怜兮兮的眼神。

那时的祝云璟还是一只实打实的小奶猫，没有长成日后张牙舞爪、盛气凌人的纸老虎，如今再想起来，却着实叫人怀念。

"原来那个人是你啊……"祝云璟的脸热了几分，他转开视线，没好意思再说。

幼时安慰过他的那个人是贺怀翎，莫名叫他心里高兴，不过他不想说，不让贺怀翎太过得意。

两人相视而笑，合着屋外还未散去的喧闹声，消融进这漫漫长夜之中。

许士显在观礼过后的第二日离开，说是已经留了这么多天，再不回去家中孩子该急了。

贺怀翎送了他一程，分别时二人最后互相拱了拱手，一个洒脱一个利落，许士显淡然笑道："你回去吧，他日若有机会，你我再杯酒言欢。"

旁的便不需再多言了，他已全然放下。

"好。"贺怀翎点点头，顿了顿，又道，"若是有困难，可随时与我联系，不必觉得麻烦。"

许士显坦然一笑："我知，日后阿沅若能入仕途，还要指望定远侯多多关照，我自不会与你客气。"

贺怀翎也笑了："那是自然。"

目送马车远去后，贺怀翎一身轻松地翻身上马，随手摘下路边一株在微风中摆动着、开得正灿烂的春花，勾唇一笑，纵马回府。

祝云璟才刚起，正精神不济地靠在榻上闭目养神，任由元宝趴在他身边玩闹。

贺怀翎放轻脚步进门，顺手将花枝插进榻边的一个琉璃花瓶里，祝云璟睁开眼睛，淡淡瞥了一眼，问他："他走了？"

贺怀翎坐下，道："嗯，说他家孩子黏他，得赶紧回去。"

元宝捏着祝云璟一根手指，努力仰起头，瞪着大眼睛不明所以地看着他们，嘴里发出咿呀声响，贺怀翎抬手摸了摸他的脑袋："乖。"

春光明媚，花香袭人，更有屋子里时不时响起的轻笑声，都叫人心生喜悦。

休假过后，贺怀翎又要去军营，走的前一晚两人坐在院中，夜凉如水，他们有一搭没一搭地闲聊，贺怀翎将刚刚收到的信递给祝云璟："瑞王写给你的。"

祝云瑄每次的来信都是厚厚一沓，事无巨细地将京中大大小小的消息说与他听。这一回是听说祝云璟与贺怀翎要结义，贺怀翎竟然要当他的义兄，他忧心忡忡地在信中一再提醒祝云璟，若是被贺怀翎欺负了定要告诉他，他不会放过贺怀翎。祝云璟哑然失笑，心道这小子到底记不记得谁才是兄长。

贺怀翎问他笑什么，他睨对方一眼："阿瑄担心你会欺负我，随时准备让我再假死出逃一次。"

贺怀翎语塞："瑞王殿下他多虑了。"

"这傻小子就是这样，随他去吧。"祝云璟摇了摇头，"倒是那位出自安乐侯府的梁妃怀了孕，已经五个月了，太医说九成是个男孩，陛下十分高兴，竟还未等这位九皇子落地就要大赦天下。那架势，怕是真生出个健康皇子来，就要直接封太子了，也不怕折煞了孩子。"

贺怀翎闻言神色严峻了些："竟有这样的事？"

"可不是吗，梁妃已经封了贵妃，没准还会封后呢。"祝云璟不屑道，"那位梁世子如今在朝中如日中天，深得宠幸，谁知道陛下安的什么心思。"

"祝云珣该急了。"贺怀翎道。

"是。"祝云璟冷笑，"阿瑄倒还好，祝云珣确实急了吧，本以为我倒了，太子之位就是他的囊中之物了，哪知道突然冒出个安乐侯府来。如此也好，让他急着吧，没准就狗急跳墙了。"

贺怀翎安慰他道："瑞王殿下有分寸的，你别太担心了。"

祝云璟望着他，眸光闪了闪："阿瑄说你留在京中的旧部暗中帮了他不少，他才不至于孤立无援……谢谢。"

贺怀翎无奈一笑："你我之间，还需说谢这个字吗？"

祝云璟不自在地舔了舔唇："我是帮阿瑄说的。"

贺怀翎倒不在意："也一样，他是你弟弟，我自然得帮他。更何况，若是有朝一日他当真能……总少不了我们的好处。"

他这理所当然的语气让祝云璟有些无措，一时竟不知该说什么好了，只好道："我知你是帮着我的。"

"嗯。"贺怀翎拍了拍他的肩，转而说起了另一件事情，"还有那玉真国之事，朝廷已经做出了决定，不予出兵。玉真国上书解释说是与那两个小国有旧怨，之前那两个部落小国依附着苍戎国，没少滋事，还占了他们不少地盘，这次他们只是要抢回原本属于他们的地方。他们说得是有理有据，而朝廷本就不想插手这事，如此一来正好，陛下下旨申斥了他们一顿，让他们收敛一些，便打算就此睁只眼闭只眼了。"

祝云璟皱眉："你好像很失望啊？"

贺怀翎叹道："北边战火又起，我担心迟早会烧到大衍头上。"

边境一日不真正太平下来，他就一日无法彻底放开手，皇帝也不会让他回去，三年五载还好说，时间再长，总不能留祝云璟一直在这苦寒之地久待。更何况，他也不想祝云璟过这种提心吊胆、不得安生的日子。

他总想着，终有一日，要叫祝云璟过上真正太平安宁的日子。

祝云璟看着他，似是从他的神色转变中，猜出了他心中所想，沉默片刻道："这里挺好的，我确实想四处走走，但不急于一时，留在这里也无妨，就算真的又要打仗了，我虽惜命，但也非贪生怕死之人，若是有机会，随你一起去战场上瞧瞧亦无不可。"

贺怀翎低声解释："殿下，你所想我都知道，我只是不想你涉险。"

祝云璟岔开话题："我想找点事情做，去扈阳城开间铺子先练练手，你看怎么样？"

"可以，我拨几个能耐的人给你打下手，你随便用。"贺怀翎一口答应下来，"你若是高兴，在扈阳城买座宅子，带着元宝常住那边也行，那边毕竟热闹繁华些，不过别和那些商会的人掺和，小心一些。"

"我自然知道，我本也没打算与他们搅和到一块，只要他们别来找我的麻烦。不过买宅子的事情还是再说吧，反正也不远。"祝云璟随口应道。

他盘算着要做什么买卖，心下轻快了不少，脸上一直带着笑。

四月下旬，扈阳城黄金大街街尾处，一间不起眼的绣品铺子低调开张，第一日只有三两扮成顾客的隔壁同行上门打探，掌柜的只装作不知，来了人便热情接待，大大方方地展示店中的东西，乐呵呵地与那些明里暗里套话的人打着太极，重要的事情却一句不说。

贺怀翎回来时，祝云璟正盘腿坐在榻上对着账本打算盘，见他兴致颇高，贺怀翎笑问道："这算账的活，还要你亲自来做吗？"

"随便算算，这地方的钱果真好赚，难怪人人都对这里趋之若鹜。"祝云璟很是高兴，他的铺子开张没两天，就已经在扈阳城里出了名，如今半月不到，利润竟比他之前预计的翻了一番。

不过这也不稀奇，许士显所说的"夷人分不清好坏"之言虽说不假，但那是在好与坏相差不大的情形下。

祝云璟这绣品铺子里的绣娘都是从京里来的，是原先养在他私庄里的那些，比宫中绣娘都不差。私庄自他被赐死之后便到了祝云瑄手里，祝云瑄有王爵有收入，能养活自己，庄子里的进项都叫人送来了给他，这回听说他要开绣品铺子，更是直接把绣娘全部送了过来。

出自这些绣娘之手的绣品，一看就与那些凡物不同，夷人也并非傻子，自然会挑这最好的买，他们并不差钱，更别提这扈阳城里遍地都是有钱人。

许士显的族叔在他回去之后没多久就亲自过来拜见了祝云璟，虽不知晓祝云璟的真实身份，但能搭上定远侯府，对他们许家来说已无异于天上砸下馅饼。

祝云璟与之一番交谈，看出他这人确实老实且颇有头脑，便搭上了这条线，由许家为他去闽粤探路抢占先机，至于扈阳城这边，许家人做的本就是绣品生意，祝云璟便借他们的名义开了这绣品铺子，低调行事。

无论如何，这都是一个十分不错的开端。

贺怀翎问他："明日就是端阳节了，扈阳城里有龙舟赛，你想去看看吗？我这两日都有空，我们一起去吧？"

祝云璟眼珠子转了一圈："行啊，正好去铺子上看看，开张这么多日，我还没去看过。"

临到出门时，嬷嬷却把元宝抱了过来，元宝如今已快五个月了，越发好动，也越发黏人，一见到祝云璟，身子就自发地往他这边倒，要他抱，嘴里哒哒有声。祝云璟抱着元宝，无奈地问贺怀翎："这个要怎么办？"

贺怀翎将人从他怀里拎出来，直接塞回给嬷嬷："也别太惯着他了，走吧。"

两人刚走出门，身后就响起元宝撕心裂肺的哭声，祝云璟犹犹豫豫地回头看了一眼，贺怀翎催他道："走吧。"

祝云璟道："你怎么这样，对元宝这么凶干吗？"

贺怀翎道："你别让他太黏着你，等过几年把他丢去军营就好了。"

祝云璟瞪圆了眼睛："你想都别想，他才多大点，你就想着要丢他去军营？"

贺怀翎忍着笑："好，我说错了，以后让他自己选，他要是愿意念书，那也随他。"

祝云璟揉了揉耳朵，元宝哭得他心尖都在打战："这样不好吧……"

"没什么不好的，"贺怀翎叫人牵了马来，"我小时候也是这样过来的。"

可我不是啊……祝云璟想了想，还是没说这句，他被养得这么骄纵任性，实在不是什么好例子。

最终祝云璟还是狠不下心，说道："不行，元宝才多大点，哭得这么伤心，你听着不心疼吗？你进去把人哄好了我们再走。"至于他自己便算了，进去被元宝看到，更走不了了。

贺怀翎十分无奈，转身回屋里，祝云璟在外头只等了片刻，就听到里头传出来傻儿子的笑声，他委实不知道该作何表情，元宝这么好骗也不知是学了谁。

贺怀翎出来，冲祝云璟扬了扬眉："行了，走吧。"

晌午未到他们就进了扈阳城，这回来赶上过节，比上一回还要热闹些，大街小巷到处都是人，不说真看不出来这里其实只是一座边境城池。

进城之后两人直接去了铺子，刚到门口掌柜就迎了出来，喜笑颜开地将两位东家请进去。他们四处瞧了瞧，两层的铺子里有十数客人在看货，多是女客，生意确实很不错。

进入里屋后，掌柜才与他们细细说起开张这半月的状况，生意好、客似云来是一方面，但就是太好了些，像他们这样没有根基的外来商户，着实遭人嫉恨。掌柜说："几乎每日都有不怀好意的人过来打探，商会的也上门过好几次，来者不善，到处都有人在打听我们到底是什么来路。"

这掌柜本就是贺怀翎安排在这扈阳城里收集消息的人，有了这铺子打掩护，行事更是方便许多。当然，麻烦也多了不少。

祝云璟闻言冲贺怀翎努了努嘴："看来不用你这定远侯大将军的名头唬人，确实不方便。"

贺怀翎站在窗边朝外看，斜对面的街角处也有间绣品铺子，相比之下生意就冷清得多了。祝云璟这突然冒出来抢生意的铺子，确实太招眼了些。他对祝云璟道："你开别的铺子还好些，偏要开绣品铺，这扈阳城的绣品铺子几乎都是曾家的，你这样明晃晃地与他们对着干，能不遭人惦记吗？"

祝云璟轻蔑地说道："这曾家人气量未免太小了些，他们手头有多少生意，我不过是开间绣品铺子而已，怎么就容不得了？"

贺怀翎好笑道："你不若直接说你闲得无聊，想逗他们玩吧。"

祝云璟故意道："谁说的，我是真打算好好做这买卖，给元宝赚些老婆本的。可怜的娃儿被嫌弃，以后没准哪天就被赶出家门了，这可怎么办啊。"

待到他们笑闹完，掌柜才继续禀告事情，说是晚上那百花楼的清倌人虞馥儿初次挂牌，价高者得，他已经安排人过去将之买下，定会把事情给办妥了。

祝云璟似笑非笑地睞向贺怀翎："百花楼？青楼吗？你想做什么？学那陈副总？"

贺怀翎无奈地解释："陈博养的外室叫虞香儿，与这虞馥儿是亲姐妹，你之前说得对，陈博的把柄不好抓，不如从他枕边人下手，或许能得到些有用的消息。"

祝云璟轻睞起眼睛，笑了笑："不如我们也去瞧瞧？"

贺怀翎挑眉："去青楼？"

祝云璟反问道："不行吗？"

"可以。"

百花楼是扈阳城里最大的妓馆，它不止一栋楼，而是临湖的一处有山有水的庄子，建得如同富贵人家的私家庄园，十分别致，里头的姑娘个个美貌出众，是这扈阳城里最好的一处销魂窟。

今日是百花楼里出了名的清倌人虞馥儿初次挂牌的日子，城中慕名者蜂拥而至。才刚刚入夜，庄子里处处灯火璀璨、歌舞笙箫，好一幅盛世太平之景。

祝云璟换了身青衣长衫，腰间挂着块上好的羊脂玉，手握着扇子，不时开开合合，稍稍易容改了相貌，嘴角衔着笑，依旧是一派俊秀风流。

贺怀翎则正经多了，从进门之后便一直面色冷峻、目不斜视，更像是祝云璟的随从，连老鸨都只上前与祝云璟说话，笑眯眯地将他们迎进去。

主楼里这会儿已是热闹至极，搭起来的秀台周围上下两层都坐满了人，到处是娇声笑语、脂粉飘香。他们挑了处边角的位置坐下，没有叫姑娘陪，连酒都没要，只点了一壶茶和点心。

台上有只着轻纱薄衫的姑娘在弹琴跳舞，确实都长得不错。祝云璟嗑着瓜子与贺怀翎评头论足，贺怀翎面无表情，偶尔才应一声，兴致不高。

"你到底是不是男人？"祝云璟不由得小声笑道。

他听到旁边桌子的人在议论这虞馥儿，便留心多听了一耳朵，说是这虞馥儿比她姐姐、之前的花魁虞香儿生得更美。虞香儿入了那陈副总兵的眼被他养了起来，这虞馥儿不知有没有那么好的运气。

祝云璟皱了皱眉，压低声音凑近贺怀翎问他："那陈副总今天没来？"

"他不会来。"贺怀翎冷淡道，"虞香儿与虞馥儿姐妹情深，虞馥儿挂牌，虞香儿必会求陈博将她一并买下来。想点法子让他来不了便是了。"

祝云璟好奇道："你做了什么？"

贺怀翎品了品茶："没什么，就是放了点风声，让他妻子知晓他在这扈阳城里养了个外室，让他有所顾忌和收敛。"

祝云璟"啧"了一声："你也学坏了啊。"

贺怀翎再次瞥向祝云璟，嘴角弯起一道弧度："近墨者黑。"

正说着话，不知打哪儿冒出来一个醉醺醺的年轻公子哥，忽然挡在他们面前，眯着眼睛放肆地打量着祝云璟，嘴里喷出酒气："哪里来的小美人，来陪本少爷喝酒！"

对方扑上来，还没抓到祝云璟的衣角，就被贺怀翎手中的剑鞘隔开了，对上贺怀翎冰冷的眼神，那公子哥愣了一下，似是清明了些，低声骂道："不识抬举，你们知道本少爷是谁吗？"

能是谁？此人不过就是那商会会长曾近南不成器的儿子而已。

是了，就是上回在曾家门口，盯着女装的祝云璟看直了眼、丢了魂的其中一个纨绔，叫曾耀祖。

祝云璟嗤道："上一个在我面前说这种话的人，已经被割了舌头。"

"你是个什么东西！"被祝云璟一顿奚落，那曾耀祖自觉面上挂不住，狠狠咬住牙根，身后的打手正蠢蠢欲动。

贺怀翎的剑已经出鞘，老鸨见势不对赶紧过来劝和："哎哟，各位少爷行行好，别吓着楼里的姑娘了，都收了吧收了吧，我这就叫姑娘们来陪你们喝酒，都消消气啊！"

祝云璟轻蔑地说道："这就是你们这儿的待客之道？花钱进来喝酒都不让人痛快，尽碰上些碍眼的东西。"

老鸨觍着脸讪讪地打圆场："这位公子您消消气，这都是误会，误会而已……"

"你！"那曾耀祖气得脸红脖子粗，还想找事，身边的下人拦住了他，小声提醒道："少爷，这里毕竟是百花楼，还是别让人难做了。"

曾耀祖愤愤唾了一口，恶狠狠地丢下句"你给本少爷等着"，暂且放过他们，坐了回去，继续喝酒。

贺怀翎微蹙起眉，也提醒祝云璟："别再惹事了。"

祝云璟没好气："你看是我惹事吗？"

贺怀翎轻轻拍了拍他的肩安抚他："我早和你说了，别来这种地方凑热闹……"

祝云璟仍有些气，却也注意到不对劲："这百花楼到底什么人开的？怎么那姓曾的都不敢在这里闹事？"

贺怀翎答道："也是商会里的人，不过那张知府似乎也搭了一股，这里生意才能这么红火。"

祝云璟瞪大双眸："他一个朝廷命官开妓馆？好大的胆子！"

贺怀翎淡淡地说："在这边关就是这样，一个个都是土皇帝。"

台上铜锣响起，打断了他们的对话，在一片喧嚣声中，那今日挂牌的清倌人虞馥儿终于出现在人前，随着琴声曼妙起舞。

薄纱下的面容若隐若现，确实生得十分貌美可人，男人们一个个双眼冒着精光，盯着台上的姑娘。

祝云璟看了一阵，拧起眉，问道："这小姑娘几岁？"

贺怀翎手指轻叩着桌面："十二，虚岁。"

这当真是作孽！在京中，姑娘家嫁人一般都要到十四五，这才虚岁十二的，竟就被推出来挂牌了，这姓张的知府不怕遭报应吗？

竞拍开始后，叫价声此起彼伏，很快就涨到了上百两，老鸨的脸上乐开了花，祝云璟没了看戏的心情，示意贺怀翎："我们走吧。"

他们住的客栈离百花楼不远，出门之后沿着湖畔一路往回走，祝云璟有些心不在焉，问贺怀翎："里头人那么多，你的人能把人买下来吗？不会让你倾家荡产吧？"

贺怀翎安抚他道："那倒不至于，但确实要破费了，要赎身至少还得多花三倍的银子，且那姓曾的对虞馥儿势在必得。不过无妨，我已安排了人扮成他家中小厮，一会儿就会去给他递话，说他爹急着找他，把他骗走。"

祝云璟叹气："罢了，就当是日行一善吧，人买回去就让她跟着那些绣娘一块干活吧。"

贺怀翎低笑："没想到你竟会对陌生人起恻隐之心。"

"都是可怜人。"祝云璟摇了摇头。

贺怀翎催促道："夜里凉，我们早些回去吧。"

夏去秋来，才刚刚入秋，便一日冷似一日，祝云璟的屋子里升起火盆，地上铺上厚实的虎皮毯子，方便元宝在上头打滚。

元宝学会爬之后便一刻都不能停，祝云璟怕他一个没注意栽进火盆里头去，只能叫人不错眼地盯着，不让他爬远了。

这会儿小东西好不容易爬累了消停了，乖乖地坐在祝云璟脚边玩布老虎，口水不停往下淌，还不高兴嬷嬷给他擦，一擦就叫，挥着手抗议，脾气渐长。

这小东西只有在对着祝云璟时，永远都是傻乐呵的模样。祝云璟翻书的间隙摸了摸他的脑袋，小东西立刻贴上去撒娇，嘴里意味不明地喊着"哒哒"，后来祝云璟才反应过来，他是在喊自己"爹爹"。

贺怀翎教得好，这小东西也聪明，这么点大就会喊人了。

祝云璟把人抱到身上，低头亲了亲他的脸蛋，元宝眉开眼笑，祝云璟心中一片柔软，抱着他轻轻晃了晃。

陪着元宝闹了片刻，祝云璟望一眼窗外，叫了个人过来问："什么时辰了？侯爷怎么还未回来？"

今日是贺怀翎从军营回来的日子，以往这个时候他早该到了，今日却还未见人影。

下人犹豫道："兴许在路上吧。"

话音刚落，便有人进来禀报，说是军中临时出了事，侯爷今日不回来了。

祝云璟闻言皱眉："知道出什么事了吗？"

下人回道："好像是丁副总在关口巡逻时，发现送货出关的商队车上有违禁品，将人抓了拷问，事情似乎与陈副总有关，丁副总带了一队人去找陈副总质问，两边吵了起来，闹得不可开交，侯爷已经亲自去处理了。"

祝云璟还要再问，管事也匆匆过来禀报，说是扈阳城来了人，他的铺子出事了。

祝云璟瞬间沉了脸色："叫人进来。"

他在扈阳城的铺子开张这几个月以来，已不是第一回出事了。因为断人财路，没少被人找过麻烦，不过前几次都是小打小闹，祝云璟秉着低调生财的原则都忍了，这回却闹出了大事情——铺子里走水，大半存货都烧了，还出了人命，死了两个守店的帮工。

来人禀报道："那火生得蹊跷，像是有人蓄意为之，掌柜的不知要不要报官，还请您定夺。"

"岂有此理！"祝云璟自觉修养已经比从前好了不少，这回还是气狠了，他不过是想赚点小钱而已，偏有人非要与他过不去，"叫人备马！"

把元宝交给嬷嬷，祝云璟领着人急忙赶路去了扈阳城。

铺子烧毁的程度比他想象的还要严重些，屋子里到处都是焦黑脱落的木梁，已完全不能看了，两具被抬出来的尸体就摆在铺子门口，外头围了不少人指指点点。

祝云璟冷眼一扫，在人群中看到了几个探头探脑的可疑人物，他没有理睬，转身问店里掌柜："到底怎么回事？"

掌柜的压低声音道："刚才有个被熏晕了的伙计醒了，我问过了，说是昨夜起火后，他确实看到有人鬼鬼祟祟地离开，其中一人之前还来店里闹过事，就是那曾家雇来的。"

祝云璟咬牙："去报官！"

府衙外门庭冷清，衙役都在打瞌睡，被击鼓声吵醒，十分不耐烦地轰人："去去去，没事击什么鼓！"

祝云璟坐在车里，听着外头衙役的骂骂咧咧，眸色更沉。府衙这般态度，也难怪那曾家人肆无忌惮，敢明目张胆地杀人放火。

他下了车，走上前去，冷声问那几个还要赶人的衙役："都这个时辰了，知府大人还不坐堂吗？无事谁会来击鼓，自然是有冤屈要述。"

衙役头子上下打量他一番，见他衣着不俗，不像是普通富家子弟，一时有些拿不定主意，倒是没之前那么盛气凌人了，犹豫之后问他："你要告什么人？"

祝云璟冷哼一声："扈阳商会的曾家，告他们在我铺子上杀人放火，知府大人管吗？"

那几个衙役顿时瞪大眼睛，一脸看疯子的表情看着他，反应过来后又开始赶人："赶紧走，没事跑这里来闹什么闹！"

"闹？"祝云璟轻眯起眼睛，"那曾家是天王老子吗，还告不得了？"

好巧不巧，他刚说完，那曾耀祖也带着人出现在了衙门口，还没走近就极为嚣张地嚷道："听说有人来衙门告我曾家杀人放火？这青天白日的含血喷人，还有没有王法了？我铺子都被砸了，大庭广众下，无数双眼睛都看着，我还没告呢！"

祝云璟转过身，面无表情地望向来人，那曾耀祖一愣，随即哈哈笑了起来："竟是你，你可让我好找，这回当真是踏破铁鞋无觅处，得来全不费功夫！你够胆的啊，竟敢叫人砸我曾家的铺子！"

祝云璟今日出来，依旧简单易了容，他淡淡说道："礼尚往来而已。"

在来之前，他确实吩咐人去砸了曾家的铺子，出了口恶气。在这扈阳城里敢这么做的，除了他，怕是再没有第二个人了。

眼见曾耀祖都来了，这事官差不得不管，他们终于被请进衙门里头去，那叫张柳壬的知府打着哈欠升堂，见到祝云璟就先给了个下马威："见了本官怎么不下跪？"

祝云璟冲一旁的曾耀祖抬了抬下巴："他不也没跪。"

张柳壬看那趾高气扬的曾耀祖一眼，不耐烦地挥了挥手："罢了罢了，有什么事赶紧说来。"

祝云璟和曾耀祖把事情分别说了，都一口咬定自己是苦主，对方欺人太甚。那张知府听罢，一拍惊堂木，怒目瞪向祝云璟："光天化日之下你使人砸了别人的铺子，还敢恶人先告状，好大的胆子！"

"他先烧我铺子的。"祝云璟沉声提醒道。

张知府又问："你可有证据？"

"有人证。"祝云璟自是不怕他问。

张知府斥道："你店中伙计自然向着你说话，怎可做人证！"

曾耀祖得意扬扬地瞅着祝云璟，祝云璟微微摇头："张大人，我们还是借一步说话吧。"

张柳壬张口就要拒绝，可对上祝云璟略带玩味的目光，瞬间又踟蹰了起来。

他也算是人精了，已经看出面前这人绝不是外头传的所谓来自江南无根无基的小商户，一时间瞌睡都醒了，犹豫再三，就怕得罪什么不该得罪的人，终是将人请去了后堂说话。

祝云璟也不与他绕弯子，开门见山道："我是定远侯府的人，那铺子是定远侯的，我看你最好识相点，少帮着那些商人做恶事。"

那张柳壬闻言面色一白，差点没跪地上去，定远侯？那不就是荥关的总兵大将军吗？曾家这是在太岁头上动了土，他竟然还帮着！

张柳壬好一阵后怕，立刻变了脸，殷勤地叫人上来好茶，点头哈腰好不谄媚："是下官有眼不识泰山，您莫与我这瞎子计较，那曾家人不识好歹，放火放到侯爷的铺子上了，罪加一等。您放心，下官定会秉公处置！"

虽然祝云璟没有明着说，但张柳壬已经猜到，他就是那传闻中的侯爷义弟，暗自庆幸自己刚才没有把人得罪彻底。祝云璟却并不领情，讥讽道："张大人与那扈阳商会往来密切，还敢跟着他们一起开青楼，倒是胆大得很。"

张柳壬一脸讪然道："您这话说的，下官怎敢做这样的事情……"

"做没做过你自己清楚，何必与我解释？"祝云璟不以为然地打断他，"也罢，侯爷与你本井水不犯河水，也犯不着为这事就参你一本，不过……"

张柳壬的心瞬间提了起来，满头大汗地看着祝云璟，就听他慢悠悠继续道："侯爷初来乍到，在这人生地不熟的地方，很多事情确实难办，部下也不买他的账，那陈副总兵……听说张大人与他走得颇近？"

"您误会了，下官与那陈副总兵一个文臣一个武将，就是点头之交而已，何来走得近一说。"张柳壬笑着打哈哈。

"我说了，是与不是，你自己心中清楚，不必自欺欺人。"祝云璟冷声道，"前任钱总兵之死，你知道多少？"

张柳壬的神色陡然严肃起来，他辩解道："这个当真与下官无关，我就一五品知府，借我十个胆子，我也不敢去刺杀那守边的大将军啊！"

祝云璟哼了一声，说道："谅你也不敢。我也不与你打哑谜，直说了吧，侯爷知道你在这五品知府的位置上已待许多年，一直苦无升迁的机会，如今便给你指条明路，若你能为侯爷所用，无论是侯爷，还是侯爷背后的那位，都不会少了你的好处，日后有的是你平步青云的机会。"

来之前，祝云璟便已将这张柳壬的性子摸了个清楚，这人虽与扈阳商会狼狈为奸，又拍着陈博的马屁，却是个胆小如鼠的墙头草，开青楼搭一股他敢做，通敌叛国那些事情却是不敢的，但他在扈阳城经营这么多年，知道的事情想必不会少，确实还有点用处。

张柳壬的小眼睛里一片精光，他却依旧装作不懂，试探着与祝云璟确认："您说的是……"

祝云璟微微一笑："侯爷姓什么你总知道吧？"

张柳壬激动地搓了搓手，祝云璟已经暗示得这么明显，他又不傻，自然知道他说的是谁。那位如今也的确是最有可能坐上那个位置的，这若是上对了船，仿佛登阁拜相都指日可待，越想他越兴奋，脸都涨红了。

祝云璟喝着茶，心中却十分好笑，感谢谢崇明父子，让他知道了一件事——借别人的名头行事，当真十分好用。

两刻钟后，张柳壬恭敬地把祝云璟送出来，等在外头的曾耀祖还想再挑事，祝云璟冷淡地瞥了他一眼，大步而去。

当日，祝云璟留在扈阳城里处理后续事情，就歇在了城中的客栈。翌日清早，他刚起身，便有人急匆匆地来报，说是元宝不见了，请他快些回去。

刚至卯时，祝云璟才起身正在洗漱，总兵府便来了人，听闻元宝不见了，祝云璟瞬间白了脸，一脚踹开那慌慌张张来禀报的下人，急匆匆地出门下楼，翻身上马，纵马疾驰而去。

不用半个时辰祝云璟便回了府，跳下马跌跌撞撞地冲进门，贺怀翎比他早一步回来，正神色凝重地审问着府中下人。

府里头的人都被叫来了前院，昨夜负责值夜照顾元宝的两个嬷嬷，一个和元宝一起不见了，另一个正哽咽着述说事情的经过。

昨夜她与另一个邓嬷嬷值夜，起初并未察觉有任何异常，后半夜她有些困了，又见元宝睡得香，便跟那邓嬷嬷说了声，让她盯着元宝，自己则打起了盹，哪知道再醒来就发现屋子里已经没了人，孩子也不见了。

负责看门的家丁则说，寅时有粪车从侧门将恭桶送出去，只怕孩子便是那个时候被带出去的。

祝云璟焦急地问贺怀翎："为何会出这种事？你从京里带来的人也会有问题吗？"

贺怀翎的神色更严峻了些，他问其他人："你们近日可有发现那邓嬷嬷有何异样？"

下人面面相觑，都说不出所以然来，硬要说有什么不同，就是她脸上的粉似乎抹得比之前多了些，旁的人原本都没当回事。

正在这时，镇上守备来报，说是在几条街外的一个被大石封了的枯井里发现了一具尸体，应当就是那失踪了的邓嬷嬷，但是看那尸体腐烂程度，死了怕是少说有十余天了。

闻言贺怀翎的眉头狠狠一拧："最近镇上是否有可疑之人出没？"

那守备犹豫道："应当没有。"

这个镇子上住的多是边关军军官的家眷，连过路的商队都不从这里走，很少有外来之人，更别提前任的钱总兵被刺杀之后，镇子上的守军比从前更多了。

谁都没想到，这总兵府的嬷嬷竟会悄无声息被人杀了，若非今日出了事，还不知什么时候才会被人发现。

一众下人个个惊慌失措，这邓嬷嬷已经死了这么多天，那这十余日与他们在一块的是什么人？

还是府中管事先反应过来，说道："十天之前，邓嬷嬷确实出了趟门，去街上买东西，但约莫个把时辰后就回来了。"

祝云璟急道："定是有歹人将她杀了，又易容成她的模样，混进府中来，抱走了元宝！"

贺怀翎的浓眉蹙得更紧："易容术并不简单，会的人本就不多，且我所知道的本事最厉害的，也只能做到有七分像。"

他自己留在身边用的一个手艺好的，还是机缘巧合之下才从夷人那里寻来的，平日里为了方便祝云璟出门，都只是稍稍帮他改了改五官。上回他自己扮成那姓李的商人混进曾家的酒宴，是因为那李姓商人刚到扈阳城，认识他的人不多，且满脸络腮胡子，才勉强蒙混过关。要扮作元宝的奶嬷嬷进到总兵府来，且这么多天都不被任何人察觉，怕是至少得扮得有九分相像，才有可能。

"有什么不可能的！那钱总兵能在府中被暗杀，元宝被人偷走，又有

213

什么不可能？"祝云璟狠狠咬住牙根，"陈博！一定是他！昨日他才被抓到把柄，夜里元宝就被偷了，定是他做的！我这就去找他！"

祝云璟怒气冲冲就要往外闯，贺怀翎拦住他："你冷静一点，你没有任何证据，去找他能有什么用？"

"我冷静不了！"祝云璟红了眼睛，"元宝若真在他手里，有个三长两短的怎么办？没有证据就没有证据，你直接带兵去他府上搜便是了！元宝都丢了，你还要投鼠忌器吗？"

贺怀翎扣住他的肩膀，用力捏了捏，沉下声音："好。"

陈博的府邸离总兵府不远，他三年前调任到茕关，家眷也跟随了过来，妻子是个二品封疆大吏的女儿，他算是攀了高枝，不然也不能升迁得这么快。

贺怀翎带了几百兵马过来，将陈府团团围住，陈博走出来，面色冷静，嘴角还挂着抹若有似无的笑意，悠悠道："将军昨日说让我先回府避嫌，等事情查清楚再说，今日却带人来围住了我的府邸，这又是何意？"

贺怀翎沉下目光，昨日他就该直接把人押下的，也怪那丁副总冲动了些，抓获的商队车上确实有朝廷明令禁止卖给夷人的货物，却没有搜找到铁器，如此即便将人拿下也定不了多大的罪。

丁洋因为钱总兵之死，着急想找陈博的麻烦，撬开了那些商人的嘴之后立刻带了人去质问陈博，这便打草惊蛇了。

只凭那些商人的一面之词，陈博自然不会承认他有从中给予过方便，贺怀翎也拿他没办法，只能令他回府上暂时避嫌，却没想到会出今日之事，早知如此，他就该像丁洋说的那般不管那么多，先将人扣下再说。

不等贺怀翎开口，祝云璟直接抽出他别在腰间的佩剑，剑尖直指向陈博，冷声道："把孩子交出来！"

陈博笑了笑，并无半点惧色："郎君这话我怎么听不明白，您几时有了个孩子？"

祝云璟声色俱厉："少跟我装！不是你做的还能是谁？"

细想起来，他们自以为府中多了个孩子的事情能瞒得滴水不漏，但有心之人只要留意府上日常采买的东西，便能看出端倪来。他们盯着陈博，陈博又怎会不花心思盯着他们？

陈博沉下声音，提醒祝云璟："郎君，我亦是朝廷命官，您这是要对我动私刑吗？"

贺怀翎按了一下祝云璟的肩膀，示意他放下剑，又抬了抬手，身后跟着的兵卒上前一步："进去搜。"

陈博的眼瞳微微一缩："您虽是大将军，也无权随意搜我府上吧？何况后院都是女眷，我夫人也在，您派这些人进去搜，让她们以后还怎么做人？"

贺怀翎向他晃了晃手中的圣旨："我调任过来前，陛下就已下密旨，着我查钱总兵的死因。我现在怀疑他的死与你有关，证据就藏在你府上，可以进去搜了吗？"

陈博的眸中闪过一抹异色，他依旧镇定道："将军可想清楚了，您这么派人闯进去搜，若是最后什么都没搜找到，证明您冤枉了我，这事可没法善了了，我定会将事情原原本本地奏与陛下。"

贺怀翎并不在意："随你。"

贺怀翎亲自领兵进去，带人在里头搜找了整整一个时辰，每一个角落都来来回回地搜了三遍，连水井之中都没放过，陈府上下鸡飞狗跳，结果却一无所获。贺怀翎既没找到元宝，也未发现任何可疑之处。

陈博坐在门边施施然地喝着茶，待到贺怀翎出来才似笑非笑地问他："将军可找到了我刺杀钱将军的证据？"

贺怀翎没有理他，冲等了许久分外焦急的祝云璟微微摇头，留下了一队人依旧在这陈府门口守着，拉着气急败坏的祝云璟上车："先回去。"

坐进车里后，祝云璟忍了许久的眼泪瞬间掉下，他哑着嗓子道："元宝怎么办……"

这是贺怀翎第二次看到这人哭，上一回还是在那冷宫里，祝云璟以禁药之事哭求自己救他，这一次却是为了这个孩子。

"你先别急，元宝一定能找回来，他不会有事的。"贺怀翎低声安抚着祝云璟，他心中的焦急和担忧并不比祝云璟少，但祝云璟已经慌了神，他必须得保持镇定。

祝云璟抬手胡乱抹了一把脸，声音哽咽："我当真是太没用了，他要是有个万一……"

"不会的。"贺怀翎打断祝云璟的话，"别自己吓自己了，把孩子偷走的人必然有所图，暂时应当不会对元宝怎么样，我们只要快些把人找回来就是了。"

"可他还只有那么点大，要是渴了饿了害怕了，怎么办？"祝云璟越说越揪心，贺怀翎一时无言，轻轻拍了拍他，无声地给他安慰。

回府之后，姜演匆匆来报，说是已带人去扈阳城的杏花街搜过了，陈博养在那里的外室虞香儿不见了踪影，也是昨日半夜消失的。

闻言贺怀翎的眸色黯了黯，他沉声吩咐道："你现在就去大营里拨五千兵马，一会儿随我再去扈阳城，以搜找混进关内来的夷人细作为由，让全城戒严，挨家挨户去搜，务必要把孩子找出来。"

虽然不知道为何贺怀翎突然多了个孩子，这时也不是问这个的时候，姜演担忧地提醒道："将军，这么大阵仗会不会不太好，那扈阳城毕竟人多眼杂……"

"无事，你去吧。"叮嘱了姜演，贺怀翎又吩咐人去传话给丁洋，"告诉丁副总，让他亲自盯着关口，任何货物进出都务必盘查清楚，所有打关口过的人都要一一盘问，有任何可疑的直接扣下。"

一直愣神的祝云璟忽然出声："我跟你们一起去。"

贺怀翎心下一叹，劝阻的话到嘴边到底没说出口："好。"

第八章

夷人之事

扈阳城里彻夜灯火不眠，大街小巷到处都是列队整齐的兵马，挨家挨户搜查夷人细作，有商户仗着与官府关系深厚有所抵抗，直接被贺怀翎叫人押下，扔进狱中，首当其冲的就是曾家。

傍晚进城之后，贺怀翎与祝云璟便带兵直奔曾家大宅。曾家管家带着护院上百人拦在门口，不让他们进。祝云璟冷笑不已，昨日他铺子被烧，他一离开家元宝就出了事，谁知道是有预谋还是巧合，何况曾家与那陈博本就是一丘之貉。

好巧不巧，曾近南带着两个大儿子去了南边提货，只留下曾耀祖这个草包看家。曾耀祖正在饮酒作乐，被人叫出来本就不耐烦，看到围了一门口的官兵，还未意识到事情的严重性，大声嚷嚷着谁敢动他们曾家，定叫他吃不了兜着走。

闻讯赶来的知府张柳壬听到曾耀祖喊出的那句"在这扈阳城，老子就是王法"，差点没厥过去，只恨昨日没有将人拿下狱，意思意思就将之放回了家，结果这才一天就又出来给他惹麻烦了。

见张柳壬出现，祝云璟冷眼扫向他："这位曾少爷烧了我的铺子害死了人，竟还如此嚣张，张大人昨日说的秉公处置，就是这样处置的吗？"

张柳壬苦着脸与他和贺怀翎解释："是下官疏忽了，他昨日说受了教训，承诺会赔偿损失，下官便信了……"

"罢了，现在不是说昨日之事的时候。"贺怀翎冷淡打断他。

"将军，真有细作……进了城中来吗？"张柳壬问得犹犹豫豫，愁眉不展，他管辖的这边境城池一直鱼龙混杂，什么人都有，有细作也不稀奇，只要没闹出大乱子，他向来惜命为上，都懒得管。

如今贺怀翎这么大张旗鼓地全城搜人，谁知道混进来的是什么重要人物，真要是出了事，别说升官发财，他怕是小命都要不保。

那曾耀祖犹在叫嚣："有细作与我曾家何干！我又不认识什么细作！"

贺怀翎抬了抬手，立刻有人上去将曾耀祖一干人等拿下，那些仅有三脚猫功夫的护院在官兵面前更是不值一提，三两下就被按到地上。贺怀翎冷声道："曾耀祖阻拦官兵办差，有窝藏细作之嫌，先将人押下再审。"

"你们谁敢！"那曾耀祖还要喊，刚开口便被堵住嘴，拖了下去。

贺怀翎带兵进了曾宅里头去搜找，张柳壬擦着额头上不断冒出的汗，小心翼翼地问祝云璟："郎君，您和将军到底在找什么人啊？"

祝云璟黑沉沉的双眼目不转睛地盯着曾家大门，他冷声道："你若是知晓陈博与曾家以及扈阳商会之间的勾当，最好从实招来，侯爷或许还能保住你，否则，这些人出了事，你也……呵。"

张柳壬心中一惊，脑子里瞬间涌出无数猜测，更是慌了神。

祝云璟没再理他，贺怀翎将曾家翻了个底朝天，亦是一无所获，孩子不在这里。这曾家也十足谨慎，家中后院的大片仓库里，不该有的东西一样没有，竟是一点把柄都未留下。

夜色渐深，城中的官兵不断增多，城内人心惶惶。

贺怀翎与祝云璟滴水未进，不知疲惫地挨家搜找着人，始终未有结果。

到了亥时，张柳壬再次过来见他们，还带了几个商人过来，这几人都是扈阳商会里头的，却是排不上号的小商户，贺怀翎没空接见他们，出面的依旧是祝云璟。

张柳壬与祝云璟介绍，说这些人虽也加入了商会，但不得曾近南等人的器重，他们都是老实本分的生意人，并不敢跟着曾近南做那些见不得人的买卖，但商会里的事情还是知道一些的。

这扈阳城的商人能有几个老实本分的？他这话里也不知有几分真，祝云璟如今懒得揭穿他们。

不过这些人既然来了，想必是之前贺怀翎将曾耀祖扔下狱的举动吓到了他们，这才准备投诚了，祝云璟不动声色地说道："说吧，关于陈博的事情，你们都知道多少。"

几人七嘴八舌说起他们知道的事情，这陈博确实与曾家以及商会几个大的商户早就勾搭上了，每次他们几家的货从关口过，无论运什么，都能很顺利地过去，不会有人查，他们会选择特定的时候送货出关，都是事先就与陈博打好招呼，安排好的。

其中一人还道："再有就是，那些东西应当都是从南边运来的，具体是哪里我们也不清楚。不过他们每回去南边提货，回来的时候，都会在离扈阳城不远的下阳县待个两日，我估摸着那些东西就藏在那里，然后分批运出关去。"

祝云璟眸色微沉，之前贺怀翎说过，这扈阳商会卖给夷人的铁器，都是从江南的齐王妻族林家购买来的，至于林家的铁矿到底在哪里，却一直没能查到。若是能将曾家来个人赃并获，那揪出他们背后的林家便不是难事了。

只是现在元宝还未找到，他并没有什么心思想这些事情，继续追问："关于陈博的事情你们还知道什么？除了杏花街那里养着的那个外室，他在这扈阳城里还有别的去处吗？"

张柳壬犹豫着问祝云璟："那杏花街里的人，可是出了什么事？"

祝云璟眼神冷冷地瞥向他："那个女人是你献给陈博的吧？现在她失踪了，你觉得她可能去了哪里？"

张柳壬叫苦不迭，以为祝云璟是说那虞香儿也是细作，赶紧解释道："我本以为她就是一个普通的歌妓，陈副总喜欢我便送给他，我是真的不知道她会去了哪里啊……"

祝云璟闭了闭眼睛，忍耐着怒气问："你不知道？"

其中一个商人忽然道："我记起来了，两个月前有一回我跟张老板喝酒，他是曾会长的儿女亲家，跟着曾家一起做事的，他当时喝醉了提过一句，曾会长送了个庄子给陈副总，在……在……就在城北的半山上！"

扈阳城北面的半山本是一座荒山，扈阳城建起来之后，城中商人附庸风雅，便在这山上种花种草种树，盖起了一座座私庄。

祝云璟和贺怀翎带着人过来时，一辆小小的马车刚从山中一座不起眼的庄子里出来，正欲下山。漫山遍野的火把亮起来后，赶车的人立即掉转车头，进了一旁的林子。

他们迅速带人追上去，车子越跑越快，最后停在了悬崖边，一个大腹便便的女人从车上下来，正是那虞香儿，手里还抱着个睡着了的孩子，就是元宝。

祝云璟用力握紧拳头，死死地盯着她手中的元宝，那女人一脸冷静，面朝着他们一步一步往后退，直至退到悬崖最边上。

祝云璟的心瞬间提到了嗓子眼："你停住！有什么话好好说，别再往后退了！"

虞香儿冷笑一声："还说什么？我还有活路吗？"

"你不想死，我自然不会让你死！"祝云璟急道，"你把他还我，我保你和你腹中孩子平安无事！"

虞香儿低头看了一眼元宝，又轻轻摸了摸自己的肚子，摇头："我不信你们，你们不会让我生下这个孩子的……"

贺怀翎小声吩咐身后的姜演："立刻回城中找那绣品铺子的掌柜，问他要一个叫虞馥儿的女孩，以最快的速度将人送来。"

姜演领命而去，两刻钟后便把人送了过来，虞香儿依旧站在崖边，痴痴傻傻的，一会儿哭一会儿笑，不断重复着没有活路的话，身体摇摇欲坠，仿佛随时都会掉下去。

所有人都捏了一把汗，又不敢贸然接近，以免刺激了她。

虞馥儿被姜演从马上抱下来，见到虞香儿，她眼泪立时就流了下来，哭喊着"阿姐"扑了上去，跪倒在姐姐面前，哭求道："阿姐，你把那孩子还给他们吧！我求求你了！是他们救了我，他们给我赎了身，还让我跟着那些绣娘学手艺，没有他们，我就没有今天！我求求你了，看在我的分上，别伤害那个孩子！"

虞香儿愣住，看向自己的妹妹，又看向祝云璟他们。这几个月，虞馥儿其实一直有与妹妹联系，她知道妹妹被好人家救了，还赎了身，却不知道给她妹妹赎身的人就是祝云璟他们。

好半晌，虞香儿才说道："你们给我妹妹赎身，本就是为了通过她接近我，想要对付陈郎，你们根本没安好心。"

祝云璟拔高声音："无论我们安的什么心，你妹妹确实是我们救的，否则她现在还在那百花楼里接客。我也不求你们知恩图报，只希望你别恩将仇报，把孩子还我！"

虞香儿低下头，用力咬住唇，指尖掐进手心微微颤抖着，犹豫挣扎。

她怀中的元宝在僵持中慢慢睁开眼睛，漆黑的眼珠子转了一圈，也不知是不是看到了祝云璟，竟是咯咯笑了起来。

小娃娃的笑干净又纯粹，虞香儿再次愣住，半晌过后脱力一般松开手，贺怀翎一个箭步冲上去，纵身一跃，将元宝牢牢接回手中。

将人救下后，扈阳城的搜捕行动并没有中止，贺怀翎留下姜演带兵，继续以查找细作为由头，挨户进去搜，但凡有心虚不从，或是家中囤积有违禁货物的，一律押下狱，他自己则先将祝云璟和元宝送回府。

元宝被这么一通折腾竟也没哭，奶嬷嬷先前不在身边，他们就只喂了些水给他喝，小傻子此时喝饱了，又在祝云璟怀里安生睡了过去。祝云璟抱着失而复得的元宝，时不时地低头亲一下他柔软的脸蛋，又庆幸又后怕。

"他刚被抱来的时候，我总想着以后靠他排解余生苦闷，反正对外已言明是你的世子，若是我不想养了，交给你便是。可如今才知道，一日日相处下来，这孩子竟成了我的命。"祝云璟低声喃喃，这一整日大起大落，到现在他还有些缓不过劲来，幸好元宝已经平安回来了。

贺怀翎拍了拍他的肩："已经没事了，别想太多，你对元宝比谁都好，他能感觉得到的。"

祝云璟犹不放心："现在人人都知道了元宝的存在，会有麻烦吗？"

贺怀翎不在意地说道："那倒无妨，纵有人疑心元宝的身份，但只要我坚持认定他是我的儿子便没事。"

祝云璟点点头，如今的他给不了元宝至高无上的尊荣，还总是让元宝处于危险之中，是他的不是，以后只能从别的方面慢慢补给元宝了。

回到总兵府已快天亮，祝云璟身心疲惫，抱着元宝在路上就睡着了。贺怀翎刚安顿了他们，就有下头人来报，那陈博不知用了什么法子，竟从丁副总眼皮子底下逃出关去，丁副总发现后立刻带兵去追，这会儿还未有消息。

贺怀翎的双眉狠狠一拧："出关？他出关了？"

来人应道："是。"

这陈博往哪里逃不好，竟跑出了关去，他去关外能做什么？

贺怀翎的疑问很快就得到了解答，那虞香儿听闻陈博撇下她们母子独自逃走后，当即号啕痛哭，说要求见贺怀翎。

贺怀翎叫人将之带来，弱柳扶风的瘦弱女子挺着个大肚子跪在地上，瞧着着实可怜，贺怀翎却同情不起来，冷淡道："你知道什么，都说了吧。"

虞香儿已经擦干眼泪，讷讷出声："昨日半夜，陈博派人来接我去庄子上，又抱了个孩子给我，叫我务必把人带着。原本说好今日夜里接我一起出关，哪知道我刚从庄子里出来便遇上了你们，没想到他竟撇下我和肚子里的孩子自己逃了……"

贺怀翎皱眉道："你们原本打算逃出关？他是朝廷命官，出了关你们能去哪里？"

"我不知道，"虞香儿冷笑，"我不知道他想去哪里，但总有去处的，他本就是夷人。"

闻言，贺怀翎的神色陡然凝重起来："你说他是夷人？"陈博的履历他一早就看过，说是土生土长的大衍人，没有任何问题，又怎会是夷人？

虞香儿闭了闭眼睛，慢慢说道："他对我也一直防备着，在我那里留宿时，从不与我歇在一间房里，只有一回他喝醉了，留在我屋子里一觉睡到了天亮，我听到他在梦呓，说的是我听不懂的夷人的话语，还有他的左臂上有一处十分丑陋的疤痕，他说是战场上受的剑伤，我看着却像是烫伤。从前我在百花楼里时就听人说过，夷人的左手臂上都会刻上本部落的图腾，我猜他手臂上的也是吧，为了不被人看到，便用火烫掉了。"

贺怀翎沉下目光："他早就计划着要走了？"

虞香儿细眉紧蹙："应当是吧，自从我有了这个孩子后，他对我的防备比从前少了许多，确实在我面前抱怨过几次，说知道将军您在怀疑他，又说他也不想再在这里待了。前几日他突然来告诉我，让我收拾细软，说要带我走，我问他去哪里，才知道他是想要出关去。"

虞香儿苦笑一声："我其实不想去的，我妹妹还在这里，但我有什么办法？我已经怀了他的孩子，只能跟着他。可原来他并没有真正将我放在心上，说撇下就撇下了。"

"他逃走了，"贺怀翎沉声提醒她，"比起你和你腹中孩子，还是他自己的命更重要。"

虞香儿木愣愣道："我还能生下这个孩子吗？"

贺怀翎不为所动，他并非同情心泛滥、无原则的心软之人，劝道："他既是夷人细作，你这个孩子便留不得了，打了孩子，以后改过自新，带着你妹妹好好过吧。"

当日下午，丁洋追出关外几百里地，把陈博和跟着他出逃的亲信手下尽数抓回，贺怀翎亲自去审，一去就是好几日，一直没有再回府。

祝云璟也没闲着，将府中上上下下的人都重新盘查了一遍，确定不会再有任何纰漏才稍稍安下心。

之前他还只是白天带着元宝，晚上便让嬷嬷把人抱走，现在是晚上也让元宝与自己睡在一块，等元宝饿了再叫人抱去喂奶，这样他虽然夜里总要被折腾醒一回，但至少心里踏实。

第五日傍晚，贺怀翎终于回府，带回来的却不是什么好消息——东北部的玉真国终于露出了真面目，掉转枪头，磨刀霍霍向大衍，竟在短短半月之内连下大衍边境四座城池。

当地守边的总兵害怕朝廷问责，一直瞒着，没有上报，后来是实在瞒不住了，才不得不把军情呈报给了朝廷。

满朝哗然，昭阳帝更是龙颜大怒，当即下旨将渎职的将领押回京，再传旨到茕关，令贺怀翎率六万兵马前去救援。

祝云璟听罢，当下就蹙起眉："那玉真小国，他们怎敢？"

"他们筹谋已久了。"贺怀翎叹道，"之前朝廷的注意力都放在那苍戎国上，却忽略了同样有狼子野心的玉真国。苍戎兵败后，玉真国趁机捡了不少便宜，一面与我大衍卖着好，一面扩张着势力和地盘，他们背后或许还有更北边极寒地带的那些番邦人的支持。大衍刚与苍戎打完，才休养生息不到两年，他们趁着这个时候来挑衅，当真是其心可诛。"

"你带兵去，会有问题吗？"祝云璟忧心忡忡地问。

"既是圣令，我也没得选择了。你放心，我会小心的。"贺怀翎语气轻松道。

祝云璟垂下眼，一时间不知该说什么好，虽早就料到会有这一天，但没想到来得这么快。

贺怀翎知他担心，却只能继续说："还有那个陈博，他确实是夷人，且就是玉真人。他倒是硬气得很，被抓回来后一声不吭，最后还是他的一个亲信扛不住都招了。我们才知晓，真正的陈博在三年前调来这茕关之前就已经被他们杀了，他易容成那陈博的模样，竟是连他夫人都骗过了。

"他在这里一边往外传递军情消息，一边帮着玉真人从那些商人手里购买铁器和其他有用的东西。之前的钱总兵就是发现端倪，被他暗杀了，这回是因为玉真国起事，我们又对他起了疑心，他才打算逃回去。"

难怪这假陈博连家眷都不要了，只打算带那虞香儿走，只有虞香儿肚子里怀着的才是他的骨血，陈博那位夫人要不是因为是二品官的女儿，还能从父亲那里打听些大衍朝廷的消息，估计也早被这假陈博弄死了。

祝云璟眸子微冷："所以他偷元宝是想用孩子来要挟你吗？若是真被他得了手，上了战场你便被动了，到时候怎么做都是错。"

如若元宝真被偷去关外，到时候两军交战，元宝被推出来献祭，只要想一想这种可能，祝云璟就浑身冰凉，恨不能将那陈博碎尸万段。

贺怀翎心知祝云璟在想些什么，安抚他道："不会再发生的事情，别想了。"

祝云璟轻轻抿了抿唇："易容术真能做到那般相像，连枕边人都看不出来吗？"

贺怀翎解释道："他们夫妻感情本就不睦，也不稀奇，即便有人有那个本事，那也是少之又少，不用太担心。"

祝云璟又问："那假陈博知道曾家与林家之间的往来吗？"

贺怀翎微微摇头："他不肯开口，我觉得他或许也不是十分清楚那些货都是打哪里来的，曾家人未必会全无保留地告诉他。"

不过也无妨，再有两日，曾近南和他的两个大儿子就要回来了，到时候直接将人扣下严审就是了。

祝云璟的眉头依旧不得舒展："你什么时候动身？"

贺怀翎答："还要先调兵马做准备，估摸着还要个几日，茕关这边留下两万人，我会把姜演也留下，你自己小心一些。"

祝云璟轻吁了一口气："去打仗的人是你又不是我，该小心的人也是你吧？"

贺怀翎听了，一笑。

祝云璟心里有些不是滋味："我倒是想跟着你一起去，只是元宝还这么小，我得先顾着他，你……早去早回。"

贺怀翎应道："好。"

贺怀翎回了军营去调兵遣将，为出征做准备。祝云璟看看快入冬了，叫人给他备了不少御寒的衣物。

贺怀翎这一去，也不知几时才能回来，祝云璟总有些不安，嘴上却再没说过什么。

过了两日，贺怀翎又回了一趟府上，他进门时，祝云璟正抱着元宝倚在榻边发呆。元宝并不懂大人的那些愁绪，坐在祝云璟怀中，手里捏着个布老虎，自己一个人玩得十分高兴。

贺怀翎一走近，听到声音的元宝先抬起头，眼睛噌地就亮了，笑呵呵地张开手，要贺怀翎抱自己"飞飞"。

贺怀翎将人抱起，陪元宝闹了一阵，又亲了亲他，唇边冒了头的胡子刺得元宝咯咯直笑。祝云璟的目光移过去，静静看着他们玩闹，待到贺怀翎抱着元宝挨着他坐下，他才淡淡问道："出征之事都准备妥当了吗？"

贺怀翎轻笑："方才管事都跟我说了，你想得周到，什么东西都叫人给我备齐了。有贤弟如此，我还需准备吗？"

祝云璟嘴角微撇："别说这些有的没的了，赶紧闭嘴吧。"他岔开话题，"怎么突然又回来了？是有什么事吗？"

贺怀翎剥了瓣橘子，捏在手里送到元宝嘴边让他吮吸，随口说道："没什么要紧事，出征的一应事宜都准备得差不多了，再有两日就出发，方才姜演来禀报扈阳城的事情，我便回来了一趟。"

祝云璟闻言有些紧张："扈阳城怎么了？那曾家父子回来了？东西查获了吗？"

贺怀翎微微摇头："没有，他们应该半路上听到了风声，东西不知藏哪里去了。姜演带人去下阳县搜查，并无所获，不过人已经都扣下了，不管他们认不认，假陈博和他手下的证词都在那里，他们赖不掉。更何况，那曾耀祖不经吓，姜演不过叫人诈了诈他，说他父兄已被人赃并获他就信了，吓得把知道的都招了，他们家确实与江南的林家有生意往来。走之前我会将事情原委上奏陛下，后续就只能让陛下再派人来查了。"

事涉齐王，想必皇帝会比他们更上心，贺怀翎当初收到的密旨只是查钱总兵死因，再多的，便是逾越了，且如今他也没有精力再查。

可惜事情并未牵扯到祝云珣，他们始终没有抓到祝云珣的把柄。

祝云璟微蹙起眉，还想再说什么，被贺怀翎怀中的元宝吸引了注意力，贪吃的小东西不停嘬着嘴，水汁淌了一下巴。见祝云璟看他，他咧开了嘴巴冲祝云璟傻乐呵，祝云璟十分无言，捏起帕子帮他擦了擦嘴角，提醒贺怀翎："别给他吃那么多，一会儿吃坏了肚子。"

贺怀翎笑着撒开手，元宝挥着手臂"哒哒"喊了两声，祝云璟捏了捏他的鼻子："不许再吃了，撒娇也没用。"

贺怀翎将元宝放下，轻轻拍了拍他的屁股，让他自己去打滚。

管事送了封信过来，道："侯爷，郎君，是京中来的信。"

京中来信，那便只能是祝云瑄寄来的了。祝云璟将信接过来，依旧是厚厚一沓，他一页纸一页纸地翻过去，神色逐渐变得有些莫测，贺怀翎问："可是出事了？"

祝云璟轻啧一声："是关于祝云珣的。"

贺怀翎好奇："他怎么了？"

祝云璟冷声道："之前还想着抓不到他的把柄，这就给送上门了。他似乎计划着要派人扮成夷人，去截兵部运去前线的粮饷。"

贺怀翎闻言双眉拧起："截粮饷？他想要做什么？"

昭阳帝传旨贺怀翎，让他带兵去救援被攻占的城池，确实一并令兵部火速备齐粮饷运送过去。那祝云珣竟胆大包天到打起了粮饷的主意，他莫不是疯了？

"他当然没疯。"祝云璟轻蔑道，"一个月前，那位梁妃怀的九皇子落地，陛下差一点就直接封了太子，还是因为太后和众内阁大臣都劝阻，才暂时将事情搁置了，祝云珣能不着急吗？陛下虽分封了诸子，但没有赐予他们封地，仅靠王爵的那点微薄俸禄，怎能负担得起他到处收买人心，笼络下臣的勾当？不起歪心思就不是他祝云珣了。"

至于没了粮饷，前线战事若是输了，那些将士百姓会如何，祝云珣这样的人又怎会在乎？

贺怀翎眸子深沉："他就不怕失手败露吗？"

祝云璟抖了抖手中的信纸："阿瑄说他们似乎十分有把握，还说这事贺家也从中掺和了……你有什么打算？"

贺怀翎的浓眉紧拧："我祖父和二叔？"

"他们明知带兵的人是你，还打算做这样的事情，这便是完全不顾你死活了。"祝云璟十分不快，更替贺怀翎不值，只因为贺怀翎不打算与他们站一边，不愿支持祝云珣，他们竟是半点旧情都不念了，实在叫人寒心。

贺怀翎轻轻一叹："罢了，我早知终有一日会走到这一步。"

"可一旦事发，难免不会牵扯到你，毕竟你与他们同姓。"祝云璟提醒道，这也是祝云瑄知道事情之后却并未做任何打算，只写信告知他们让他们做决定的原因。这事一旦闹出来，昭阳帝又不知会作何想，即便贺怀翎在前线浴血奋战，也难保皇帝不会以为他与贺家人、祝云珣是一丘之貉。

贺怀翎摇头："不用担心，只要我能将丢失的城池夺回来，再立下军功，陛下即便有所怀疑，功过相抵，也不好将我牵连进去，你让瑞王殿下想做什么就直接去做吧。"

"你当真不怕吗？"祝云璟还是担心。

"我从未怕过。"贺怀翎笑道。

见贺怀翎这般，祝云璟也不再多想，冷静分析起来："阿瑄他现在也做不了什么，这事他只是收到了风声，并无半点证据，真要坐实祝云珣的罪名，必须得等待他真的有所行动，再人赃并获。"

贺怀翎挑眉："你的意思是？"

祝云璟提议："派人盯着兵部粮饷的押运人马，螳螂捕蝉，黄雀在后。"

"即便能当场将那些截粮饷的人抓获，他们也未必会承认此举是祝云珣授意。"贺怀翎不赞同道。

祝云璟不以为然："当然是一路盯着他们，等到他们将截得的粮饷运回去，全部收仓之后再揭发他们，到时候他们赖无可赖，还怎么说东西是被夷人截走的？"

贺怀翎却问："可没了粮饷，前线的战事要怎么办？"

祝云璟的眼珠子转了转："就地征粮，扈阳城里的商户那么多，还愁备不齐军粮吗？这事也不需要你亲自出面，你给我三日时间，大军出征之前，我保证帮你把事情办妥了。"

扈阳城的这些商户这么多年来在这边境城池私通夷人，收敛了多少不义之财，也该到他们出出血的时候了。

贺怀翎笑着叹气："你怎会觉得自己蠢，再没比你更机灵的了。"

被戳到痛处的祝云璟没好气地推了推贺怀翎："你少说这些风凉话，我从前是蠢，识人不明，任人唯亲，教训受够了，还不能长点记性吗？"

贺怀翎拍拍他的头："这也是你的长处，何必贬低自己。"

若非祝云璟心软，也不能这么快就与他结交，对一国储君来说，这确实是致命的缺点，但于他身边之人而言，却是难能可贵。

祝云璟突然道："你看元宝。"

贺怀翎偏过头去，元宝正趴在一旁，咬着手指淌着口水，睁大了眼睛好奇地瞅着他们。

祝云璟反被贺怀翎难以言喻的无奈的表情逗乐。

笑闹了一阵，贺怀翎见祝云璟准备将信烧了，忽然问："祝云珣行事一向谨慎，他既然打算截粮饷，想必会做万全的准备，瑞王殿下又是怎么知晓这么机密之事的？"

不怪贺怀翎会这么想，毕竟这事连他自己留在京中的人都一点风声都没收到，祝云珣为人那么小心翼翼，想要做的事情又怎会轻易就被祝云瑄探去？

祝云璟沉吟道："阿瑄在信中没说，但他说消息可靠……不过也无妨，我们反正是顺水推舟，且看祝云珣的动静就是了。"

皇城，启祥殿。

天色阴沉，初雪裹着彻骨寒意悄然而至，祝云瑄立于窗前，出神地望着远处落满积雪的黛瓦飞檐。

脚步声渐行渐近，祝云瑄轻闭起眼睛，那人似笑非笑的声音在身后响起："殿下，我着实费了一番功夫，才帮您打听到消息。这一次，您又打算如何谢我？"

扈阳城这段时日十分不太平，短短几日时间，连同刚刚回城的会长曾近南在内，商会排名前几的几个大商户俱下了狱。一时间城中风声鹤唳、人心惶惶，平日里熙来攘往热闹无比的黄金大街都变得冷清异常。

紧接着，东北边战事又起的消息传来，各种危言耸听的流言在城中疯传，商家趁机哄抬物价，粮价直接翻了三倍不止，偏偏这时，奉圣命即将出征的荧关军在城中贴出征粮公告，就地征粮三十万石，但凡登记在册的商户，须得在三日之内将所征粮食交付知府衙门。

大衍朝自建国起就有律条，凡遇紧急军情，军队可以市价对当地百姓强制征粮，钱是一定会付的，且被征粮的百姓并没有拒绝交粮的权利。

三十万石粮食听起来很多，对富商云集的偌大一座扈阳城来说，实际分摊到众商户身上的数目并没有多少，于那些大商家而言，甚至可以说是九牛一毛。更何况征粮并非让他们白送粮食，军队会以市价跟他们购买。

祝云璟坐在知府衙门的后堂慢悠悠地喝着茶，前头隐约传来的喧嚣声并未坏了他的兴致，姜演接了贺怀翎的吩咐，随他一块来经手征粮之事，此刻却有些坐立难安，犹犹豫豫地问他："郎君，陛下已下旨运送粮饷至前线，军中如今的存粮也足够支撑大军前去，为何还要另行征粮？这样用钱去跟那些商户买，我们又哪儿来那么多的钱？"

"军粮备足一些又不会坏事，有备无患而已。"祝云璟并未过多解释，放下了茶碗，"钱的事情不用担心，你想跟那些商人买，他们还未必舍得卖。"

话音刚落，那一直在前头招呼人的张知府张柳壬满头大汗地回来了，哭丧着脸与祝云璟禀报：他已经按照吩咐把城中的大小商户都叫了过来，要求他们尽快将粮食备齐交来，那些人倒是都说会全力配合，只是短时间内凑齐这么多粮食并不容易，当然了，有钱一切都好说。

张柳壬小心翼翼地观察祝云璟的脸色，犹豫着道："就是您说市价是三日前的市价，他们都不予苟同，说今时不同往日，今日征粮为何不按着今日的市价来算……"

暴脾气的姜演一听就怒了："这些商人是想趁火打劫吗？他们一夜之间把粮价提了三倍还多，现在来跟我们狮子大开口，哪有这样的道理？"

张柳壬抹了一把脸："可外头现在的米粮市价就是这个，他们说得也不无道理……"

姜演狠狠瞪过去，祝云璟却笑了："看来曾近南等人下了狱，也并未让他们有多忌惮啊。"

张柳壬硬着头皮解释："曾近南那是私通夷人，有通敌叛国之嫌，他们自认为没做过那等事情，自然不怕。更何况法不责众，您总不能将他们都扔下狱了。"

"没卖过铁器、火药给夷人，难道就没卖过别的不能卖的东西？他们有几个是手脚完全干净的？"祝云璟说着话锋一转，对姜演道，"前几日，丁副总在关口查获的那个贩运私盐等违禁品出关的商户，招认了商会中人都在做着与他同样的买卖，虽是他一面之词，但总得查核清楚。我看，不如就把这扈阳商会中的商户都先行押下狱审问吧。"

张柳壬："……"

姜演一拍巴掌："就这么办！这些人就没几个是好东西，是得让他们受些教训！"

张柳壬一脸讪然："郎君，这么做会不会不太好……"

祝云璟冷声道："张大人，戍卫茕关是侯爷的职责所在，有人居心叵测，将不能卖出关的东西从茕关这里运出去，事关茕关的安稳，侯爷不应该查清楚吗？日后若是朝廷追究起来，这个罪责你能帮侯爷担吗？"

张柳壬立时改了口："下官哪里担得起……郎君您言重了。"

祝云璟撇了撇嘴："当然了，仅凭一面之词确实不好定罪，就让他们互相检举吧，谁供出的有价值的消息多，便可戴罪立功。"

张柳壬依旧有犹疑："他们如今抱作一团，未必就能如郎君所愿……"

祝云璟慢悠悠地给他建议："上回张大人带来的那几人，看着都是识时务的，张大人有空不如去提醒他们一二，既是做大生意的，便不要计较那些微末的得失，眼光放长远一些，他们是为朝廷做事，朝廷自然会念着他们的好。这回以曾近南为首的扈阳商会捅出了这么大的娄子，过后这商会必是要整顿的，到时候谁能出头，谁又会被取而代之，可不是他们说了算，大好前程就在眼前，错失了可就再没有了。"

张柳壬心思微动，小眼睛转了几转："不知郎君说的是……"

祝云璟微微一笑："张大人或许还不知晓，这扈阳商会日渐做大，已经在陛下那里挂上了号，陛下重商，虽然商会这回出了事，但该处置的处置过后，他老人家对这扈阳城还是有期许的，已透露出要在这里封皇商的意向。当然，名额有限，谁能有这个荣幸为朝廷效劳，现在谁都说不准。"

张柳壬瞪大双眼："当真？"

祝云璟佯怒道："这种事我还能诓你不成？"

张柳壬顿时激动起来，获封皇商那不仅是天大的荣耀，更是天大的机缘，是名和利兼收的十足美事！且不说，他前几日带来见祝云璟的人中就有他自己的族人和亲信，若是这扈阳城真入了皇帝的眼，他这个做知府的也跟着长脸啊！

不过这事他说了不算，封谁不封谁，怕是只有可直达天听的定远侯说的话才有分量。

想通这一茬，张柳壬愈加谄媚："郎君说得是，下官明了了，您放心，

233

下官定会帮您把事情办妥了！"

祝云璟冲姜演抬了抬下颌："你去亲自盯着，好生招呼着他们。"

当日夜里，消停了不过两日的官兵又开始挨家挨户地抓人。一时间怨声四起，有商户不从，联合起来想要抵抗，甚至口出狂言要上京去告御状。领兵的姜演吹胡子瞪眼，怒斥道："屁股都没洗干净，还想去告御状！先把你们做过的事情交代清楚，能活着走出牢门再去告吧！"

一夜之间，近百商人被抓下狱，闹得满城风雨，回府了的祝云璟却抱着元宝安安稳稳地一觉睡到了大天亮。

翌日一早，姜演派人来报，已有四五户商人经那张知府暗示后投诚，积极检举了其他人，管他是合作伙伴还是竞争对手，能说的不能说的，只要是他们知道的事情，尽数倒了个干净，并且表示他们要为国出力，主动捐粮。

"他们既有这份觉悟愿意捐，那便收着，按着捐粮数额逐一记录下来，日后呈报朝廷，总不能亏待了他们。"祝云璟笑着吩咐道，"再去告诉姜演，昨晚带头闹得最凶的几个，多多关照关照他们，就让他们去与那曾近南等人做个伴吧。"

与曾近南那些人同等处置，那便不是暂时收监那么便宜，而是冠上私通夷人的罪名查封铺子家宅，将家中从上到下、从老到幼全部扔下狱，等候发落，没有任何转圜的余地。

他们这些商人哪个是没跟夷人打过交道的，说你私通你就是私通了，喊冤都没用。

带头检举的被平安放出去，带头闹事的却全家下狱，两相对比之下，谁还能坐得住？不检举别人，难道等着别人来检举自己吗？

此举一出，越来越多的人开始倒戈，你检举我，我检举你，检举来检举去，谁都不干净。除了最开始的那几人，其他人还是出不去，可人家捐了粮啊，破财就能消灾，再心疼也得咬咬牙割肉放血。不知多少人捶胸顿足，想着昨日要是不听那几个带头的胡言乱语，以为联合起来能趁机漫天要价，也不至于征粮变成了现在不得不捐粮。

捐粮捐得多、捐得早的，有机会被朝廷封为皇商，这样的消息亦是一日之内便在这些商户中间悄然流传开来，话还是从一贯就是墙头草的张知府那里传出来的，没看他自家亲戚第一个带头捐粮吗，就是冲着那皇商的名额去的！

消息一传开，有深信不疑、头脑发热的，再没了半点不甘愿，当即托人传话给姜演，他们要捐粮！他们要出去！

自然也有人怀疑这事情的真伪，但宁可信其有，不可信其无，别的人都捐了粮，你不捐好意思吗？不捐你也出不去！

这口子一开，不多时，捐粮的人就变得争先恐后起来，仿佛再晚点，好处就全被别人拿走了一般，有反应慢一拍的怕失了机会，更是表示他们要直接捐银子。

一车车的粮食、银子不停地送往军营，到第二日夜里，筹得的数额已经远远超过祝云璟之前定下的数字。

贺怀翎在出征前夜回到府中，祝云璟正在看姜演呈给他的厚厚一沓账本，他一边看一边感叹："这里的商人果真有钱，随随便便出手就是几万两银子。"

祝云璟说给他三天时间，没想到他真的不用三天就把粮饷都筹备齐全了，贺怀翎笑道："几万两对那些商户来说根本不值一提，倒是你拿皇商一事骗他们，就不怕他们之后发现被骗了找你麻烦？"

"也不全然是骗，他们主动捐粮捐钱，呈报朝廷之后，陛下颁道圣旨下道嘉许状什么的，对他们就已经是天大的恩宠了。"祝云璟一脸理所当然，"更何况，他们卖那些不该卖的东西给夷人，本就犯法了，这就是他们的买命钱。"

从一开始他就没打算与那些人买粮食，捐粮这种事，只要有一个人做了，后面的不做都得做。祝云璟自认已经足够宽宏大度了，这点银子就让他们买了狗命。

当然，若是像曾近南那样敢卖铁器火药的，那是天王老子都救不了的。

贺怀翎提醒他道："我离开后，你便别再去招惹扈阳城里的人了，尽量少出门，我会尽早回来。"

祝云璟放下手中的账本，抬眼望着贺怀翎："三个月时间够吗？"

贺怀翎沉声道："我尽量。"

贺怀翎临行前沐浴着甲。

"这道伤是怎么来的？"祝云璟指了指他左侧肩胛骨下头那一处颇有些狰狞的伤疤，看着分外骇人。

"被人偷袭，想从背后射我心口，射偏了。"贺怀翎语气轻松，不甚在意。

祝云璟皱眉："什么时候的事？"

"就是取下那苍戎汗王首级后，往回逃之时。"贺怀翎随口答道。

祝云璟眸色更黯，声音闷了一些："你很厉害啊，竟敢单枪匹马闯进敌军阵营取人首级，当真是不怕死，也算你命大走运，还能活着回来。"

贺怀翎扬了扬眉："你现在才知道你义兄很厉害吗？"

"神气。"祝云璟低哼一声，当初在东宫跟自己虚与委蛇、装模作样时是怎么说的，对方身中数箭，已是强弩之末，敌军兵心涣散、溃不成军，他不过是捡了个便宜而已。

贺怀翎似也忆起了那日在东宫他们第一次相谈甚欢的那个午后，莫名地有些怀念："这回出征，即便再有这样的机会，我也不会再做这么莽撞的事情了。"

寅时未过，天还暗着时贺怀翎就已起身，出门之前，祝云璟帮贺怀翎把挂在墙上的剑取下来，打开搁在床边案几上的一个木盒子，里头是一个平安结式样的剑穗，他将东西拿出来，系到乌金剑柄上，红色的剑穗垂下，晃晃悠悠，沉默一阵，道："你走吧。"

贺怀翎拨了拨那剑穗，低声道："我会早日回来，别担心。"

祝云璟眸色深深地看他一眼："好。"

数九隆冬，天寒地冻，祝云璟已有好些日子未出过门，每日只在屋子里看书，练字，逗元宝。

元宝如今已能扶着东西颤颤巍巍地站起来，他好动，能站着就绝不会坐着，祝云璟倚在榻上看书，他便自己撑着手站在榻边的毛毯上玩耍，时不时地低头看一眼脚上嬷嬷新给他做的虎头鞋，再用力踩上两脚，就一个人傻乐呵。

管事派人将刚刚收到的信送过来，一共两封，一封是贺怀翎寄来的，另一封则是祝云瑄的来信。

祝云璟立刻坐直身，将信接过来，先拆开了贺怀翎的，贺怀翎已经走了一个月，这还是他寄来的第一封信。

祝云璟展开信纸，元宝立刻好奇地抬起手去够，祝云璟笑着逗他："这是你父亲写来的信，元宝想他了吗？"

元宝睁着懵懂的大眼睛："哒哒。"

祝云璟摸了摸他的脑袋，小傻子。

贺怀翎在信中报了平安，又说因为天冷地上都结了冰，行军不易，他率大军足足走了半个月才到。

这种天气要组织起攻势并不容易，丢失的城池一座比一座难攻克，事情比他之前想象中的还要棘手些，怕是要耗更久的时间。

原本说的三个月本就是最乐观的预计，祝云璟也早料到事情不会那么顺利，并没有多失望。无论怎样，比起快些见到人回来，他更希望的还是对方能毫发无伤地回来。

踌躇片刻，祝云璟提起笔写下了一封回信，他这边的事情其实没什么好说的，都是些琐事，最多也只能与贺怀翎抱怨一下元宝又做了什么叫人啼笑皆非的傻事。

末了，祝云璟抓起元宝的手，按到砚台里，再将他黑乎乎的爪子按到信的结尾处，盖了个章。

元宝咯咯笑起来，还以为是什么有趣的游戏，在祝云璟放开他的手之后，立刻拍上了自己的脸，脸上瞬间多出了一道黑印子，他无知无觉，咧开嘴冲着祝云璟傻笑。

祝云璟无可奈何，叫嬷嬷把元宝抱去洗干净，又拆开另一封信。

这一个月京中发生了不少事情，兵部运往东北前线的粮饷半道被混进关的夷人截走，负责押运的官兵尽数被杀，只逃回了一个身负重伤的小兵。

据那小兵交代，那些夷人应该早就收到了风声，此番是有备而来，特地设陷阱埋伏，杀了他们一个措手不及。

虽不知具体是哪国人，但他听得懂夷人的语言，昏迷之前曾隐约听到他们提起，是京中的齐王给他们传递的消息。

事情一出，举朝皆惊，偏这个时候，贺怀翎在荥关抓到假扮副总兵与扈阳商会勾结、私运铁器火药出关的夷人细作一事，也详细疏呈了朝廷，此事同样牵扯到了齐王。昭阳帝震怒，当即下旨将齐王一脉尽数押入狱中严审。

祝云瑄在信中说，齐王这次恐怕是翻不了身了，陛下早就看他不顺眼，如今有了光明正大的理由，怎可能不处置他？倒是祝云珣截了军粮还反咬齐王一口的态度，颇有些耐人寻味。

不过祝云珣也蹦跶不了几天了，那批被截走的粮饷早已被他们的人盯上，只等东西运到最终的目的地，这事板上钉钉之后就会有人上奏揭发。

祝云璟看着手里的信，手指无意识地轻敲着桌案，却是若有所思。

祝云珣的计划能进行得这么顺利，兵部必然有人与他里应外合，有贺家的帮忙，做到这个并不难。只是，他又为何要故意坑齐王？

齐王有那道保命的密旨在身，只有犯了谋反之罪皇帝才能处置他，眼下他通敌叛国，等同谋反，即便没有荥关这些事情，祝云珣也是想要将之置于死地的，这两人之间有矛盾吗？

起初他们都以为祝云珣与齐王有勾结，后来发现两人做的事情似乎并未互相通过气，但应当也不至于有仇，弄死了齐王，祝云珣能有什么好处？

既然想不通，祝云璟便暂且不想了，比起这个，他现在更担心祝云瑄。

一旦祝云珣倒台，他便成了出头的椽子，人人都盯着。如今皇帝一门心思宠着梁家那兄妹俩和九皇子，以后会如何，谁都说不准，祝云瑄的日子只怕会越来越不好过。

祝云璟有心提醒他几句，信纸铺开半日，却不知该如何下笔。来这边境将近一年的时间，祝云瑄几乎每两个月就会给他写一封信，他却从未回过，是不想信送回去时被人发现，牵连了祝云瑄。

他假死出逃，将最为沉重的包袱甩给了祝云瑄，心头始终藏着一份愧疚。他帮不了祝云瑄什么，给不了他更多的人脉，也提不出什么好的点子，几句不痛不痒的提点和安慰，说了还不如不说。

犹豫再三，祝云璟到底还是什么都未写，放下笔来，无声地叹了口气。

洗刷干净的元宝又被送回来，兴奋异常地还想去够祝云璟的砚台，祝云璟把人按住，捏了捏元宝被喂养得肥嘟嘟的小脸，又不免庆幸，至少元宝是安全的。

他如今给不了元宝至高无上的权力和地位，但元宝若是能无忧无虑地平安长大，就都值得了。

"哒哒？"元宝不明所以地望着他。

祝云璟莞尔，捉起元宝的手用力亲了一口，元宝瞬间眉开眼笑，往他怀里扑。

下午，姜演来了一趟总兵府，带了两个出人意料的消息来给祝云璟。

其一是那假陈博在被押解进京的路上逃了，不知去向；其二是那才败了不过两年的苍戎国发生宫廷政变，怕是又要生出事端。

贺怀翎带了六万兵马出征，还留了两万人戍守茕关，由姜演领兵。贺怀翎走之前就吩咐过，如有要事可与祝云璟商量，如今出了变故，姜演自然不敢瞒着，一收到消息就来了总兵府禀报。

祝云璟听罢不由得拧眉："假陈博逃了？"

"是！"姜演不忿道，"当初还不如由我们派人，把他押去京中呢！朝廷派来的什么酒囊饭袋，连几个阶下囚都看不住。"

贺怀翎将这边的事情呈报上去后，没几日朝廷就派了人过来，雷厉风行地处置了崀阳商会里以曾近南为首的几个与夷人有勾结的大商户，抄家且连坐满门，在崀阳城的城门口就地砍了脑袋，几百口人的鲜血到今天都尚未流干，狠狠震慑了一把城中的其他大小商户。

不过他们有捐粮之功，解决了兵部粮饷被截的燃眉之急，得了皇帝嘉奖，来办案的官员便未把事情牵连到他们身上，算是逃过了一劫。

至于那假陈博，因为昭阳帝早已下了旨意，要将人押去京中审问，人便被提走了，谁知却在半道上又叫他给逃脱了。

祝云璟微微摇头："他能在这茕关假扮副总兵三年都没被人发现，自然是有本事的，逃了也不稀奇。他既然逃了，定是回去玉真国了。"

姜演道："我已叫人加强了关口进出查验，必不会将他放出去。"

那假陈博既然逃了，定不会选择再回茕关自投罗网，他想要回去北夷，有的是办法从别的地方出关，不过加强关口查验本也没错，祝云璟懒得再说，转而问起了另一件事："苍戎国又是怎么回事？"

"嘿，那苍戎的奶娃娃汗王和摄政太后被旁支的一个王爷给杀了，就是昨日夜里发生的事情。"姜演啧啧感叹，"我已叫人快马加鞭将事情报进京里去了。"

祝云璟不解："你方才说的恐又会生出事端是什么意思？"

姜演答道："将军一直担心苍戎人还会有异心，调来这边后便派了探子去苍戎国内，有消息说那个杀了小汗王上位的王爷野心极大，也是苍戎国内的极力主战派，很可能与玉真人还有勾结。这回玉真人起事，将军带兵出征，他突然在这个时候发动政变杀了小汗王，就怕是在打什么主意。"

祝云璟的眉头蹙得更紧，贺怀翎带兵去了东北边，苍戎国离茕关近，若是他们当真在打什么主意，茕关如今只有两万守兵，一旦敌军来犯，这天寒地冻的，援兵要过来也不容易……

他思索片刻，吩咐道："你安排下去，加强关口守备和巡逻，务必谨慎为上，再多派些人去外打探消息吧，其他的只能看朝廷收到奏报是什么打算了。"

姜演领命，犹豫道："郎君……您要不带着小世子去江南？您若是想，我这就能安排人平安护送你们过去。"

祝云璟冷了眸色："是贺怀翎叮嘱你这么做的？"

姜演被他盯得心里发毛："是……将军走之前确实吩咐过，若是这里出了什么事，就派人送您和小世子离开。"

"不必了，"祝云璟道，"义兄一人在外征战，我却躲得远远的，像什么话？"

姜演还想再劝："可……"

祝云璟打断他："此事我自有分寸，你不必再提了。"

昭阳二十一年，春。

入春之后，天气便日复一日地暖和了起来，扈阳城里阴霾散去，又恢复了往昔的热闹繁华、歌舞升平。

六十里外的茕关，城墙上巡逻的卫兵却是一日比一日更多，肃杀的气氛亦一日比一日浓重。

三个月前，茕关守军将苍戎国宫变的消息上呈朝廷，朝廷立即发文至苍戎，勒令他们给予解释，那杀了小汗王和摄政太后、篡夺了汗位的旁支王爷诚惶诚恐地上奏请罪，说小汗王根本不是老汗王的血脉，他为正国本，不得已才做下这样的事情。

这种蹩脚的借口自然是糊弄人的，朝廷如今却根本腾不出手料理他们，最后也只是嘴上申斥几句便作罢了。

苍戎国宫变之后，表面上看起来再无别的动作，但探子送回来的消息说的都是他们私下兵马调动频繁，恐有异变，茕关这边只能加强守备，不敢掉以轻心。

总兵府上比从前更萧条了，贺怀翎不在，祝云璟镇日不出门，只待在自己的小院里，除了姜演偶尔会来与他禀报事情，不见任何外人。

好消息也是有的，两个月之前，有御史上奏弹劾齐州官员私自加征赋税，朝廷当即派了钦差去查，却意外在齐州几个县的仓库里发现了之前据说被夷人截走的那批粮饷，事情直指豫王祝云珣与他背后的贺家。

满朝哗然，皇帝更是惊怒不已，下旨将此案与齐王通敌案一并严查，一时间牵连甚广，唯有早已与贺家分了家、此刻还身处前线的贺怀翎与定远侯府被摘了出来。

昭阳帝对贺怀翎并非没有怀疑，只是眼下贺怀翎在外征战，不好将他算进去而已，但无论如何，祝云珣的好日子终于到头了。

这日深夜，祝云璟刚刚睡下，管事便急匆匆地过来禀报事情，他只得又披上外衫起身，就听管事着急说道："郎君，出事了！姜将军方才让人来报，那苍戎国出兵了，是冲着茕关来的！不出意外，明日就会到关口下！"

这段时日以来，祝云璟一直心神不宁，思虑颇多，如今预感成了真，他反而格外冷静，烛光映照中的脸上并无半点惧意和慌乱，他问道："他们有多少人？"

管事答："姜将军说，少说有五六万！"

可茕关如今的守军只有两万人……祝云璟微蹙起眉，也不知在想些什么，管事踌躇着提醒他："郎君，不如就按侯爷离开前吩咐的，您带小世子先走吧，这里实在不安全。"

祝云璟没有接话，他的目光落在虚空的某一处，停了片刻，说道："他今日来信，说最多再有一个月，便能回来。"

管事很是担忧："可是郎君，这里未必能撑得住一个月，若是有个万一……"

"先这样吧，真到了危急关头再走也不迟。"祝云璟一锤定音，不到逼不得已，他还是想留在这里，等贺怀翎回来。

当日夜里，茕关口便已屯起重兵，姜演第一时间排兵布阵，不慌不乱地指挥起攻势，又派人去扈阳城里传递消息，让全城戒严，关闭城门。

苍戎人这回冲着茕关而来，目的显然是扈阳城，从前他们几次觊觎这扈阳城,都未寻得下手的机会,后又被贺怀翎打得几乎灭国,如今卷土重来,再次盯上了这座遍地是黄金的繁华边境城池,实在不稀奇。

总兵府所在的镇子离关口很近,从听到第一声炮声响起,隐隐约约的炮火声响夹杂着冲锋号角与闷雷一般的马蹄橐橐声就没有间断过,从晌午一直持续到入夜。

祝云璟心不在焉地翻着书,下头的人每隔一个时辰便会来与他禀报一回外头的状况,他没有多问,紧拧起的眉却不得舒展,郁色渐浓。

倒是元宝一直趴在窗口,瞪着大眼睛,兴奋地听着外面传来的声音,不时发出咯咯笑声。

寻常孩子听到这些声音,即便不被吓得号啕大哭,怕也不会像元宝这样表现得这般兴趣十足。祝云璟摸了摸元宝的脑袋,不得不承认这孩子竟有几分贺怀翎的胆魄。

冲天炮火声持续了整整十日,那苍戎新汗王亲自带兵,一到白日便不惜一切代价地疯狂强攻,茕关守兵人数少,处于劣势,无法主动出击,只能被动守城,死守住关口以等待援军。

贺怀翎那边应当已经收到了消息,但那头战事未了,他怕是赶不回来。送去京中的紧急奏报至今未有回应,也不知援军哪日能到。

这日傍晚时,扈阳城知府张柳壬亲自来了一趟总兵府,同来的还有给军中送粮草的长串车队。

祝云璟接见了人,张柳壬笑眯眯地表示,扈阳城的那些商人这回听说茕关有难,就自发组织起捐粮了,不够他们还能再捐。

"他们也算有心了。"祝云璟语气淡淡,上一回捐的粮贺怀翎出征时并未全部带走,军中存粮是足够的,但既然有人愿意捐,祝云璟自然不会往外推。

这张柳壬亲自带队过来,又不直接把粮食送去军中,而是送来他这里,显然是想要通过他,在贺怀翎面前讨个好,这点小心思彼此心照不宣。

"应该的,应该的。"张柳壬连连道,"茕关若是真破了,扈阳城第一个要遭殃……他们也是想要保命。"

不管是前一次的捐粮让那些商人尝到了甜头，还是为了自身的安危，眼下敌人已经打到了家门口，这个时候唯一能指望的，也就只有这茕关的守军了。

祝云璟不言，其实他们都知道，茕关不能破。扈阳城里不但有那些商贾，还有这些年来陆陆续续迁徙或是逃难过来在这边境地带安家的普通百姓十数万人，且茕关一旦破了，夷人入关便可剑指京畿，这个后果谁都担不起。

好半晌，祝云璟才悠悠问道："若是关口当真破了，张大人，你会逃吗？"

张柳壬怔了怔，一脸讪然道："下官是朝廷命官，即便现下真逃了，过后也还是逃不过朝廷的责难，还是不了吧。"

祝云璟闻言似笑非笑地瞅他一眼："张大人今日倒是有些叫人刮目相看了。"

张柳壬："……"

张柳壬走后，祝云璟叫管事安排人把粮草都送去军中，半个时辰后管事回来，顺便带回一个消息——下午姜演亲上城墙迎敌，被人偷袭受了重伤，已经不能动弹了。

祝云璟瞳孔微微一缩："死了？"

管事道："那倒没有，但短时间内是再起不了身了。"

祝云璟亲自去见姜演，姜演腹部开了个大口子，肩膀上还中了一箭，浑身是血，确实伤得很重，只能躺着与祝云璟说话："郎君，您还是赶紧带小少爷走吧，那个苍戎新汗王就是个不折不扣的疯子，我们如今就只剩下一万多点的人了，若是关口真的破了，您……"

姜演声音嘶哑，祝云璟打量了两眼他身上的伤，问道："苍戎国两年前才兵败，三十万精锐兵马几乎被全灭，他们是如何在这么短的时间内恢复元气，还敢再来挑衅我大衍的？"

姜演强撑着答道："这五万人是他们国内最后的兵力了，几乎全部的青壮年都被推上了战场，又在周边的小国抓来了上万壮丁。他们与玉真人勾结，背后还有极北边番邦人的支持，来势汹汹，本就是打着抢着多少是多少的主意。"

祝云璟皱眉："军报呈上朝廷后为何迟迟没有动静？"

姜演疲惫地摇头，他也不知道京中究竟出了什么事，为何这么多日一点消息都没有。

祝云璟又问："若是朝廷的援军迟迟不来，这最后一万人能撑到贺怀翎的大军回来吗？"

姜演想了想，说："这十日下来我方死伤惨重，敌军是攻城一方，伤亡人数比我们只多不少，这两日他们的攻势已明显放缓下来。"

祝云璟道："有扈阳城这个粮仓在，只要我们能守住关口，即便被围个一年半载都不是问题。何况，贺怀翎最多再有二十日就会回来，扈阳城内还有两千守兵，实在不行我们还可以退守扈阳城。"

姜演仍有担忧："可是……"

"如今你身受重伤起不了身，还能领兵吗？"祝云璟问姜演。

见姜演沉默，祝云璟继续道："你这个主帅倒下了必然军心涣散，我是贺怀翎的义弟，若是我留下来，至少那些依旧在城墙上浴血抵抗的士兵的信念能坚定一些。"

姜演还要再劝："可您也是……"

祝云璟打断他："我并非不在意我这条命，只是眼下情形看起来并没有到绝境，二十天而已，很快的，万一真有那么倒霉，到了危急关头，我会把元宝先送走。"

顿了顿，祝云璟叹息一声，放低声音："我知道你想说什么，我已不是皇太子，哪怕陛下废了我要杀我，可我仍是祝家人，这天下这江山是祝家的，我骨子里流着祝家的血，这是改名换姓也改变不了的，我没法眼睁睁地看着兵临城下却无动于衷，甚至仓皇出逃。"

姜演的嘴巴动了动，终究再说不出劝阻的话来："我明白了，我会吩咐下去，让他们听从您的调令，殿下……您万事小心。"

第九章

守关之战

祝云璟走上关口的城墙，一场战事刚刚结束，城墙之上鲜血遍染，到处是残肢断臂，兵卒们正在收拾遍地狼藉，将同袍的尸体抬下去，受了伤的就地医治。

没有人出声，所有人都在默不作声地重复动作着，每一张脸上都写满了疲惫，却没有一个人懈怠、退缩。

祝云璟站在城头上，这是他第二次站在这里，看到的却是与之前截然不同的景象。

广阔的大地上残尸遍野、血染成河，破裂的军旗随意地倒在尸山旁，已被鲜血浸透。夜色之下是一片叫人几欲窒息的死寂，唯有猎猎风声不断咆哮着，有如濒死的绝望呐喊与哀鸣。

难以言喻的情绪在心中翻涌，祝云璟轻眯起眼睛，久久凝视着前方。

连着十日不断发起攻势，苍戎人死伤惨重，第十一日时，终于歇战一日，未再组织进攻，茕关守军也总算得以喘口气。

这一日，京城中终于传回消息，却是叫所有人都未料到的、石破天惊的大消息，豫王祝云珣与贺家连同京卫军统领突然起事，京卫军包围了皇城，挟持了皇帝欲行逼宫之事，后被京南大营总兵安乐侯世子梁祯带

247

兵强行镇压。

如今祝云珣与贺家满门皆已下了大狱，京城全城戒严，这一消息也是延迟了好几日才从京中传出。

来报信的是贺怀翎留在京中的亲信，听闻禀报，祝云璟双瞳骤然一缩，问道："瑞王安否？"

那亲信答道："瑞王殿下无碍，并未被波及。"

祝云璟心下稍定："那定远侯府呢？"

亲信又答："二郎君在出事前已获得消息，先一步进宫禀报了陛下，侯府因此并未受到牵连，暂时应该无恙。"

这人说的二郎君是贺怀翎才十二岁的小弟弟，也亏得他机灵，回贺府给长辈请安时偶然发现了端倪，大义灭亲地先一步将事情禀报了皇帝。昭阳帝将计就计演了出戏，顺势将祝云珣与他背后的党羽一网打尽。

若非如此，一旦事发，定远侯府必会被牵连进这谋反的大罪里，到那时才是真正的百口莫辩。

连祝云璟都没想到，祝云珣当真有这么大的胆子，竟敢行逼宫之事！或许是之前他们截兵部粮饷一事被揭露出来，他被逼得走投无路，才不得不破釜沉舟，但他的运气到底还是差了点。

祝云璟欲言又止，最后还是问道："陛下被他们挟持，可有受伤？"

那人摇摇头："并未，陛下事先就已安排好，只是做戏给他们看而已，并不曾受伤。"

祝云璟垂眸，心绪难宁，难怪之前呈到京中的奏报迟迟没有回应，京中出了这样的大事，哪里还有空顾及这边关的战事？

"如今京中乱成一团，陛下虽未受伤，却又病倒了，梁世子带兵在城中到处抄家抓人，京中人人自危，恐怕短时间内是顾不上这边了。"来人说道，算是印证了祝云璟的猜测。

祝云璟闭了闭眼："我知道了。"

停战三日后，苍戎军卷土重来，敌军进攻的号角声一响起，关口城墙上便进入全面警戒状态，训练有素的兵卒们迅速就位，披坚执锐，紧盯着城墙之下不断逼近的苍戎军。

祝云璟正站在人群最后方，虽被姜演的部下极力劝阻，他还是上来了，要亲眼看一看。

炮火连天中，不断有敌军攻上前来，试图用各种方式攀上城墙，后人踩着前人的尸体，无所畏惧地一往直前。城墙上的守军亦杀红了眼，不顾一切地与之厮杀，奋力地将爬上城头来的敌军挑下去。才干了不过两日的灰青色墙砖再次被鲜血染红，早已看不出本来的颜色。

祝云璟眸色渐冷，握紧手中的剑，问身边的人："为何这些夷人也会有这般精良的火炮，他们从哪里弄来的？"

扈阳城的商人即便敢卖铁器火药给他们，但这样的大型火炮太显眼了，想要运出关，几无可能。

在震天的轰隆声响中，脚下的城墙都仿佛颤了几颤，若非这关口的城墙坚固无比，敌军的炮兵又不敢靠得太近，墙上怕是早已被轰开了口子。

身旁的一个将领回道："据探子报，怕是从那些番邦人那里买来的，正因为有了这个倚仗，他们才敢来茕关口挑衅。"

祝云璟的神色更冷，只见敌军的冲锋军中，突然冲出一个将帅打扮的高大男人，迎着箭雨纵马疾驰而来，于高速奔跑的马上不慌不乱地搭箭拉弓，连着三箭射出，城墙上立时有人中箭栽了下去。

马背上的男人得意地哈哈一笑，丝毫不畏惧城墙上的守军追着他而去的炮火和箭雨，自顾自掉转马头，毫发无伤地纵马而去。他一来二去，如入无人之地。

"他是什么人？"祝云璟冷声问道。

"那人就是苍戎的新汗王，不但亲上前线，还时常故意挑衅，纵马至城门下放箭，"对方咬牙切齿道，"姜参将肩上的箭伤就是拜他所赐。"

难怪姜演那样的人都说他是个不折不扣的疯子，祝云璟总算是见识了，他敢这么只身纵马过来，既是挑衅，亦是为了鼓舞苍戎军的士气。

偏偏城墙上的守军就是拿他没辙，即便所有人都将箭头对准了他，能伤到他的却一个都没有。

战事又一次陷入僵局，苍戎军人多势众，而城墙上的守军占据着位置优势，城门始终难以攻破，一轮又一轮的进攻中，不断有人倒下，这样的厮杀仿佛永无止境。

当天边的夕阳只剩下最后一抹残血时，苍戎军终于停止了攻势，大军有如潮水一般迅速退去，只留下城墙下的尸山血海，混着血腥的硝烟味，弥漫在春日微凉的风中，久久不散。

当日夜里，东北部传回消息，丢失的城池中，只剩下最后一座还在负隅顽抗，不出三日便能攻破，最多再有十五日，援军必能赶回来。

接下来几日，苍戎军又组织了几次小规模的攻势，祝云璟亲上城墙御敌，在亲手杀了第一个爬上城墙扑向他的苍戎兵之后，他便没了顾忌，下手利落且又狠又准，三两下就能解决一个。

身旁护卫他的人见他并非手无缚鸡之力，也逐渐放开手脚，分了更多心思去招呼那些苍戎人。

怕是连贺怀翎都没想到，祝云璟的武功并不差，一国储君所要学的远不止书本上的那些东西，甚至当初迎接征远大军回城遇上刺客的那回，若是祝云璟随身带了剑，不需要贺怀翎出手，他亦能自救。

那之后，苍戎军又停战了五日，祝云璟却不敢大意，令人加紧布置防御，再派探子出外打探敌情。

第六日深夜，敌军进攻的号角声骤然划破漆黑寂静的夜色，城墙上巡逻的卫兵同时愣神一瞬，远处密密麻麻的黑影正不断欺近，直奔关口而来。

反应过来后，荧关军也立刻展开了防御，祝云璟与姜演早就商议过，这些苍戎人或许不会一直选择白日进攻，夜里也绝不能掉以轻心，幸好他们早有准备，不至于被杀个措手不及。

只是当祝云璟走上城墙，看清楚眼前的情形后，依旧变了脸色："他们的人怎么增多了？"

经过二十余日的攻城战，苍戎军死伤惨重，人数至少减了一半，但现下放眼望去，便是凭肉眼都可以看出来，今夜攻城的人数绝不止三万。

有人急匆匆来报，是他们得到的情报出了错，敌军的人数从一开始就有八万之多，特地藏了一部分，怕是为了出其不意。

祝云璟面沉如水："我们还有多少人？"

"我已传令去将茕关的两千守军调来，勉强能凑到一万人。"身旁的副参将回道。

祝云璟心中快速算计着，按照脚程，贺怀翎那边最快再有三天便能到，只要撑过这三天……

祝云璟厉声道："那便传令下去，任何人都不得退缩，死守关口，等待援军！"

嘹亮的号角又一次吹响，守城战一触即发。

祝云璟的面前是漫天的血雾，他一剑一剑地刺出，已不知挑下了多少人，一张张狰狞扭曲的面孔在眼前不断闪过，他的心中没有半分惧意，只觉得畅快，前所未有的畅快，叫他热血沸腾，更叫他心潮激荡，长久以来压抑在心底那份不得纾解的苦闷，终于找到了发泄的出口。

厮杀声响彻茕关口整整一夜；到最后祝云璟精疲力竭地走下城墙时，他的身上、脸上已遍染鲜血，分不清是他的还是别人的。

天亮之后苍戎军终于停止进攻，却并未退去，虎视眈眈地围在关口城墙之外，随时准备着发起新一轮的攻势。

祝云璟回了总兵府，简单包扎了手臂上被割开的伤口。元宝已经醒了，并未被祝云璟刚进门时浑身浴血的模样吓到，只是瞪着大眼睛安静地看着他。祝云璟轻舒一口气，吩咐管事："先带小少爷去扈阳城吧，一旦关口破了，你们立刻动身离开，往江南去。"

元宝一脸懵懂，轻轻喊了他一声："哒哒。"

祝云璟疲惫地冲他笑了笑："乖。"

整整两天两夜，苍戎军不间断地发起进攻，歇战的时间从不超过两个时辰，城墙上的守军疲于应付，已越来越力不从心，但没有一个人想过退缩。

祝云璟几乎不眠不休，一直在城墙上亲自督战，他这位总兵兄弟，确实给了那些挣扎在生死线上的兵卒莫大的安慰。

第三日白天，敌军发起新一轮的进攻，祝云璟立于城头，冷眼看着那骑着高头骏马的男人又一次哈哈大笑着直冲关口而来，并缓缓拉开了手中的弓弦。

祝云璟就站在城头最显眼的位置，马背上的男人自然也看到了他，同样抬起了手中的弯弓，瞄准他。

祝云璟轻眯起眼睛，先前已经观察这个男人许多天，他确实很厉害，但他过于得意了，一次又一次的成功挑衅叫他不断放松警惕，也暴露了越来越多的破绽。

就是现在！

两支箭同时从他们手中射出，一向下，一向上。祝云璟不动如松，冷静地看着箭尖在瞬间穿透了男人的脖子，男人的大笑声戛然而止，魁梧身躯轰然倒下。

而另一支箭贴着祝云璟的鬓发而过，刺进了他身后的墙砖里。

祝云璟的嘴角轻轻勾起，没有几个人知道，比起用剑，他的箭术才是最好的。

苍戎汗王一死，苍戎军军心大乱，即刻便如同一盘散沙，局势瞬间逆转。

当朝阳升至头顶时，远处响起了一阵阵越来越清晰的马蹄声，城墙上有眼尖的士兵已经看到那随风摆动的红色大衍军旗，很快便有人欢呼起来："是援军！援军来了！"

苍戎军降的降、逃的逃，关口的城门终于再一次打开，祝云璟走下城墙，看着向他走来的男人，沉下目光。

来人不是贺怀翎，而是副总兵丁洋。

祝云璟的声音带着他自己都未察觉的颤抖："人呢？"

丁洋垂首："最后一战中，将军拼死与敌军厮杀，在混乱中……失去了踪迹。"

"原本不必那么急着攻城，因为莹关出了事，将军想要速战速决回来救援，才提早发起了进攻。若是按着原计划本可以将玉真人一网打尽，因为仓促行事，最后却让他们的主帅逃了，将军更是在与人厮杀中失去了踪迹，下落不明。"丁洋沉声禀报，"清扫战场时，我让人仔细搜找了，并未找到将军的……尸身，确实是失踪了，我已留了人在那边打听，一有任何消息便会飞鸽传信回来。"

贺怀翎失踪了，祝云璟只愣怔了一瞬，便接受了这个事实，失踪……总比死了好，他点点头："我知道了，有消息立即来告诉我。"

谁都没想到祝云璟会这般冷静，相比上一回元宝被人偷走，这一次他确实冷静过了头。

这一等便是半个月，贺怀翎却始终没有任何音讯。

祝云璟有条不紊地安排府中的事情，又叫人准备了出行的东西，家中管事这才看出他的打算："郎君，您是想要亲自去找人吗？"

祝云璟淡淡点头："总得去试试。"

管事委实不放心："可北夷这么大，您要去哪里找？"

祝云璟认真想了想，道："先去玉真国吧。"

丁洋留在那边边境城池找贺怀翎的人一直没有任何收获，很大可能贺怀翎已经不在大衍了。

祝云璟想着，他总不会无故失踪，多半是被逃走的玉真人给顺道劫走了，怎么他都得去寻一寻。

管事又问："那……小少爷怎么办？"

祝云璟望向永远一副乐呵呵模样的元宝，元宝手里捏着吃了一半的点心，他见祝云璟一直看着自己，大方地举高手，将点心送到祝云璟的嘴边："哒哒。"

祝云璟笑了笑，就着元宝的手将剩下的一半点心咬进嘴里，摸了摸元宝的脑袋："你乖。"

他对管事道："两个月之后，若我还未回来，你就带元宝去江南吧，把他送去侯爷外祖家里。"

两个月的时间，若是仍未寻到人，朝廷怕也会默认贺怀翎已经不在了，到时必会派新的总兵过来接任。

管事只得应下："那我安排几个功夫好的，随您一同前去。"

祝云璟道："四个人就够了，太多了反引人注目。"

出行前一日，祝云瑄的新一封来信寄到了祝云璟的手中，京中的事情已经尘埃落定，祝云珣被一杯毒酒赐死，贺家除贺怀翎一支外满门抄斩，齐王、太妃与淮安侯、淑兰长公主等人也被扣上通敌叛国、谋逆犯上的罪名，处以绞刑。

但有一件事，却出乎祝云璟的意料。

在祝云珣谋反不成被拿下之后，那淮安侯世子夫人突然冒死求见昭阳帝，禀报了一件事情，说她曾偷听到自己的婆婆淑兰长公主与齐王兄妹俩之间的对话，祝云珣并非皇帝的儿子，而是贺贵妃红杏出墙与齐王暗度陈仓生下的野种！

淮安侯世子夫人就是当初那个害得贺怀翎与祝云璟有了禁药纠葛的赵秀芝，后来还是被祝云璟设计，她才不得不嫁给那位被割了舌头的淮安侯世子，据说二人婚后十分不睦，家宅不宁，好几次闹出事情来。

这回齐王与其妻族通敌卖国之事东窗事发，原本并未牵连到淑兰长公主与淮安侯府，这赵秀芝也不知是发了什么疯，竟是拼死也要将这桩丑闻揭出来，将淮安侯府一并拖入深渊。

昭阳帝知晓真相后盛怒至极，亲自审问了一干人等。原来祝云珣也早已知晓自己并非皇子，齐王自知再无希望荣登大宝，便孤注一掷，押宝在亲生儿子身上。他通过林家与扈阳商会从夷人那里攫取大把不义之财，私下到处结党营私收买人心，甚至圈养杀手行刺皇太子。

但祝云珣并不领他的情，面上与他虚与委蛇，真正信任的却只有贺家人。无奈贺贵妃一心向着齐王，连临死帮祝云珣讨来的名门望族出身的妻子，其家中都与齐王有勾结。祝云珣处处受制于齐王，又担心身世会暴露，所以这次截粮饷时，顺势将罪名栽到齐王身上，就是为了借机除掉齐王。

哪知道算盘落空，截粮饷一事事发，他逼不得已，只得狗急跳墙，连同贺家人选择谋反逼宫，最后还是失败了。

这一串串事情，无一不触及昭阳帝的底线和逆鳞，天子一怒，伏尸百万，被牵扯进来而抄家问斩的人数竟有数万之巨。

祝云璟的心思沉了沉，前一回他被人诬陷，以巫蛊之术诅咒君父欲行谋逆之事，当时昭阳帝却并未处置这么多人，如今只是因为这回做下这事的人是祝云珣这个野种，且与齐王有关吗？

信纸的最后一页，祝云瑄说陛下已经知晓当初的事情真相，买通王九将巫蛊木偶置于东宫的，是祝云珣；而拿走祝云璟的血书，诬陷他谋逆的，则是淮安侯世子和太妃。

写下这些的时候，祝云瑄似乎十分纠结，下笔时有停顿。祝云璟逐渐冷下眸色，良久之后，他将信纸伸到烛台之上，火苗迅速蹿起，火光映在他幽深的黑瞳里，明明灭灭，深不见底。

皇城，御书房。

祝云瑄已在地上跪了许久，昭阳帝倚在榻上，无声地审视着垂首匍匐在地的儿子。

这个儿子并不出众，从前有祝云璟和祝云珣珠玉在前，他甚少会将心思分给别的儿子。那一回他要处置祝云璟，这个之前一贯低调不起眼的儿子突然跑来，跪在殿外磕得满头是血，哭求他留祝云璟一命，也就是在那个时候他才意识到，祝云瑄也是他的嫡子。

但……

"他早就是已死之人，你现在却来告诉朕，你把他救了出来，他还活着，还要朕接他回来？"昭阳帝声音淡淡的，听不出什么起伏。

255

祝云瑄藏在宽大衣袖下的手逐渐握紧："父皇，大哥他是冤枉的啊，您明知道那些事情都不是他做的……"

"人死不能复生。"昭阳帝冷淡地打断他，"他若是回来，你要朕如何与满朝文武，与天下臣民解释？"

祝云瑄不肯放弃："可……"

昭阳帝直接打断他："你以为，定远侯府那个小儿来朕这里告了他祖父一状，就真能把整个侯府都摘出去吗？"

祝云瑄猛地抬起头，不可置信地望向昭阳帝，昭阳帝神色依旧平淡："谢夕雀……他是当真以为朕都不记得了，还是故意的？"

祝云瑄骤然红了眼眶，身体不可抑制地微微颤抖起来，昭阳帝又道："去了边关，他倒是比从前出息了，这回茕关守战，他做得不错。"

"父皇……"祝云瑄的眼泪夺眶而出，"为何要这样？"

西洋钟不断摆动的声响清晰可闻，长久的沉默后，昭阳帝沉下声音："朕的儿子还有许多，缺了谁都一样，你是，他也是。"

走出御书房，刺目的阳光让祝云瑄有一瞬间的恍惚。他停下脚步，抬眼望向远处掠过天际的飞鸟，久久凝视着那没有尽头的湛蓝天空。

或许……祝云璟回不来，于他，终究也是一件好事。

一声轻笑进入耳际，祝云瑄回神望过去，梁祯站在两步之遥的台阶下，正笑看着他："殿下今日怎这般好兴致，竟站在御书房外看起了风景？"

祝云瑄轻眯起眼睛，不作声地盯着面前之人，梁祯的嘴角始终噙着笑，坦然回视着他。

是从什么时候开始的……祝云瑄心中默念着，对了，这个人就是在废太子的时候出现的。从那时起，他就已经取代了祝云璟在皇帝心中的位置……不，或许从一开始，那个位置就是给面前这个人的，是祝云璟占了，所以必须得还回去吗？

废太子、押入冷宫、赐死，这一系列雷厉风行的动作背后，不是皇帝昏庸、不辨是非，仅仅是他在为面前之人扫清障碍而已。

所以那一次皇帝并未大开杀戒，从一开始，他就没有当真过，却顺水推舟处置了祝云璟，为的只是给别人腾出位置。

祝云珣算什么，不过是个被推到风口浪尖处的靶子、自以为是的跳梁小丑罢了。

那九皇子又算什么，一个吃奶的娃娃，也不过是皇帝为面前之人准备的傀儡而已。

他自己就更算不得什么了，从来就没入过皇帝的眼。

对祝云璟，皇帝大概还有几分愧疚，只是这份愧疚最多也只容许他以定远侯义弟的身份苟活于世，皇帝可以为他保住定远侯府，却绝不可能再让他回来。

皇帝的儿子有许多，缺了谁都一样，他祝云瑄是如此，祝云璟亦是如此，唯一不能缺的，只有……面前的这一个。

梁祯上前一步，立于祝云瑄的面前，一步台阶的距离，他们的视线几乎平齐。

祝云瑄没有动，他看到梁祯微微倾身，道："殿下，您怎么红了眼睛？可是陛下欺负您了？"

祝云瑄的目光缓缓移过去，顿了顿："你待如何？"

"若真是陛下欺负了您，我帮您去欺负回来，可好？"

翌日一大早，祝云璟就带着管事给他挑的四个家丁准备启程，出门之前，嬷嬷把元宝抱了过来。

小家伙半个时辰前就醒了，喝了奶正是精力旺盛的时候，见了祝云璟便往他怀里扑。祝云璟将人抱住，亲了他好几口："你乖，我要离开一段时间，等我找到你父亲就会回来。"

元宝懵懵懂懂，并不明白他在说什么。祝云璟摸了摸元宝的脸，交还给了嬷嬷，元宝的嘴巴张了张，似乎是察觉到什么，没有哭，只愣愣地看着祝云璟："阿哒……"

祝云璟再次摸了摸他，轻叹一声，叫嬷嬷把人抱走，不再犹豫地翻身上马。

从茕关到玉真国，不间断地赶路也要个十余天。这一路上，祝云璟领略过大漠孤烟、长河落日，亦领略过千里黄云、北风吹雁，他来这边关一年多，第一次亲眼见到了那些文人骚客反复吟诵咏叹的塞外风光，却无心欣赏，一路快马加鞭，终于在出关后第十二日到达了玉真国的都城。

为了低调不引人注目，进城之前祝云璟和带来的手下全部换了夷人的打扮，他还稍稍易了容，遮去了原本过于出众的容貌，扮作周边其他国家的商人，一行人顺利混进城中。

这座塞外城池出乎祝云璟意料的繁华，虽规模远不如大衍的京城，比扈阳城也还要差一些，但市井街巷熙熙攘攘、车水马龙，一座座别具特色的宅邸亦像模像样，比他们一路过来路过的任何一个城镇都要好上许多。

这里也有大衍人安插的探子，祝云璟吩咐三个手下去分头打听消息，只带了剩余的一人，去了城中最繁华的商业街上转悠。

这条街上十分热闹，一间连着一间的商铺里卖什么的都有，祝云璟漫不经心地观察着四周，尽量不招人耳目。他们初来乍到，在这陌生的地界并不敢过于张扬。

晌午时，祝云璟走进街边的一间茶楼，没有要雅座，就在一楼的大堂里坐下，喝着茶用着点心，不动声色地听着周围的人闲聊。

夷人的语言祝云璟听得懂一些，且带来的家丁也是特地挑的会夷话的，这些人说得最多的，便是才与大衍打完的那一仗。从这些玉真国普通百姓言辞间的抱怨中可以听出，他们对当权者无故挑衅大衍的行为十分不满，都在担忧自身的安危，害怕大衍人会报复回来。

祝云璟也在暗自思忖着，朝廷报复回去，将这一个个狼子野心的小国彻底收拾服帖的可能性有多少。打仗并不是一件简单的事情，兵马、粮草都得调配齐全，由谁去领兵亦是关键，这些北夷小国互相勾结，背后还有番邦人支持，对付起来并不容易。

前一次他们花了五年时间，调动了五十万大军打退了苍戎人，却因未斩草除根，以至于他们在短短两年内又再次挑衅上门。这回也不知朝廷到底是个什么态度，又会如何处置玉真和苍戎这两国，若是依旧大事化小，接受了他们的假意投诚，怕是迟早还会起祸端。

一人忽然说道："你们听说了没有，那去了衍朝的三王爷回来了，据说他这些年在衍朝为我玉真国做了不少事情，汗王甚是满意，这汗位之争怕是不会太平了。"

他旁边的人也道："可不是，二王爷执意要去挑衅衍朝，结果半分好处没落到，又被衍朝的那个大将军打退了，狼狈地逃了回来，还损失了好几万兵马，在朝中的威信一落千丈，汗王也对他颇有微词。看样子，这汗位怕是要落到三王爷手中了。"

又有一人插嘴："也不尽然，二王爷毕竟根基深，三王爷去衍朝好几年，论起朝中势力怎比得上二王爷？鹿死谁手还未可知。"

玉真人没有大衍那么多繁文缛节，在茶楼里当众谈论国事都是平常，听着这些玉真人七嘴八舌的议论，祝云璟却很有些意外。他们嘴里说的那个三王爷，应当就是那半路逃了回来的假陈博，原来他还是这玉真国的王爷。一国王爷竟蛰伏在大衍边境做细作三四年，当真是匪夷所思。

就是不知道这假陈博到底偷得了多少有用的情报，云璟轻眯起眼睛，想了片刻又微微摇头。罢了，他这次来是为了找人，别的事情还是不沾惹了。

那之后，连着好几日祝云璟都在这座城池里四处转悠，家丁们分头去打听消息却无甚收获。祝云璟有些失望，正犹豫着是不是该去下一处，直到这日午后，他转到一条大街上，停在了一间铁器铺门口。

这间铁器铺规模不大，卖的大部分是自己打的家用之物，兵器也有，但是少。大衍是禁止民间私下买卖兵器的，玉真人却没有这么多的规矩。

祝云璟走进去，一眼就看到挂在墙上的那柄剑——厚重的乌金色剑柄，剑鞘上有着精雕细琢的繁复纹路，即便没有看到剑出鞘，也能知道这定是把好剑，与周围那些良莠不齐的寻常之物格格不入。

祝云璟沉下眸色，那是贺怀翎的剑，剑柄上还挂着贺怀翎走之前，他亲手系上去的剑穗，他绝不可能认错。

身旁的家丁得到祝云璟眼神示意，直接问起价钱，对方也不含糊，开口就是五十两。

"这样的剑还有吗？有多少我们都收了。"家丁道。

那店掌柜笑眯眯地取了几柄他自认为的好剑递过去，道："这些您看如何？"

祝云璟面无表情，家丁撇嘴道："很不怎样，比那一柄差远了，那剑是你们自己打的吗？怎么就只有那一柄？"

"当然是！"店掌柜义正词严道，"这铺子里的东西都是我自家打的，如假包换。"

这话实在没有多少可信度，夷人炼造铁器的技术低下，耗时多产量低，打出来的兵器大多不中用，所以需要偷偷摸摸地向大衍的商人买，贺怀翎这剑本就是上品，根本不是这些夷人能炼得出来的。

见掌柜眼里滑过一抹心虚后似又起了疑心，祝云璟示意家丁掏钱将剑买下来，不再多问，拿起剑出了门。

客栈里，祝云璟细细擦拭着手中的剑鞘，幽深瞳仁里像是藏着什么情绪，深不见底。

亥时，家丁回来禀报，他们又去会了会那铁器铺的掌柜，威逼之下，那人终于承认，剑是他捡来的，就在离大衍军与玉真人交战的战场不远处的山崖下。

家丁又道："他说捡到剑的时候，并未看到什么人，只有一柄剑在那里，他看着是把好剑，便捡了回来，挂在店中出售。他应当不是在撒谎。"

祝云璟微蹙起眉："你们可有暴露身份？"

为首的家丁摇摇头："并未，那掌柜的已经被吓破了胆，将知道的都说了，他应该没见过侯爷。"

祝云璟沉下声音："那我们明日便走，去他说的地方看看。"

第二日一早用过早膳，他们便动了身，准备出城去，行到半路，街上突然戒严，说是三王爷路过，旁的人都要回避让路。祝云璟心道，这假陈博好大的架子，又想看看他如今是个什么样，便停了下来，退到了人群之后的街角处。

四五匹高头骏马匆匆而过，为首的男人一身夷人王公的装扮，骑在一匹高大黑马上，神情倨傲、目光冷冽，身后跟着四五个亲兵，十分威风。

祝云璟冷眼看着，心下却有些意外，这假陈博的真实相貌竟颇为粗狂，与他假扮的很有几分斯文文人气质的陈博完全不像，那么假扮陈博的那几年，他身边的人竟一个都未认出，这出神入化的易容术当真是了得。

纵马自祝云璟身边过时，那假陈博的速度放慢了一瞬，目光移向了祝云璟。

祝云璟的脸上并无半分慌乱之色，他和身边的人都易了容，改了相貌，这假陈博不可能认出他来。

四目对上，假陈博似是挑了挑眉，祝云璟不动声色，直到对方走远才逐渐沉了眸子。

身旁的家丁小声提醒他："郎君，我们还是赶紧走吧。"

祝云璟不答，一直看着假陈博远去的方向，半晌才微微勾了勾嘴角："不着急，我们再在这里歇一日。"

一众家丁都不知祝云璟是何用意，但祝云璟坚持这样做，他们也说不得什么，就在这条街上找了间客栈住下来。

傍晚时，他们正要用膳，楼下院子里忽然响起一阵急促的脚步声，几个家丁立时警觉起来，拿起剑护在祝云璟身前。

房门骤然被人推开，外头有手持兵器的十余人，看打扮，与清早跟随那三王爷的私兵一模一样。

家丁如临大敌："你们是什么人？"

来人不答，领头的挥了挥手，其他人立刻拥进房里来，几个家丁正要迎上去，祝云璟忽然出声："别抵抗，跟他们走。"

他们被带上马车，进了王府之后，祝云璟被单独带到一间无人的屋子里。他四处望了望，这房中富丽堂皇，装饰得十分具有夷族特色，正对门的墙上挂着一对硕大的野牛角，格外醒目。

祝云璟走上前去，抬手摸了摸那野牛角，颇感兴趣，身后的房门"吱呀"一声开了，有人缓步踱进来，轻笑声在他背后响起："喜欢吗？"

听到声音，祝云璟转过身去，冷冷地望着面前目光灼灼瞅着自己的男人。那"假陈博"扬了扬眉，眼角眉梢都是笑意。

对视半晌，祝云璟撇了撇嘴，转身寻了把椅子坐下，端起茶杯："我看不惯你这张脸，把皮掀了再跟我说话。"

"假陈博"走上前来："我这张脸怎么了？这皮子不挺好的吗？"

祝云璟冷声道："你当然觉得好，顶着这张皮子在这里做王爷，简直快哉是吗，贺怀翎？"

贺怀翎收了玩笑的心思，在他面前蹲下："殿下……"

祝云璟瞪着他："到底怎么回事，你给我说清楚！"

贺怀翎安抚他道："好，好，我说，你别急。"

这"假陈博"确实就是贺怀翎，最后一战时，他追着意欲逃走的敌军主帅奔出几十里地，与对方交手时不慎连人带马滚下山崖，昏迷中又被路过的玉真人商队劫走。那支玉真人的商队自然不认得贺怀翎，但见他身着大衍军将领的铠甲，便将他献给了回国没多久的三王爷，也就是那假陈博。

"摔下山崖之后，我昏迷了几日，醒来时脑子一直昏昏沉沉的，很多事情都不记得了，甚至一度连自己是谁都忘了。那假陈博发现后，便叫人将我押起来，或许是想利用我与大衍换取些什么利益。后来过了几日，我终于记起来了，便寻了个机会反杀了那三王爷。此人身边有一个易容高手，十分厉害。在我的威逼下，他把我易容成了三王爷的样子，我便在这王府里扮起他。"贺怀翎说得轻描淡写，然而事情自然不会如他说得那般容易，其中九死一生已没必要再说出来，平白让祝云璟担心。

听着贺怀翎的解释，祝云璟神色更沉："你好大的胆子，就不怕被人看出来吗？他身边的亲信呢，那汗王呢，你也能骗过去？"

贺怀翎解释道："这三王爷在大衍待了三四年，才刚回来，性情大变，和以前有些不一样并不奇怪，追随他一起去大衍的亲信都死了，只有那个会易容的跟着他逃了回来，那人在给我易容之后就被我杀了。至于这府中的人，至少现在不是没认出来吗？那汗王就更不用担心了，镇日饮酒作乐不问国事，大权都把持在二王爷一派手中。那二王爷这次领兵出征，又狼狈地从前线逃回身负重伤，现在还躺在床上不能动呢。"

这假陈博虽是个王爷，在从大衍立功回来之前，在这玉真国里却并无立足之地。坊间流传他有一争汗位的实力，其实不然，否则他也不会忍辱负重去大衍做细作。贺怀翎假扮这三王爷已有二十余日，府中并非无人怀疑他，只是有疑心的都被他当作别人安插进来的眼线，先一步料理了。

祝云璟道："所以你一定要扮成他留在这里，又是打算做什么？当初你是怎么答应我的？说了再不做冒险的事情，现在你又是在做什么？"

贺怀翎叹道："我本也不想，但我人已经被他们劫来了这里，不收回点利息不是太亏了吗？朝廷里头似乎还有官员与这三王爷有来往，我已差不多把证据都收集齐全了，还打听到了一些玉真人与番邦勾结的具体细节，本打算这几天就离开，没想到你竟会找了过来。"

白日在大街上见到祝云璟，贺怀翎确实又意外又惊喜，此番派人去把他劫来，是不放心留他在外头。他是真的没想到祝云璟会亲来寻他，还一眼就认出了易容成这般模样的他。

祝云璟依旧心有不快，这一个月来，他一直担惊受怕，又不能在人前表现出来，结果贺怀翎竟然在这里潇潇洒洒地做起了他国王爷，叫他如何心平气和？

他阴阳怪气道："我若是不找来，你怕是做这蛮夷小国的王爷还做上瘾了吧？出行都得驱人让路，好不威风。"

贺怀翎不赞同道："怎么可能，我堂堂大衍朝定远侯，傻了才会想留在这弹丸之地做一个处处被人压制的王爷，我确实打算这两日就走的，并非骗你。"

祝云璟依旧冷着脸："哼。"

贺怀翎讨好地喊他："殿下……"

祝云璟皱眉道："你怎么认出我的？"

贺怀翎笑着反问他："你又是怎么认出我的？"

祝云璟只是简单修饰了五官，他却是完全扮作了另一个人，且还是那个假陈博的真身，祝云璟能认出来，着实稀奇。

祝云璟望着他，表情一言难尽，好半晌才道："眼神。"

那假陈博与贺怀翎身形相仿，一开始祝云璟还当真没注意到，直到贺怀翎的目光看了过来。贺怀翎应当是先认出了他，当时贺怀翎眼里一闪而过的笑意和促狭，他看得真真切切，也只有贺怀翎会用那种眼神。

所以他很确定，那个人就是贺怀翎，才会选择束手就擒。

贺怀翎扬了扬眉："是吗？"

至于贺怀翎又是怎么认出祝云璟的，或许是太过熟悉了，哪怕他的容貌有所改变，也能在人群之中一眼就认出来。

祝云璟不愿再继续这个话题，转而道："我们什么时候走？"

贺怀翎答："明日夜里。"

祝云璟蹙起眉："为何还要等到明日？今晚不能走吗？"

贺怀翎道："明日我还要去一趟王宫里头，还有点事情要办。"

祝云璟也懒得再问是什么事情了，反正贺怀翎这么胸有成竹，即便有危险，他也肯定能全身而退。

夜色已深，祝云璟哈欠连天，紧绷的心神骤然放松下来，随之而来的便是无尽的疲惫，这一个月他确实累狠了。

贺怀翎把他领进里间，吩咐人打水进来，水送到外间他再亲自端进来，让祝云璟梳洗。

祝云璟好奇地听了他方才在外头与那些王府下人的对话，问他道："你会说夷话？"

他虽然能听懂一些，却不会说，贺怀翎与夷人交流毫无障碍，连口音都模仿得十成十像，不然也不能假扮这三王爷。

贺怀翎解释道："我先头领兵在关外征战了五年，想学自然就学会了，学来总不会有什么坏处，这不就用上了？"

祝云璟深觉自己问了个蠢问题，岔开话题道："你派人去劫我回来，就不怕那些手下起疑？"

"这有什么，这假陈博歹是个王爷，想要抓个人，别人还能置喙什么吗？"贺怀翎不以为然地笑道。

祝云璟无言。

夜里，祝云璟和衣躺在床上闭目养神，贺怀翎不在，他并不敢就此睡过去。

外间忽然响起一声细不可闻的房门开阖声，接着便是几声刻意放轻的脚步声响，祝云璟背对着床外侧的方向，悄悄握紧藏在被子里的匕首。

祝云璟正要动，贺怀翎的声音在他耳畔响起："是我。"

祝云璟松了口气，转回身，贺怀翎低声提醒他："赶紧起来，我们现在就走。"

傍晚贺怀翎就出去了，这会儿过了子时他才回来，祝云璟没工夫问他到底做了什么，立刻起了身。贺怀翎给他披上件挡风的斗篷，带着他悄无声息地出了门。

外头贺怀翎早已安排好了，一个家丁驾着车正在王府侧门外等他们。

这个点城门早已关了，马车驶离王府之后，停在了离西边城门不远的巷子里一座不起眼的小宅子前，贺怀翎小声告诉祝云璟："城门寅时五刻就会开，我们在这里等等。"

这栋宅子是白天贺怀翎叫家丁去租的，是给他们暂时落脚的地方，另外两个家丁就在这儿候着，还有一人白日便先出了城，会在城外接应他们。

进门之后，祝云璟忽嗅到贺怀翎身上若有似无的血腥味，皱眉道："你进夷人王宫杀人去了？"

贺怀翎随意道："杀了他们汗王。"

祝云璟十分惊讶："你在他们王宫里杀了他们汗王？那你是怎么逃出来的？"

"顺手而已。"贺怀翎解释说，今日王宫里举办酒宴，他本是想寻着机会摸去汗王的寝宫，偷取他们与番邦人往来的秘密信函。哪知道，那喝得醉醺醺的汗王突然回来，他躲在暗处看了一场那汗王与美姜的活春宫，伺机要走时被他们发现，便干脆下了杀手。

他又道："那汗王纵情酒色，寻欢的时候从不许人进去，所以我才能得手，若是天亮前都无人发现他已死在寝宫里，我们便能顺利出城。"

祝云璟道："既然把持朝政的是那个二王爷，你杀了汗王也没什么用吧，反倒是帮那二王爷提早登上汗位了。"

贺怀翎笑道："那倒不尽然，汗王看似昏庸不理朝政，早年的威信还在，拥戴他的大臣也不少。二王爷行事狠辣却有勇无谋，很多人其实都不满他，以后这玉真国难得太平了。"

总之，能给这些夷人添些麻烦便是好的。

祝云璟点点头，没再多问，贺怀翎望了一眼外头黑漆漆的夜色，轻轻拍了拍他："还早，你睡一会儿吧，要走的时候我再叫你。"

祝云璟并无睡意，顺口提起这几个月发生的事情，昨日夜里他被劫进王府，白日贺怀翎一直在处理事情，晚上又进了王宫，他们还一直没有好好聊过这些。

打仗的事其实没什么好说的，贺怀翎在陆续寄回去的几封信里把该说的都说了，倒是祝云璟怕他在外头分了心，一直没把京中的那些消息告诉他，此时才开口道："你知道……贺家的事情吗？"

贺怀翎轻叹："造反一事我已知晓，贺家被满门抄斩，小弟早就写信把事情原委告知我了。"

祝云璟一时不知说什么好，即便贺怀翎与他祖父、二叔不睦，关系尴尬，那也是他的至亲。他们与祝云珣因谋反而全家被诛，告发之人还是他的亲弟，怕是换了谁都很难无动于衷。

贺怀翎却道："小弟并无过错，既为忠君，也是为了保全家人，若非如此，只怕我定远侯府亦难逃一劫。"

祝云璟的眼中滑过一抹欲言又止之色："你能想通自然是好的。"

贺怀翎道："殿下，你是不是还有什么事没说？"

祝云璟望着他，黑亮的双瞳里隐隐有难言的苦涩："阿瑄的信里虽未明说，但看他字里行间的意思，陛下应当已经知道我还活着。"

贺怀翎怔忪一瞬："他是如何知道的？"

"茕关兵里还有当初京里来的三万人，他们当中或许有见过我的认了出来，又或许更早的时候就……"祝云璟摇了摇头，当初他选择用谢夕雀这个名字便已是十足大胆，他骗得了别人却骗不了自己，这里头本就藏了一分他期待皇帝知晓的心思。

或许在他内心深处始终不相信，他的父皇会对他绝情至此。

结果也一如他所想，昭阳帝确实并未对他赶尽杀绝，但真相却更叫人难以接受。

贺怀翎道："陛下已经知道你是受人诬陷，又知晓你还活着……他是何反应？"

祝云璟自嘲一笑："还能如何？我已经是个死人了，难不成还能死而复生，回去继续做皇太子吗？"

不能回去他并不遗憾，但他怎么都没想到，他回不去的原因仅仅是要给人腾位置。

皇帝与那安乐侯世子的真实关系，之前就有传言，他原以为即便是真的，不过一个私生子而已，对祝云瑄也够不上威胁。现在他才如醍醐灌顶，别说是祝云瑄，连他在皇帝心中的地位都远比不上那个人。

这些事情并不难猜，祝云瑄信中虽说得语焉不详，但仅是只言片语，熟知他的祝云璟轻易便能猜到他的意思。

比起皇帝认定他要谋反而赐死他，这样的真相对他的打击更加致命。

贺怀翎亦未想到事情的真相竟是这样，一时唏嘘不已，更是心疼祝云璟。当初谁人不知，是皇帝对太子太过纵容溺爱，才养成了皇太子这般跋扈张扬的个性，谁又能想到，到最后他却为了别的儿子，还是一个私生子，亲手赐死了祝云璟。

祝云璟纵有千般错，可他对皇帝的一片孺慕之情，别人或许不清楚，贺怀翎却看得真真切切。

祝云璟闭了闭眼睛，半晌，忽然嗤笑一声："他为了这个私生子这么费尽心思，又是废太子腾位置，又是树活靶子，还特地准备了个傀儡给他，做得这么面面俱到，别是因为这个儿子是他年少时的挚爱之人生的吧？"

不怪祝云璟会这么想，如若不是这种缘由，那梁世子又凭什么胜过几乎是昭阳帝亲手带大的他？

贺怀翎低咳一声："陛下那样的人，应当不会的。"皇帝心思深沉、喜怒无常，向来把权力视为心中最重，什么挚爱能让他如此用心？

祝云璟斜眼睨向他："万一是有什么不得已的苦衷呢？你以为我当初很愿意这般假死偷生吗？"

贺怀翎并不想与他争辩，转而宽慰他："夕雀，过去的事便过去了吧，不必过于纠结，何必一直惦记着，给自个找不痛快？"

祝云璟收了玩笑的心情，神色黯了黯："罢了，你说得对，纠结也是自寻烦恼，不想了。"

反正也回不去了，他们父子此生怕是都再无缘得见，父子情分既已斩断，又何必念念不忘。

说了一会儿话，两人还是各自去迷迷糊糊地眯了一阵。寅时刚至，家丁便来敲门提醒他们，说外头街上突然出现了许多官兵，正在挨家挨户地搜人，城门似乎也暂时不会开了。

很显然，汗王被杀之事已经被发觉，贺怀翎假扮的这三王爷又在同一时间失踪，要搜的人自然是他。

祝云璟道："早知如此，还不如暂且留在那王府中。"

贺怀翎摇头："我是最后一个离开王宫的，本就嫌疑最大，即便我们不走，也一样会怀疑到我身上，到时候更难脱身。"

祝云璟问："现在要怎么办？"

贺怀翎安抚他道："不用紧张。"

官兵搜到他们这座宅子破门而入时，已快天亮，几个家丁假意拦了几下，就让他们闯了进来。

正屋的门被人一脚踹开，床帐之后坐在一块的人骤然分开，长剑唰地挑开纱帐，贺怀翎反应迅速地拉起被子盖住祝云璟。

领头之人看到这一幕愣了愣，粗声粗气地问道："这里就你们俩？你们是做什么的？可有看到可疑的人进来？"

贺怀翎皱眉道："这屋子里只有我和夫人。"

跟进来的家丁着急问道："官爷，你们到底在找什么人？我们是来这里经商的，租了这栋宅子暂住而已，真没见着什么可疑的人啊！你们这样闯进来实在是……"

那人看了一眼瑟瑟发抖的"小娘子"，又仔细瞅了贺怀翎几眼，贺怀翎已由家丁帮他重新易了容，在本来的相貌上做了修饰，与那三王爷并无半分相似之处。

其他人已经将几间屋子翻了个底朝天，确实未发现可疑之处。那领头的撇撇嘴，带着人又去了下一户。

脚步声渐渐远去后，祝云璟才坐起身，没好气地推了他一下："这样能蒙混过去吗？"

贺怀翎笑了笑："真要东躲西藏的人，谁还会有闲心如此？放心，他们不会再回来了。"

三年后。

元宝呼哧呼哧地从外头跑进屋子里，兴高采烈地嚷嚷："下雪了！下雪了！下雪了！"

祝云璟皱着眉放下手中的书，抱住一爬上榻就往自己怀里栽的元宝，没好气地教训人："下雪了有什么好高兴的，你是没见过雪还是怎的？都多大的人了，还咋咋呼呼的，一点规矩都没有。"

元宝浑不在意祝云璟训斥自己的话语，伸手就去够点心，啃得满嘴的点心渣，睁着亮晶晶的大眼睛，望着祝云璟："父亲什么时候回来？我什么时候可以跟父亲去军营玩？"

祝云璟头疼不已，小孩子活泼好动是好事，但活泼过了头，整天惦记着打打杀杀，去个军营都能闹得鸡飞狗跳，就不怎么美妙了。

祝云璟的手指点上元宝的脑袋："小没良心的，亚父辛辛苦苦养大你，你父亲成天不着家，你倒是惦记着他。"

"我最喜欢亚父了！"元宝圆滚滚的脑袋在祝云璟怀里用力蹭。祝云璟黑了脸，暗道你的嘴擦干净了吗？

在外头玩累又吃饱了的元宝终于消停了，躺在榻上很快睡过去，祝云璟帮他把毯子盖好，轻轻拍了拍小家伙的肚子。

窗外的雪势愈加大了，纷纷扬扬地覆盖了整间院子，祝云璟看了一阵，想着贺怀翎今日也不知能不能回来，心下总有些莫名的焦虑不安。

当年他们自玉真国回来后，贺怀翎便将所探得的事情全部疏呈了朝廷，又是一大批人因勾结夷人通敌叛国而获罪。在处置了这些内患之后，昭阳帝终于下了旨，不再接受夷人的假意称臣，由贺怀翎再次领兵出关，以图永绝后患。

这三年贺怀翎一直在外奔波四处征战，几乎踏平了北夷，还与番邦人交手了好几回，直到三个多月前才终于尘埃落定，回到了莹关。

已经四岁大的元宝这几年就没见过贺怀翎几次，贺怀翎刚回来那半个月，父子俩还有些生疏，后头贺怀翎带着他去军营玩了几回，这傻孩子便满心满眼惦记着，要跟着贺怀翎去骑马射箭，对着贺怀翎一口一个父亲叫得亲热无比，让贺怀翎得意了许久。

今日是贺怀翎从军营回来的日子，祝云璟从一大早起就眼皮子直跳，原本早上就会回来的贺怀翎一直没有出现，连个口信都没传回来。

这会儿都过了晌午，祝云璟正犹豫着要不要着人去问，守在院外的小厮匆匆进来禀报，说是侯爷回来了。

贺怀翎快步走进来，脸上却无半分笑意，神色凝重，祝云璟当即蹙起眉："怎么了？"

贺怀翎目光复杂地望向他，顿了顿，沉声道："陛下驾崩了。"

祝云璟愣住，良久之后，道："什么时候的事情？"

贺怀翎答："十日前的夜里，今早消息才传到这边。"

祝云璟无意识地握紧拳头，抬眼看向贺怀翎，道："继位的新帝……是谁？"

贺怀翎回视他："是瑞王殿下。"

祝云璟的肩膀骤然一松，脱力一般泄了气。

贺怀翎将人扶住："别担心了，事情已经过去了。"

祝云璟问他："你没骗我？"

贺怀翎道："我怎可能用这种事情骗你？继位的确实是瑞王，但过程并非如你所想。"

祝云璟的眉头瞬间又紧拧起来："怎么说？"

贺怀翎与他解释："陛下一驾崩，首辅张阁老就取出了先前陛下放在他那里的传位圣旨，那份圣旨上说的是传位于九皇子，并以昭王为摄政王代理朝政，众内阁大臣辅政。"

祝云璟闻言倏地瞪大眼睛，贺怀翎摇了摇头，继续道："传位圣旨已出，百官本已要参拜新君，那昭王却突然跳出来，说张阁老手里的传位圣旨是假的，他这里的那份才是真的，而他手中的圣旨所拟定的继位之人是瑞王殿下。"

祝云璟喃喃道："后来呢？"

贺怀翎的眸色沉了沉："昭王把持着两京大营，京卫军也由他统领，连皇宫禁卫军都听他的，张阁老即便是百官之首，在他面前也讨不到好。两人争执不下，之后六位内阁大臣亦分成了两派，有三人倒戈向了昭王，最后昭王以假传圣旨谋朝篡位的罪名，将张阁老与其他两位阁老一并拿下，这才拥护了瑞王殿下登上帝位。"

祝云璟久久无言，半晌才道："阿瑄从未说过昭王与他交好。"

昭王便是那位深得昭阳帝宠幸，权倾朝野的梁世子，他先是京南大营的总兵，京北大营总兵以老乞休之后，两京大营便由他一并统率，在京卫军统领与祝云珣勾结谋反被诛之后，连京卫军都交到了他的手中。

这几年，皇帝的身体一日不如一日，但皇帝对他一直分外器重，已到了无一日不留他在宫中随侍的地步，半年前更是封了他为异姓王，给的封号还是与帝号相同的"昭"字。满朝文武都以为，哪天若是皇帝直接把帝位给了他都算不得稀奇，但谁都没想到，这位昭王会放着摄政王不当，一力拥护瑞王问鼎。

这些事情在祝云璟与贺怀翎看来都十分不可思议，且不说昭阳帝为了这个私生子变得毫无原则，愈加喜怒无常，就说这梁祯与祝云瑄的交集，也远在他们的意料之外。

贺怀翎叹道："我还以为陛下会做得再出格一些，直接传位给那昭王呢。"早在三年之前，他们就有过这种猜测，朝中与他们有同样想法的人也绝不在少数。

"他未必不想，但那梁祯连摄政王的位置都不要，或许是他自己不愿接这个担子呢，谁又知道……"祝云璟忧心忡忡道，"阿瑄他该怎么办？"

登上了帝位，也不代表从此就踏上康庄大道，祝云璟可以想见这场帝位之争是怎样的腥风血雨，也难怪皇帝驾崩的消息会迟了这么多天才传出来。

而且昭王又为何要帮祝云瑄？那九皇子是他堂妹的亲儿子，他却选择了站在祝云瑄一边，这事怎么想都透着一股诡异之感，祝云瑄从前在信中也从未提过。

阿瑄他……能应付得了昭王吗？

祝云璟心中总隐隐觉得不安，贺怀翎轻轻拍了拍他的肩膀："先别想那么多了，至少瑞王殿下他现在已经是皇帝了，这已经是最好的结果，其他的只能以后再说了。我叫人去把白幡挂起来，叫阖府的人都换上素色衣裳吧。"

祝云璟这才渐渐回过神，闭了闭眼睛，哑声道："好。"

不过两刻钟，总兵府里便换上了一片素白，祝云璟跪在火盆前，心神恍惚地将纸元宝和纸钱一一扔进盆中。

元宝也跪坐在一旁，还以为是什么好玩的事情，笑呵呵地看着盆中跳跃的火焰，不停往里头扔东西，嘴里发出惊叹："烧着了，好大的火呀……"

见没人回应自己，元宝抬头去看祝云璟，触及他亚父黯淡的目光，小家伙愣了愣，仍旧懵懵懂懂的，却安静了下来。

贺怀翎亲自吩咐府中众人一应要注意的事情，回来陪着祝云璟一块跪下，烧起纸钱。

见祝云璟神色淡然，贺怀翎忍不住问他："夕雀……你要守孝吗？"守国丧只需百日，守孝却要三载，且还有诸多规矩，但那个人毕竟是祝云璟的父皇。

"罢了，"祝云璟淡淡道，"别人怎样，我也怎样吧。"

贺怀翎不再说了，两人默不作声地把手里的东西烧完，带着元宝一起朝着京城的方向磕了磕头。前尘往事，就此便算是彻底了结了。

两个月后，新帝的圣旨到了崟关，贺怀翎调为闽粤水师总兵，令两个月之内走马赴任，而祝云璟，又或者说是谢夕雀，则被授予了国公爵。

两人领旨谢恩，祝云璟十分无奈："他先头还说要给我赐王爵，我坚决不肯，结果又给了我一个国公的爵位，真是……"

对祝云璟来说这些都是虚名，但显然祝云瑄觉着兄长不能完全靠贺怀翎庇护，还是得有自己的身家才能安稳。祝云璟无意争辩这些，却坚决辞了王爵，封国公就够出格的了，若是封了异姓王，还不知有多招人眼。即便现在祝云瑄已经是皇帝，没了后顾之忧，祝云璟依旧不想找这个麻烦。

贺怀翎道："他给你，你就受着吧，至少他是念着你这个兄长的。"无论日后祝云瑄的心思是否会变，至少在这一刻，他是全心全意在为祝云璟打算。

祝云璟叹道："我信阿瑄，且如今我这样的身份根本不会威胁他分毫，他又有何好在意我的？"

比起这些，更令祝云璟高兴的是贺怀翎收到的这则调令，他在闽粤的生意这几年已经铺开，规模日渐扩大，他一直想亲眼过去看看，原本是打算等元宝满五岁，就去那边走一趟，不承想祝云瑄都已经帮他安排好了。

贺怀翎笑着拍了拍他的肩膀："陛下给的时间充裕，我们可以一路慢行过去，顺道去江南看看，这个时节去江南是最好的。"

闻言，祝云璟脸上的阴霾终于一扫而空，他高兴道："甚好！"

自茕关启行，到景州是三月中，江南春日风光最好的时候。

元宝长到四岁还是第一次离开边关，这一路上，见着什么都瞪着大眼睛，发出一声又一声的惊叹，到了江南更是看得眼花缭乱，惊奇不已。

别说是他，便是祝云璟亦是第一次见到这江花似火、千里莺啼的江南春景。

贺怀翎外祖家就坐落在这样的碧水江畔。

来了这里他们自然要登门拜访，贺怀翎的外祖父刚逾耳顺之年，精神矍铄，身体健朗，十分好客，听闻他们要来，三日前便已着人打扫院子。虽因为国丧外祖父不能大摆宴席，也很是费了一番心思，备了家宴，为他们接风洗尘。

祝云璟第一次见贺怀翎的家人，多少有些不安，好在贺怀翎外祖对他的真实身份心知肚明，便是这个假身份，也是贺怀翎的大舅帮他办下的，一家人从上到下都对他十分客气又不失热络。这般自然的态度，反叫祝云璟放开许多。

贺怀翎笑道："夕雀给各位长辈准备了见面礼，还请笑纳。"

祝云璟叫人将东西抬上来，都是南边少有的边关特产，他恭谨道："不知各位喜欢什么，便随意备了些，小小薄礼不成敬意。"

按理说晚辈第一次来拜访，该是长辈们送见面礼，祝云璟实属有心，带来的除了那边关酿的风味独特的酒、各式毛皮物件、一整套的马具等，还有给女眷们的极具异域风情的首饰，虽都不是什么特别值钱的东西，却着实新奇。

一众长辈们乐呵呵地收下，祝云璟这般一团和气、没有半点架子的模样，远在他们意料之外，言语间更是与他亲热了许多。

一来二去，长辈们的回礼都落到了元宝身上，小家伙面对一屋子的陌生人，起初还有些发蒙。不过他天生就是个心大的，曾外祖父拿了块糕点笑眯眯地逗他，小家伙回头看了祝云璟一眼，犹犹豫豫地挪步过去，被老人家抱到腿上，啃着糕点立时眉开眼笑，让叫人就叫人，小嘴比抹了蜜还甜："元宝，我叫元宝，亚父说我是最值钱的宝贝。"

"这里好漂亮，我好喜欢，亚父也好喜欢。"

"这个糕点好好吃，我可不可以再要一块给亚父？不，我要两块，还要给父亲。"

所有人都被元宝的童言稚语逗笑，元宝羞红了脸，往曾外祖父怀里钻。

祝云璟与贺怀翎亦是相视一笑，彼此都在对方的眼里看到了满意的神色。

"这小娃娃竟与怀翎小时候一模一样，都这么机灵。"不知哪位长辈说了一句，旁的人纷纷附和，说起了从前的事情。祝云璟笑着瞅了贺怀翎一眼，大概没想到贺怀翎小时候竟也是这么个跳脱的个性。

贺怀翎无奈摇头，以眼神示意祝云璟，老人家随口一说，你还当真了。

当日他们便在贺怀翎外祖家歇了下来，打算小住个三两日再离开。贺怀翎外祖家人丁兴旺，与元宝同辈的孩子就有十几个，元宝头一次有了同龄的玩伴，很快与兄弟姊妹们混熟，压根不需要人操心。

祝云璟望着在人群中疯跑的元宝，笑问贺怀翎："不如我们把他留在这里算了，你觉着呢？"

贺怀翎却道："出不了三天，不是你哭便是他哭。"

祝云璟好笑道："为何不是你哭？"

将元宝留下来的念头，只在祝云璟心中冒出了一瞬便彻底被压了回去，他倒是想让元宝留在这里，养一养那过于闹腾的性情，却又不想叫元宝寄人篱下，他们两地分离，想想还是罢了，等他再大几岁再说吧。

下午，多年未见的许士显前来拜访，祝云璟与贺怀翎一起招待了他。

这几年里，贺怀翎与许士显偶有书信往来，倒是祝云璟与许士显那族叔交往甚密，在闽粤的生意也全靠他们打理。

许士显依旧如当年一般文雅，风骨不减，与他同来的还有个十来岁的孩子，一脸严肃地站在他身后，颇有些少年老成，应当就是他的那个养子。

三人坐下喝茶叙旧，又谈起彼此的近况，许士显在这边开了间私塾，收了不少贫苦人家的学童，也总算没白白浪费了一肚子的学问。谈及养子，他唏嘘不已："可惜我教不会这小子，他就不是一块走科举的料子，榆木脑袋，怎么都不开窍。"

祝云璟与贺怀翎仔细瞧了瞧，那孩子站得笔直，紧抿着唇，满脸严肃，皮肤黝黑，生得是人高马大的，看着确实不像读书人，祝云璟笑道："你特地带他过来，可是有什么主意了？"

许士显微微红了脸，不好意思道："实不相瞒，今日我觍着脸带阿沅一块前来，是因为他说想习武从戎。我思来想去，实在放心不下，就想着能否把他交到你们手中，让他到侯爷麾下历练个几年，将来或许还能挣得一份前程。"

祝云璟并不意外地挑了挑眉，笑看向贺怀翎，示意由他决定。

贺怀翎将那小孩叫到跟前来，问了他的姓名年岁，又捏了捏他的肩膀和手臂，小孩有些紧张，但并未退缩，主动道："我还会舞剑。"

贺怀翎叫人递了把剑给他，小孩像模像样地舞起来，姿势虽不够漂亮，力道却十足，并非空有花架子，贺怀翎满意地道："好，以后你就跟着我吧。"

小孩回头望了许士显一眼，许士显鼓励地点点头，他便站直身，冲着贺怀翎长揖到地："谢谢贺大将军！"

喝完两盏茶，许士显带着人告辞，说三日后他们走时再将人送来。

目送着他们父子俩远去，祝云璟笑道："他倒是比从前更加自在潇洒了。"

贺怀翎也笑笑："不用羡慕别人，你也可以。走吧，我带你去外头逛逛。"

景州的市井街巷熙来攘往十分热闹，信步在青石板路上，嗅着微风中夹杂着的淡淡花香，叫人前所未有地放松和惬意，祝云璟叹道："这地方果真跟你当年送我的那幅画中的一模一样。"

贺怀翎略微惊讶："你竟还记得那幅画。"

"自然是记得的。"祝云璟抬眸望向他，眼中滑过一抹促狭的笑，"某人莫名其妙地往东宫里送来一堆景州的特产，我自是当他无事献殷勤。不过那画确实不错，我便留了下来。"

贺怀翎抬手到唇边轻咳一声，却挡不住嘴角荡开的丝丝笑意："当时是我唐突了。"

"可惜那幅画留在东宫没带出来，就这么没了。"

贺怀翎道："那是我外祖父亲手作的，你若是喜欢，走之前我再叫他给你画一幅就是了。"

祝云璟摇摇头："罢了，何必折腾他老人家，都亲眼看过了，画不画的也没什么所谓了，我们往前走走吧。"

沿着水畔的巷道往前走，转过一处弯角，便是景州最热闹的大街，到处都有叫卖的摊贩，即便是国丧期间，百姓的日子该怎么过还得怎么过，那些吃喝玩乐的地方闭了一个月的门，这几日又都开了。

他们登上临水的一座茶楼，凭栏而坐。祝云璟端着茶碗，望着外头隐在袅袅烟云间的湖光山色，逐渐入了迷。

贺怀翎问他："你在想什么？"

祝云璟回神，笑道："你舅舅说元宝像你小时候，我在想你那时究竟是什么模样，你在景州住了那么多年，怎就没养出一星半点江南儿郎温润如玉的气质来？"

贺怀翎无奈地辩解道："我像元宝这么大的时候还在京城呢，后头才来的江南，这里的人也并不都是你说的那样。"

祝云璟又道："我看你外祖父和几个舅舅就都挺斯文儒雅的，你也没沾染上半分。"

贺怀翎摇摇头："你……"

若是他与旁人一样从来恪守君子之道、循规蹈矩，也就不是如今的境遇了。

说着，两人同时笑起来，祝云璟轻声一叹："十七岁之前，我从未想过这日子还能过成这样。"

贺怀翎问："不好吗？"

"挺好。"从地北到天南，这几年他过得肆意又随性，也不是孤家寡人一个，再没比这更好的了。

外头不知何时下起了淅淅沥沥的小雨，烟雨楼台，更显如梦似幻。贺怀翎帮祝云璟将空一半的茶杯添满，道："夕雀，待日后，大江南北，我们都去走走吧。"

落雨声就在耳边，滴滴答答，带出草木的香气，混着悠悠茶香，格外沁人。祝云璟望着贺怀翎黑沉如墨的双眼，微微一笑："好。"

番外

一 劫后余生

在南边安定下来后，祝云璟开始频频往外跑，出海下南洋，一次比一次去的地方更远。

倒也不只是为了做生意，这些年他压抑久了，到了外头终于见识到世界之大。

那些憋了多年的苦闷也终于找到了释放的途径，于辽阔无际的大海上航行，听海的声音和风的声音，唯有这样的时候，他才觉得自己还活着是有意义的。

再一次从海上归来时，回程途中发生了一点意外。

突然间天地变色，狂风大作、暴雨倾盆，掀起滔天大浪，船队被冲散，祝云璟乘坐的商船成了一只孤舟，独自承受风浪的猛烈侵袭，船头的桅杆被风折断了两根，船身几次差点被海浪掀翻。外头是人来人往慌乱的喊叫声和脚步声，祝云璟独自坐在房中，身体随船身颠簸，他甚至已经做好自己会交待在这里的准备。

脑子里翻涌过无数念头，过往的一些画面一再闪现，他忆起远在京城的弟弟，忆里家中等待他回去的孩子，最后是那个始终坚定地支持他的人。

如果自己就这么死了，那人会怎样。

到了这一刻他才真正觉得不甘，他还不想死，他才刚刚开始崭新的人生，他不能就这么死在这里。

祝云璟跌跌撞撞地推门出去，爬上了甲板，喝令那些因恐慌而手脚大乱，甚至想要弃船跳海的手下："全部去前面帮忙，将备用风帆升起来，快！"

有了祝云璟这个主心骨，那些慌了神像无头苍蝇一般溃乱的船员也终于镇定下来，纷纷朝船头跑去，还没有到最绝望的时候，只要还有一线机会，他们都得自救。

祝云璟抹去脸上的雨水，脱下袍衫，撸起袖子跟上去帮忙。

海上风浪来得快去得也快，半个时辰后雨雾天青，日光落回重归平静的海面，先前的一切仿佛一场不真实的噩梦。

船上响彻劫后余生的庆幸欢呼，祝云璟脱力坐下，才觉背上冷汗涔涔，再又笑了。

他看到远处迎着晨光而来的战船，以及立在船头的人。

祝云璟被人扶上战船，浑身被先前的暴雨淋得湿透，披头散发狼狈不堪，面色也苍白，眼中却有笑。

贺怀翎站在原地看着他走近，用力握紧拳头，哑声道："回来了。"

祝云璟点了点头，他知道贺怀翎是特地来接他的，经历劫后余生，他不想说太过矫情的话，微笑应道："回来了。"

上岸之后祝云璟先回了总兵府，待他沐身更衣完，还小憩了片刻，贺怀翎才处理完公务回来。

元宝在院子里玩耍，见到贺怀翎便告诉他亚父在里头睡觉。贺怀翎拍了拍他脑袋，让他自个玩，走上前轻敲屋门。

屋中传出祝云璟略沙哑的声音："进来。"

贺怀翎推门进去，祝云璟身上盖着羊绒毯倚在榻上，已经醒了，精神看着不大好，脸上依旧苍白无血色。

贺怀翎见状不由得拧眉，他身后跟进来的下人端着刚出锅的姜汤，搁到祝云璟面前。

"喝了。"贺怀翎提醒他道。

祝云璟不太乐意，他不喜欢姜汤这个味，但被贺怀翎盯着，不得不端起碗。

见祝云璟一气喝下大半碗姜汤，贺怀翎眉头稍松，在他对面坐下，问道："要请大夫来看看吗？"

"不必了，"祝云璟摆了摆手，"没什么大碍，不要小题大做了。"

"你商队的船沉了两艘，船上的人都没回来。"贺怀翎道，"若不是你运气好，现在不定还能坐在这里。"

祝云璟的心情有些沉重："你别咒我了吧。"

贺怀翎看着他："你觉得我是在咒你吗？"

"出海行商本就有各种各样的危险，每年葬身海上的商船和人不知凡几，你应该比我清楚。"祝云璟无奈道。

贺怀翎的神情似乎未变，又似蒙上了一层什么，祝云璟心头一跳，有心想解释，贺怀翎已站起身，淡淡道："你歇息吧，我去陪元宝用膳。"

祝云璟忙道："别生气了，有话好好说呗。"

他很少有这样服软示弱的时候，贺怀翎转眼看向他。

僵持片刻，贺怀翎到底挨不过祝云璟恳求的目光，重新坐了回去。

饶是如此，他的语气仍不大好："所以你从选择出海行商起，就做好准备自己有一日会葬身海上？甚至若今日当真运气不好，也准备慷慨赴死是吗？"

祝云璟却问他："在外这些年，你南征北战，数次上战场，前些年还在北边战场上失踪，差点有去无回，你不是也早就将生死置之度外了吗？"

"这不一样。"贺怀翎皱眉道。

"是不一样。"祝云璟没否认，"你就算当真在战场上有个万一，也是为国捐躯，死得其所。"

贺怀翎瞬间成了哑口无言的那个，祝云璟摇了摇头："你别担心太多了，我很惜命的，我这条命是偷来的，就这么随便丢了那多可惜。今次是意外，以后我会更小心些，今年都不会再出去了，多些时间陪元宝好了。"

祝云璟已说到这个份上，贺怀翎也不好再说了："我没有要束缚你的意思……"

"我知道，"祝云璟笑了笑，"侯爷是为我好嘛，我没那么没心没肺，不肯领你的好意，以后会多加小心的，真的。"

贺怀翎说："嗯。"

祝云璟看着他："行了，你别这么严肃了啊，笑一个吧。"

贺怀翎避不开他含笑的目光，又觉自己方才确实过于严厉，话说重了些，勉强扯起嘴角："你心里有数就行。"

"有数，我当然有数，侯爷别操心啦。"祝云璟讨好道。

贺怀翎终于被他的话逗乐，撑不住笑了："行了，你歇着吧，我不打搅你了，我带元宝去用晚膳，一会儿叫人将膳食送来房里，你就在这儿吃。"

"我跟你们一块去吧。"祝云璟道。

贺怀翎打量他的神色："不难受了？"

祝云璟无所谓道："好多了，正好饿了。"

贺怀翎说："行吧，那一起去。"

用晚膳之前，祝云璟先吩咐手下去处置今次意外的善后事宜，所有死伤船员给予丰厚抚恤金，损失的货物也要清点出来，怕不是个小数目。

"当真得歇息一段时日，不往外跑了。"祝云璟自己也有些后怕，这一次能平安回来，确实是他运气好。

贺怀翎不想再提这些，点了点头。

元宝咋咋呼呼跑进门，扑向祝云璟："亚父，我刚听人说你在海上差点出了意外，是真的吗？"

祝云璟伸手捏他的脸："你听谁乱嚼舌根，我这不好好的？"

元宝却不信，转头去看贺怀翎，贺怀翎也安慰他："没事。"

"下次亚父再要出海，带我一起去吧，我保护你。"小孩道。

祝云璟笑了："哟，我可真是养了个孝顺的好元宝。"

元宝红着脸往他身上贴，这浑小子难得不好意思。

贺怀翎也笑了，提醒他们："别一直说话了，坐下吃东西吧。"

在膳桌前坐下，贺怀翎拿了碗想先帮祝云璟盛口热汤，元宝站起身："我来我来。"

贺怀翎也不与他抢，将碗递过去。

元宝把盛好的热汤搁到祝云璟面前："亚父喝。"

祝云璟一挑眉，道："元宝今日是转性了，还是上学又犯了错被先生教训了？"

元宝说："我哪有，亚父你都不盼我好。"

祝云璟好笑道："你什么德行亚父会不知道？"

元宝心虚道："先生没有教训我，就是让我把之前没临完的字帖再临十遍，太多了，我写不完，你们能不能去跟先生说说，让他减少一些？"

"不能，"这次是贺怀翎先开口，"学业上不能讨价还价。"

元宝不服道："可我想跟父亲一样习武。"

祝云璟说："你父亲是个能文能武的全才，你却只想做个大字不识的武夫。"

被戳中心思的元宝红了脸，支吾道："我哪里大字不识，我认识很多字……"

"今晚海市那边有灯会，我们带元宝一起去看吧。"祝云璟忽然提议，与贺怀翎道，"晚上不用忙公务吧？"

元宝闻言眼睛瞬间亮了："好哇！"

贺怀翎拧眉："你身子不适。"

祝云璟说："已经没事了，在府里反而闷得难受，不如去外面走走。这小子心野，你逼着他念书反而适得其反。今日先让他玩个痛快吧，明日起再好生念书。听到没有？"

最后一句是冲着元宝说的，元宝点头如捣蒜："听到了！"

祝云璟提醒他："那便快些吃饭，吃完了我们一起出门。"

元宝高兴地道："好！"

贺怀翎见状便也不再多言，看祝云璟汤喝完了，叫人给他盛饭，提醒他："你多吃些吧，吃不下也得吃。"

祝云璟笑道："好。"

二 团子元宝

那会儿元宝才一岁半，刚学会走路，那日午后他站在高高的房门槛后面，两只手捏在一块，惆怅地望着外头的院子，默不作声，一站就是许久。

嬷嬷们都不知道他想干啥，立在一旁不知所措，半日之后，犹犹豫豫地问他："世子，您想要什么？"

元宝并不搭理她们，瞪着眼睛怔怔地看着外头，仿佛入定了一般。

祝云璟苦夏得厉害，正无精打采地倚在榻上看书，注意到元宝的反常，他有气无力地喊了一声："元宝。"

元宝转回身，看了一眼自己站的地方离榻边的距离，放弃了长途跋涉的决定："哒！"

祝云璟不禁扶额："你想做什么？"

元宝看看祝云璟又看看外头，转回身，不再犹豫，弯下腰去，双手攀着门槛，颤颤巍巍地从门内翻了出去。

嬷嬷们吓了一跳，伸手就去扶，而元宝已经翻到了门槛外头，甩开她们的手，站直身，迈着小短腿摇摇摆摆地径直走进院子里头。

他立在花树下，仰起脑袋，目不转睛地盯着那开得最灿烂的一株花，嬷嬷跟过来问道："世子，您是想要这花吗？"

元宝兴奋地喊道："发！"

他踮起脚伸手去够，有机灵的小厮上前来，笑问道："世子，我帮您摘吧？"

"发！"元宝又一次重复，着急地想要自个去摘，试了几次或许是发现了自己身高不够，他眼珠子转了转，落在那说话的小厮身上，"抱！"

小厮立刻道："好嘞！"

小厮将人举了起来，元宝终于够着了他想要的花，奈何他力气也不够，想要连着花枝一并折下却怎么都折不动，额上的汗都出来了："发！发！"

旁的小厮上前来想要帮他，还没碰到花枝，元宝抬手就拍了上去，怒目而视："发！我！"

那小厮也是个机灵的，元宝这一个字一个字地蹦，他竟也听明白了元宝的意思："小的握住您的手，让您自己折可好？"

元宝也不知听懂没有，歪着脑袋认真想了想，再次道："发！"

小厮便当他答应了，小心翼翼地握着他的手，终于帮他将那一株花枝给折了下来。

元宝眉开眼笑，紧紧捏着那花枝，落地之后立刻转身往回走，因为太过急切还差点摔了一跤，进门时依旧不要嬷嬷扶着，手脚并用地攀上门槛再翻进去，似乎把这当成了一个十分有趣的游戏，乐呵呵地直笑。

进门之后，小家伙便直奔祝云璟而去，到了榻边，献宝一般举起花枝递到祝云璟面前，亮晶晶的大眼睛忽闪忽闪："哒！发！"

祝云璟坐起身，意识到元宝费尽千辛万苦是特地给自己摘了株花来，顿时哭笑不得："给我的？"

元宝的手又往前送了送，一脸期盼地望着他："发！"

祝云璟抬手摸了摸他的脑袋，将花接过去，笑道："谢谢元宝。"

元宝拍了拍手，又伸手指向榻边的那个花瓶："发！发！"

祝云璟的目光移过去，那花瓶里头搁着前两日贺怀翎顺手摘下来的花枝，他顿时明白过来，这小东西是看自己精神不济，学着贺怀翎的样子摘了株花来，想要讨自己欢心。

祝云璟牵着元宝的手走过去，将刚摘下来的那一株一并插进花瓶里，笑叹道："你倒是机灵。"

元宝高兴极了，围着那花瓶转了许久，越看越满意。

小家伙刚才攀爬门槛时把身上的衣裳给弄脏了，祝云璟叫了嬷嬷把他带去换一身干净的，又见他满头大汗，转念间改了主意，吩咐下人："去打热水来，让世子沐浴更衣。"

炎炎夏日的午后酷热难耐，被剥光了的元宝不安分地在祝云璟怀中拱来拱去："热！"

"都脱光了你还热，热你就别扭。"祝云璟拍了拍他肉嘟嘟的屁股，弯腰试了试水，觉得差不多了，将人放了进去。

元宝"哇"了一声，抬起手用力拍了几下水，祝云璟捏他的鼻子威胁道："你给我安分点，一会儿父亲看到要打人了。"

他难得有兴致亲自动手伺候元宝沐浴，但这活并不轻松，元宝从来就不是个能消停得下来的，越说就越来劲，啪啪地拍着水，看着溅起的水花咯咯笑个不停。

祝云璟头疼不已，板起了脸："再动我真要打你屁股了。"

元宝气势汹汹地喊："打！哒！"

祝云璟好气又好笑："你还想打我？反了你？"

见祝云璟似乎真的生气了，元宝又去攀他的手，撒娇道："洗！"

贺怀翎进门来时，就见他们父子俩一个坐在水盆里，一个坐在水盆外，正大眼瞪着小眼。

贺怀翎脚步轻快地走上前去，在祝云璟身边蹲下，笑问道："怎么这个时辰让元宝沐浴？"

祝云璟没好气地将布巾扔给他："你给他洗。"

贺怀翎捏捏元宝的腮帮子："你又怎么惹你亚父生气了？"

元宝笑嘻嘻地喊他："哒！洗！"

贺怀翎笑着叹气："你真是好大的架子。"

好不容易给元宝洗干净了，贺怀翎只叫人给他穿了件肚兜，放他在榻上随意打滚，转头和祝云璟说起话："听人说，你这两天身子又有不适，可是元宝吵着你了？"

"还好，热得有些难受而已。"祝云璟说着冲花瓶的方向努了努嘴，"元宝为了让我高兴，还特地去外头给我摘了花来，他倒是有良心。"

贺怀翎顺着他的视线看了一眼，瞬间乐了："那你方才怎么又在生他的气？"

祝云璟没好气道："他就难得贴心那么一回，还不是因为先头我训过他了，你是没看到，早上他竟从厨房里捉了只公鸡来，抱在怀里不肯撒手，还想要抱进屋子里。"

清早嬷嬷领着精力旺盛的元宝去逛园子，厨房里正在杀鸡，却叫那鸡给跑了，飞到了园子里来。

一众下人手忙脚乱地把鸡捉回去，就怕吓着了小世子，结果元宝这小东西非但不害怕，还像是得了什么新奇的玩意，非要亲手去摸摸那鸡，摸了还不过瘾，竟还把鸡给抱了回来。

说来也是稀奇，先头七八个人才捉得住的鸡，到了元宝手里却格外乖巧，任他抱着，也不啄他，却把一众嬷嬷们给吓个够呛。

回来之后，元宝抱着鸡就要进屋，被祝云璟黑着脸给拦在外头，训了他小半个时辰才罢休。

虽然……元宝他可能半句都没听懂。

贺怀翎闻言放声笑起来："他才这么点大，就学会'偷鸡摸狗'了？"

祝云璟恼怒道："这般顽劣不堪，只恨不能将他打包扔出门去。"

元宝滚到祝云璟身边来，趴在他腿上，学着他说的嘴里念念有词："包！包！扔！"

祝云璟抓着元宝就拍了几下他的屁股，不过下手的力气近似于无，和挠痒也差不了多少。

元宝非但没哭，笑得更乐呵了，扬起方才沐浴时被热水蒸得红扑扑的脸蛋，望着祝云璟："哒！吃！"

这个时辰是元宝每日用点心的时候，他自个比旁的人都记得清楚。祝云璟很是无语，与贺怀翎道："你瞧他这馋猫样，好似我们会短了他这口吃的一样。"

贺怀翎乐道："能吃就能长，没什么不好。"

说话间，下头的人已经把点心吃食都送了过来，祝云璟热得没有胃口，那些甜腻腻的点心是一口没动，只喝完了加了冰的酸梅汤，心头的那股子躁郁之气总算压下去了些。

元宝捏着个小勺子，并不需要人喂，一口一口吃得十分斯文秀气，也只有这个时候他是最安静的。

他吃完了，又捧着碗递到祝云璟面前："吃！还！"

祝云璟不应他："这么凉的汤，你还要吃，吃坏了怎么办？"

元宝听不懂，却能从祝云璟的表情中明白他要表达的意思，知道他是不答应，又捧着碗转向了贺怀翎："哒！吃！"

贺怀翎看着小家伙一脸渴求的模样，又是好笑又是无奈，与祝云璟道："你看他都要'讨饭'了，你再让人给他盛半碗吧。"

"不行。"祝云璟坚决不同意，"前几日，他就贪凉吃多了这加冰的东西，闹了两天肚子还发了热，你又不带孩子，别想着惯着他就是对他好。"

贺怀翎虚心受教："那就听你的。"他转向元宝，摸了摸小家伙的脑袋，递了块糕点过去："你亚父说你不能吃这么多凉的，吃这个吧。"

元宝圆滚滚的腮帮子鼓起来，他把碗一放，扭过了屁股不理他们。

贺怀翎挑眉："这小家伙脾气还挺大啊。"

祝云璟道："别理他，让他闹。"

两刻钟后，闹了一通的两人又搂抱在一块，躺在榻上打起瞌睡，贺怀翎帮他们搭上薄毯，在一旁安静地看书。

窗外有一丝轻风拂过，花枝微微摆动着，夏日午后愈加悠长。

三 之后的事

贺怀翎与祝云璟一行到达泉州是四月初，闽粤水师营驻扎于此，总兵府也建在离水岸边不远的镇上。

闽粤水师是二十年前昭阳帝亲手建起来的大衍第一支海上军队，三年前衍朝彻底开放海禁，这支海上军队的地位变得愈加举足轻重，人数迅猛扩增，如今已成为大衍南部沿海最坚固的一道御敌防线。

从北疆调至南海，第一次统率海军，这对贺怀翎来说着实是个不小的挑战，光是做到顺利上手军中大小事情，就花了足足大半年的时间。

祝云璟也没歇着，自来了这里便带着元宝在闽粤两地到处跑，除了要熟悉自己的生意买卖，也为看一看这边的风土人情，长长见识。

这一日贺怀翎自船上下来，刚打外头回来的祝云璟牵着元宝正在码头上等他。

他们已有一个月未见，四目相对，贺怀翎与祝云璟同时笑起来，贺怀翎大步走过来，抱起元宝架到自己的脖子上，高兴道："走，回去。"

一路上元宝都在叽叽咕咕不停地说着在外头的见闻，他是见了什么都觉得新鲜有趣，倒豆子一般一样不落地说给贺怀翎听，末了抱着贺怀翎的脖子与他撒娇："父亲，你变个妹妹给我好不好？我也想要一个妹妹。"

贺怀翎扬了扬眉，疑惑地望向祝云璟："要妹妹？"

祝云璟无奈地解释，他们先前去南粤，被当地的一户名门望族邀请至家中做客，那家人有个三岁大的小孙女，又乖又甜，冰雪可爱，元宝喜欢极了，自那以后便成天缠着祝云璟，问他要妹妹。

祝云璟烦不胜烦，说他既然这么喜欢，那干脆定娃娃亲，以后把人娶回家做媳妇好了。

元宝这傻东西也不知道弄没弄明白媳妇的意思，只说就要妹妹，而且现在就要。

于是祝云璟便让他去找贺怀翎，看贺怀翎能不能从石头缝中给他变一个出来，元宝竟信以为真，当真正儿八经地与贺怀翎提起了要求。

贺怀翎一人做不了决定，此时也只能先哄着元宝："有了妹妹以后，你就不是最值钱的宝贝了，到时候你亚父只喜欢妹妹，你不许哭鼻子。"

元宝十分不甘心："不能我和妹妹都喜欢吗？"

贺怀翎笑着拒绝："不能。"

元宝还不罢休："真的不能吗？"

贺怀翎也认真道："真的不能。"

"那好吧，那我不要了。"元宝不情不愿地打消了要妹妹的念头，祝云璟对这事却有一些在意，暗暗想着再收养一个孩子其实也不错，无论男孩女孩，至少元宝能有个玩伴，家里也热闹些，就是收养这事……

祝云璟偷偷瞄了一眼贺怀翎，一番天人交战后，放弃了那念头。

但有些事情若是没起念头还好，一旦心里惦记上了，就时不时地会想起来。

于是某个晚上，与贺怀翎对弈时，祝云璟装着不经意地提了一句："不如我们再收养个孩子吧？"

贺怀翎只当他说笑，并未往心里去，随口道："收养什么孩子，还嫌元宝没把你折腾够？"

"我没觉得折腾啊。"祝云璟眨眨眼，一脸无辜，仿佛之前被幼时的元宝折腾得不行的那个人不是他一般。

贺怀翎见他这样，便知道他是当真起了心思，便问他："怎么突然又想要收养孩子了？"

祝云璟答："元宝喜欢。"

"就因为这？"在贺怀翎看来，小孩子都是三两天热情，压根不用去考虑。

祝云璟只好说："我也挺喜欢，多几个孩子家里热闹，你不喜欢吗？"

"喜欢是喜欢……"贺怀翎咂咂嘴，想了想，还是摇头，"不行，再加一个孩子会照顾不过来，还是算了吧。"

祝云璟一听，心里倒有了气，扔了手中的棋子："我就想再收养一个，你必须得帮我好好寻一寻。"

贺怀翎低笑："我不帮怎么办，你不如自己出去捡一个？"

祝云璟气道："你不信可以试试。"

"说什么傻话。"贺怀翎困意袭来，不愿再说，"想收养孩子也以后再说吧，等过几年，先不急。"

这便是在敷衍了，祝云璟听得愈加不得劲，憋闷得很，而且贺怀翎越是不当回事，他心里那股子别扭情绪就越甚，这下倒是非得再收养个孩子不可了。

至于贺怀翎不同意……那就先斩后奏就是了。

于是他偷偷叫人去寻被人遗弃的婴孩，堂堂国公爷要做这事也不算太难，只是一时竟没寻到适龄的女婴。

事既已交代了下去，祝云璟也不着急了，私下里还偷偷告诉元宝，他想要的妹妹很快就会有了，元宝听了却闷闷不乐："妹妹来了，你是不是就不喜欢我了？"

祝云璟摸摸他的脸："我永远最喜欢你。"

元宝抬起脸问："真的吗？"

祝云璟无奈道："我什么时候骗过你？"

于是元宝终于高兴了，开始每天扳着手指头数日子，等着妹妹的到来。

阖府上下都喜气洋洋地准备迎接二姑娘的到来，唯一被蒙在鼓里，或者说谁都忘了与他提的，就是贺怀翎。直到祝云璟都开始准备女儿的小衣了，他才后知后觉地反应过来。

贺怀翎实在不知该说什么好，侯府里再多个女娃娃，他自然高兴，更多的却是担忧："你真是……"

"真是什么？"祝云璟浑不在意。

贺怀翎也不再说那些扫兴的话了。

第二个孩子不久后便被抱入了侯府，时值深秋，天清气朗，时日正好。

但不是祝云璟希望的女儿，依旧是个男娃娃。孩子既已抱了回来，万万没有退回去的道理。祝云璟和贺怀翎无甚意见，唯一不能接受的只有元宝。

看到嬷嬷抱出个比他前几日在路边捡回来的狗崽子还丑的娃娃，小东西瞬间放声号啕起来，哭着喊着要嬷嬷还他妹妹。

他一哭，那小娃娃也跟着哭，屋子里的哭声此起彼伏，祝云璟头疼不已，贺怀翎赶紧叫人把两兄弟分开带走。

"我想要妹妹……"元宝被奶嬷嬷牵着走，还没忘了哭悼自己没见到的妹妹。

奶嬷嬷头疼地哄着他："以后小世子自个生个女儿，比妹妹更好。"

元宝抬手抹去眼泪，红着眼眶眼巴巴道："真的吗？"

奶嬷嬷帮他擦了擦脸："真的，世子肯定能心想事成！"

元宝这才止了泪："那我不要妹妹了，嗝……"

贺怀翎听着渐渐远去的声音，无奈摇头。

祝云璟自个也有些郁闷，元宝这般顽劣的有一个就够了，他还是想养个娇娇软软的闺女，明明都吩咐下去了，府中一应事物也是为女娃娃准备下的，如今出了岔子，他自然高兴不起来。

贺怀翎倒是无所谓，好言好语地宽慰他："抱都抱来了，就别想那么多了，男孩也挺好，还能继承你的爵位呢，而且他那么合你的眼缘，以后想必也不会闹腾，日后定是个稳重懂事的。"

"但愿如此吧。"祝云璟恹恹道，爵位不爵位的，他倒是不在意，只希望别再是个混世魔王就好。

四 养娃日常

侯府中有了第二个孩子，但元宝一点都不喜欢，这个弟弟在他看来一点也不漂亮可爱，且除了吃就只会睡。尽管贺怀翎和祝云璟都说弟弟也能陪他玩，可是这么个软软小小的肉团子，他连碰都不敢碰一下，要怎么玩？还不如他养的小狗崽好玩呢。

亚父果真是骗他的，早知道他就不要妹妹了，就不会多一个不讨人喜欢的弟弟。

不管元宝怎么抱怨，祝云璟却对这个小家伙满意得很，吃饱睡饱万事皆好，从不瞎闹腾，头疼脑热都少有，连嬷嬷都说，从没见过这么好带的孩子，这样的孩子日后定是有福的。

有没有福祝云璟不知道，能让他安生的就是好的。

小的大名贺启铭，这孩子好养，便没有取小名，连带着祝云璟花在他身上的心思都少了许多。

等孩子大了些后他就经常去外头跑，半年之后，又从皇宫里抱了一个养子回来，这下家里便有三个孩子了。

第三个孩子刚抱回来那天，元宝眼巴巴地瞅了许久，末了犹犹豫豫地问祝云璟："这是妹妹吗？"

祝云璟好笑道："不是妹妹，这也是弟弟。"

元宝便气得三天没理祝云璟，后来还是贺怀翎把人叫去语重心长地教育了他一顿，且不论那些爱护幼弟的大道理这小鬼听进去了多少，有件事他却是记住了——他是大哥，弟弟们以后都得听他的，他不听话的时候，大人们会板起脸教训他，弟弟们不听话了，他也可以教训他们……这倒是不错。

于是元宝一扫之前对弟弟爱答不理的态度，成天围着两个弟弟转，态度无比热情，不明就里的祝云璟以为元宝终于懂事了，彻底放下心来。

日子就这么一天一天过去，孩子们也逐渐长大了。

元宝进学之后，祝云璟特地从江南请来了隐世的大儒教导他，但元宝却不是个能安得下心来读书的，无论是祝云璟还是贺怀翎，都颇为此头疼不已。

这日他们二人一块自外头回来，刚进门，就看到两个小孩站在院中的大树下，三岁的铭儿和才两岁半的老三暖儿各自绷着小脸，正一脸严肃地商量着什么，时不时地抬头看一眼树端的方向。

祝云璟挑了挑眉，拉住了欲走上前去的贺怀翎，小声提醒他："先别过去，看看他们想做什么。"

两个小娃娃商议了半日，最后吩咐了个小厮爬上树去，似是要把树上鸟窝里的蛋掏下来。

祝云璟顿时黑了脸,这两个小的才多大,怎么也学着元宝开始上树掏蛋了?

贺怀翎忍着笑低咳一声,那俩小的听到了声音,转头瞧见他们,全都慌了神,好半天才别别扭扭地挪过来与他们问安。

祝云璟皱眉道:"你们这是在做什么?谁教的你们这么调皮的?"

铭儿涨红了脸不肯开口,暖儿低下头,不安地搅动着手指头,也说不出话来。

见他们不答,贺怀翎笑着伸手轻轻敲了一下铭儿的额头,道:"铭儿,你说。"

小家伙的嘴巴张了张,顿了一下,他才含糊道:"哥哥说,他下课之前我们没把鸟蛋掏下来,他就不给我们糖吃。"

祝云璟、贺怀翎:"……"

他俩一人抱起一个小的,一起去了元宝念书的院子,没有走进屋里去,就在窗边远远看了一眼。

屋子里除了元宝,还有贺怀翎的几个副将的孩子,共七八人,师傅正在讲学,元宝端坐在桌案前,看似十分认真,实则脑袋一点一点的,在悄悄打瞌睡。

祝云璟无奈道:"你看看他这个样子,难怪不成器,成天就惦记着玩,还教坏弟弟。"

贺怀翎摇了摇头:"罢了,实在不行,我带他去军中吧,从文不行还能从武。"

元宝自个也对军营更感兴趣,奈何祝云璟既担心他的安危,又怕苦着他,并不怎么乐意把他完全扔给贺怀翎,现在看来却是不成了,再这么下去,文不成武不就,这人便彻底荒废了。

好不容易熬到下学,终于来了精神的元宝蹦蹦跳跳地出来,见着祝云璟与贺怀翎都在,先是喜出望外,再瞧见两个弟弟都是一副老鼠见了猫的表情，还躲在大人们身后，顿时垮了脸，敢情两人不是来接他，是一块来教训他的啊！

祝云璟什么都没说，贺怀翎也没提旁的，只摸了摸元宝的脑袋："走吧，回去了。"

正值酷暑，一进了屋就有丫鬟端来消暑的甜汤，元宝端起一碗，狼吞虎咽地往肚子里灌，两个小的一起分食了一小碗。祝云璟看看元宝，再看看两个小的，很是无奈，拿帕子帮元宝擦额头上的汗，提醒他："你喝慢点，别噎着了。"

元宝鼓着腮帮子胡乱点头："亚父也吃。"

贺怀翎小声与祝云璟道："也别太担心了，元宝是个好的，不比别人差，你看他最是孝顺你了。"

祝云璟叹气："我也是希望他能更好。"

吃过甜汤，元宝咬着笔杆子，开始做师傅留的功课，祝云璟则拿了本千字文给俩小的启蒙。

两个小娃娃都比元宝听话，乖乖坐直身，目不转睛地望着祝云璟，祝云璟念一句，他们便奶声奶气地跟着念一句。

对铭儿，祝云璟没有过多的希冀，只愿他能比元宝好学一些就好，但曍儿身份特殊，祝云璟不敢耽误他，打算等过个半年他满三岁了，就请师傅专门教导他。当然，这些都是后话。

贺怀翎陪在一旁看自己的书，再时不时地抬头望他们一眼，眼中全是笑意。

待到元宝终于勉勉强强做完功课，两个小的也念书念累了，祝云璟大手一挥，让他们自个玩去。

外头热，几个孩子都在屋子里玩，元宝指挥着两个弟弟下跳棋，他作壁上观，一会儿帮这个，一会儿帮那个，絮絮叨叨地数落他们笨。

祝云璟看着觉得好笑："你看看他，就知道在两个小的面前逞威风，他几岁，那两个才几岁，好意思说他们笨。"

贺怀翎道："你不也一直说元宝是傻小子，你还在他面前逞威风呢。"

祝云璟不服："那能一样吗，我可是他亚父！"

贺怀翎轻轻拍了拍祝云璟的肩："随他去吧，不这样的话，他还不乐意搭理两个小的，回头又要找你吵着要妹妹了。"

祝云璟撇了撇嘴，那还是算了，他是真的被元宝给缠怕了。

贺怀翎把元宝叫到跟前来，递了一包糖给他，叮嘱他："去分给弟弟们，以后不许再威胁他们帮你掏鸟蛋了。"

"哦。"元宝把糖倒出来，一颗一颗五颜六色的糖果十分漂亮，味道也各有不同，这些都是海外的商船带来的，很是稀罕。

两个小的眼巴巴地瞧着，元宝仔细数了三遍才开始分糖，他一颗，铭儿一颗，他一颗，暖儿一颗。

祝云璟嘴角抽搐，冲贺怀翎道："有他这样分的吗，摆明了就是欺负那两个小的不懂。"

两个小娃娃确实没发现这么分有什么问题，兴高采烈地扳着手指数着分到自己面前的糖。贺怀翎也乐了，待到他们分完，再次把元宝叫来跟前："你这么分不是占弟弟们的便宜吗？你是做哥哥的，怎能做这种事？"

元宝争辩道："我比他们两个都大，理应比他们分得多，他们又吃不了那么多。"

一旁的祝云璟凉凉道："你在换牙，更不能吃那么多糖。"

元宝皱了皱鼻子："那我还要留着赏赐身边的人啊，他们帮我做事做得好了，我自然得赏，还有我的同窗，我要与人结交，总不能太吝啬了，会被别人笑话的。且弟弟们都太小了，不懂这些的，糖给他们就全被他们吃了。"

好啊，这都学会收买人心了，贺怀翎道："行吧，算你有理，但下次你得跟弟弟们说清楚，不能因为他们小，就欺负他们，占他们便宜。"

祝云璟抬手捏上元宝的脸："你这点小心思都用在这上头了，念书的时候怎么就不见你这么上心？"

元宝委屈地揉了揉自己被捏红的脸，扑过来抱住祝云璟的脖子撒娇："我知道了，我以后都不欺负弟弟们了，亚父你最好了，不要生气，元宝最喜欢你。"

　　祝云璟轻轻拍了拍他的脑袋，终于笑了。贺怀翎望着他们，嘴角扬起的弧度愈加温柔。

— 全文完 —